btb

Aus Freude am Lesen

München: Bei einem abendlichen Spaziergang gerät Kommissar Gerald van Loren zufällig in einen Polizeieinsatz. Ein Student ist aus dem vierten Stock eines Mietshauses gestürzt. Alle Indizien deuten auf Selbstmord, doch Gerald van Loren glaubt nicht daran. Hinter dem Rücken seines Kollegen Batzko, einem Macho sondergleichen, beginnt er mit seinen Ermittlungen. Diese führen ihn zu einem charismatischen Psychologen, in dessen Therapiegruppe sich der Tote befunden hatte, da er an BIID litt. Menschen mit diesem Krankheitsbild fühlen sich paradoxerweise erst dann »komplett«, wenn ihnen ein Körperteil fehlt. Kurz darauf wird ein weiterer BIID-Patient ermordet, und Gerald van Loren gerät immer mehr in Bedrängnis …

Frank Schmitter, 1957 in Nordrhein-Westfalen geboren und aufgewachsen, betreut seit 2005 das Literaturarchiv der Stadt München. Bevor er sich dem Schreiben von Kriminalromanen widmete, veröffentlichte er Lyrik und Kurzgeschichten in Anthologien und Zeitschriften. Der Autor lebt heute mit seiner Familie in Ismaning bei München.

Frank Schmitter

Die Narbe

Kriminalroman

btb

MIX
Papier aus verantwortungsvollen Quellen
FSC® C014496

Verlagsgruppe Random House FSC-DEU-0100
Das für dieses Buch verwendete
FSC®-zertifizierte Papier *Pamo House*
liefert Arctic Paper Mochenwangen GmbH.

1. Auflage
Originalausgabe Januar 2012,
btb Verlag in der Verlagsgruppe Random House GmbH, München

Umschlaggestaltung: semper smile, München
Umschlagmotiv: © plainpicture/Millenium
Satz: Uhl + Massopust, Aalen
Druck und Einband: CPI – Clausen & Bosse, Leck
NB · Herstellung: BB
Printed in Germany
ISBN 978-3-442-74340-7

www.btb-verlag.de

1

»Man darf nichts persönlich nehmen«, sagte der Mann. »Das ist das Wichtigste überhaupt im Leben, verstehst du?«

Er ließ den Würfel in der offenen Handfläche rotieren und dann über die Spielfläche des »Mensch-ärgere-dich-nicht« rollen.

Vier.

Der Mann, um die fünfzig, gepflegte Erscheinung, schwarzer Anzug, dunkle Krawatte, weißes Hemd, schüttelte den Kopf. Er hätte eine Eins gebraucht, denn drei rote Püppchen waren bereits im Haus postiert, das vierte wartete genau vor dem Eingang.

Sein Gegenüber, ein junger Mann, unrasiert, mit schulterlangem, fettigem Haar, antwortete nicht. Wie sollte er auch, sein Mund war mit einem breiten Plastikstreifen zugeklebt. Die Hände hinter dem Rücken zusammengebunden, die Unterschenkel mit Handschellen an den Stuhlbeinen fixiert. Er ließ den Kopf auf die Brust fallen und schloss die Augen.

Außer den beiden befand sich niemand in dem fensterlosen Raum.

»Es hat im Grunde nichts mit dir oder mir zu tun«, sagte der Ältere, legte den Würfel kurz an seine Lippen und küsste ihn, bevor er ihn rollen ließ. »Irgendwer, vielleicht Gott oder das Schicksal, hat dich auf deinen Stuhl gesetzt und mich auf meinen. Also kein Grund, sich aufzuregen. Es ist alles nur ein Spiel. Nimm es nicht persönlich, okay?«

Eins.

Gerald van Loren wachte auf. Sein Nacken schmerzte. Er schaute nach vorne auf die Leinwand, wo der Mann in dem edlen Anzug langsam eine Pistole aus der Innentasche seines Jacketts zog und seinem Gegenüber sechs Mal in den Kopf schoss.

Langsam ließ Gerald den Kopf kreisen. Er fühlte sich so groß und schwer an wie eine Wassermelone. Der Mund war trocken, die Lippen spröde. Jede Bewegung in dem schmalen Sitz schmerzte, er fühlte jeden einzelnen Wirbel seines Rückens, als hätte er zehn Stunden auf dem Fußboden gelegen. Schließlich rutschte er noch tiefer in seinen Sitz und schloss erneut die Augen.

Er wachte erst wieder auf, als sich der Vorhang mit einem sirrenden Geräusch zuzog. Geduldig wartete er, bis die letzten Zuschauer den Saal verlassen hatten. Gerald versuchte erst gar nicht, sich an die Handlung des Films zu erinnern. Er hatte vielleicht ein Zehntel mitbekommen. Es störte ihn nicht, denn er war nicht ins Kino gegangen, um einen Film zu sehen.

Geralds Beine fühlten sich taub an, er musste sich am Geländer festhalten, als er die Treppe zum Erdgeschoss nahm. Ein süßlich-warmer Duft nach Popcorn empfing ihn. Vor der Theke im Foyer warteten einige Jugendliche mit Pappbechern in der Hand.

Ich habe tatsächlich geschlafen, dachte er. Zum ersten Mal seit zwei Nächten, in denen sich sein vier Monate alter Sohn mit einer fürchterlichen Mittelohrentzündung quälte. Trotz des Großeinsatzes von Medikamenten, Antibiotika, Alternativmedizin, Zwiebelumschlägen und dubioser Geheimmittel (Gerald, der Ex-Raucher, hatte den Rauch einer Zigarette in das Ohr des Kindes geblasen) hatte Severin gefühlte vierundzwanzig Stunden durchgeschrien. Nele war fix und fertig, Gerald war fix und fertig; und nachdem sein Sohn, ein erbarmungswürdiges Bündel aus Schmerz, Fieber und Blässe auch an diesem Abend aus einem dünnen Halbschlaf erwacht war und zu schreien begonnen hatte, war Gerald fluchtartig aus der Wohnung getürmt. Auf der Straße hatte er zuerst überlegt, zu seiner Mutter zu fahren und Asyl in seinem ehemaligen Kinderzimmer zu suchen. Doch dann hätte es nur bohrende Fragen gegeben, und dieser Situation hatte er sich unter keinen Umständen aussetzen wollen.

Als Gerald das Kino am Goetheplatz verließ, war die Luft angenehm mild. Es war kurz nach dreiundzwanzig Uhr.

Er schaltete das Handy an: keine SMS, keine Nachricht auf der Mailbox. Mit anderen Worten: Nele hatte mit Severin nicht in die Kinderklinik fahren müssen. Er schickte ein Dankgebet in den Abendhimmel.

Andererseits bedeutete es nicht, dass es Severin tatsächlich besser ging. Gerald sah sich in der Pflicht, Nele zu entlasten, aber er konnte zumindest im Café Blue noch ein oder zwei Weißbier trinken. Als er die Lindwurmstraße stadtauswärts entlangging, sah er drei Streifenwagen, die mit eingeschaltetem Blaulicht die Straße in beide Richtungen blockierten. Eine Menschentraube hatte sich um einen Hauseingang formiert. Darunter ein älterer Mann, der einen ausgewaschenen Pullover über einem Pyjama trug und ein Bierglas in den Händen hielt. Zwei Polizisten waren damit beschäftigt, die Leute zurückzudrängen und zum Weitergehen aufzufordern. Doch die Angesprochenen suchten sich lediglich eine aussichtsreiche Position auf der anderen Straßenseite. Das Recht auf Gaffen, dachte Gerald resigniert, gehört für sie zu den heiligen demokratischen Grundrechten. Er erinnerte sich an seine Anfangsjahre, als er im Streifendienst mit der Anmaßung und der Aggression der Schaulustigen konfrontiert worden war, und allein der Gedanke daran ließ ihn die Hand zur Faust ballen. Es stimmte nicht, dass ihm annähernd zwei Dienstjahrzehnte Gelassenheit verliehen hatten. Er hatte lediglich gelernt, sich besser im Griff zu haben.

Einer der Gaffer verließ, nachdem er streng dazu aufgefordert worden war, zögerlich den Schauplatz und gab den Blick frei auf einen Blutfleck auf der Straße, dicht am Bürgersteig. Er war noch nicht eingetrocknet. Gerald machte zwei Schritte nach vorne. Ein jüngerer Kollege wickelte gerade das rot-weiße Flatterband mit der Aufschrift »Polizeiabsperrung« um einen Laternenpfahl. Gerald trat auf ihn zu. Der Polizist erkannte ihn und fragte leicht überrascht: »Haben Sie Bereitschaft?«

»Nein. Ich bin nur zufällig hier vorbeigekommen.«

»Verstehe. Und? Fest entschlossen, sich den freien Abend versauen zu lassen?«

Gerald van Loren zuckte die Achseln. »Tja, offenbar ist es mein Schicksal, mir beim Spazierengehen ausgerechnet die Straße auszusuchen, in der ich meine Kollegen treffe. Und jetzt, wo ich schon mal da bin …«

»Wollen Sie unbedingt wissen, was hier passiert ist?«

»Ja.«

»Ich kann Ihnen nicht mehr sagen, als dass ein junger Mann vom Balkon der Dachgeschosswohnung gestürzt ist. Ein Passant hatte einen Schrei gehört, aber nur noch gesehen, wie der Mann auf der Straße aufgeschlagen ist. Mehr wissen vielleicht die Kollegen, die schon im Haus sind.

»Ist die Spurenermittlung informiert?«

Der Polizist nickte. »Die sind gerade noch bei einem Einbruch am anderen Ende der Stadt im Einsatz. Aber zwei Kollegen sind schon vor Ort und sichern die Wohnung ab.«

Gerald schaute nach oben. Der Balkon lag im vierten Stock. Einen Sturz aus dieser Höhe konnte niemand überleben, selbst wenn zwei Schutzengel mitgeflogen wären. Sein Blick schweifte zu den Nachbarhäusern. In seiner Schulzeit, fiel Gerald ein, hatte eine Freundin, die früh von zu Hause ausgezogen war, hier irgendwo in dieser Straße für achtzig Mark im Monat zwei Zimmer angemietet, ohne Bad und Küche; die Gemeinschaftstoilette hatte sich im Zwischengeschoss befunden. Es waren die Jahre gewesen, in denen er kein Mädchen zu sich nach Hause hatte einladen können, ohne dass seine Mutter alle zehn Minuten an die Zimmertür geklopft hätte, um zu fragen, ob noch eine Tasse Tee oder Plätzchen gewünscht würden. Die eigene Wohnung hatte sie, ein farbloses, unattraktives Mädchen, in ein Objekt der Begierde verwandelt. Gerald hatte mit ihr die ersten harmlosen sexuellen Erfahrungen gemacht, während gleich mehrere Klassenkameraden sich gebrüstet hatten, sie entjungfert zu haben.

Dieses Haus jedoch war renoviert worden. Die Fassade verputzt, die Fenster erneuert, das Dachgeschoss ausgebaut mit drei kleinen Balkons.

»Es war der Krüppel. Als ob ich es geahnt hätte, dass er es eines Tages tun würde«, hörte er eine Stimme in seinem Rücken. Gerald drehte sich um und hätte die Frau beinahe zur Seite gestoßen, so dicht stand sie hinter ihm. Auch eine von denen, dachte er, für die das Grundrecht auf freie Information das Belauschen von Dienstgesprächen einschließt. Die Frau war um die fünfzig und trug einen Haushaltskittel über einer dunkelblauen Trainingshose. Die Hausschuhe wiesen darauf hin, dass sie in der Nachbarschaft wohnte. Der Blick, mit dem sie Gerald fixierte, gierte geradezu danach, der Polizei ihr Wissen anzudienen. Den Gefallen werde ich ihr nicht tun, dachte Gerald genervt und bedeutete dem Polizisten mit einer Kopfbewegung, sich ein paar Schritte zu entfernen.

»Was meint sie?«, fragte er leise.

»Ich weiß nicht genau. Ich habe nur gesehen, dass das Hemd des jungen Mannes auf der linken Seite bis zum Ellbogen hochgekrempelt und mit einer Sicherheitsnadel fixiert war. Irgendetwas war komisch an ihm. Aber ich habe nichts Genaues erkennen können. Der Notarzt war auch gleich da.«

»Was meinen Sie mit ›komisch‹?«

»Wie gesagt: Ich konnte nichts Genaues erkennen. Nur die Sicherheitsnadel erschien mir etwas merkwürdig.«

Gerald ging über die Straße und schaute hinauf zu den Balkons, aber auch von diesem Punkt aus konnte man schwerlich sehen, was sich dort oben tat. Die Balkonbrüstung war einfach zu hoch. Kurz darauf kamen zwei Polizisten aus dem Haus und sprachen mit ihrem Kollegen, der das Flatterband noch immer in den Händen hielt. Es war ein kurzes Gespräch. Einer der beiden zuckte mit den Achseln; sein desinteressierter Gesichtsausdruck verriet, dass sie nichts Aufregendes in Erfahrung gebracht hatten. Der Rest war Sache der Spurensicherung, die bald auftauchen würde.

Gerald entfernte sich vom Ort des Geschehens. Die Lust, noch etwas zu trinken, war ihm vergangen. Er ging durch die Lindwurmstraße, und obwohl er nur wenige hundert Meter entfernt wohnte, war er im ersten Moment orientierungslos. Sein Verstand war wie blockiert, und allmählich wurde ihm bewusst, dass es nicht an seinem Schlafrückstand lag, sondern vielmehr an einer Erinnerung, die sich an die Oberfläche kämpfte: In seiner Schulzeit – er war fünfzehn oder sechzehn Jahre alt gewesen – hatte sich sein bester Freund vom Balkon der elterlichen Wohnung gestürzt. So hatte es zumindest damals geheißen, obwohl Gerald sich einen Selbstmord nicht hatte vorstellen können. Er hatte geglaubt, niemanden so gut zu kennen wie diesen Freund. Nächtelang hatten sie mit radikal entblößender Offenheit über den Sinn des Lebens, über Mädchen und die Techniken der Masturbation diskutiert. Und dabei zahllose Zigaretten gedreht und den Whiskey getrunken, den sein Freund nachmittags aus der väterlichen Spirituosensammlung abgezapft hatte. Nach dem tragischen Unglück hatte Gerald sich Monate lang schwerste Vorwürfe gemacht, die möglichen Vorboten des Selbstmords nicht erkannt zu haben. Dann hatten Gerüchte kursiert, dass der Sturz die Folge einer heftigen Auseinandersetzung mit dem älteren Bruder auf dem Balkon gewesen war. Das hatte Gerald allerdings nicht von seinen Schuldgefühlen befreien können, sondern sie nur in eine andere Bahn gelenkt. Denn stattdessen hatte er sich dann mit dem Vorwurf gequält, die These des vermeintlichen Suizids nicht hinterfragt zu haben. Hatte er dadurch nicht seinen Freund verraten, ihre Freundschaft behandelt wie einen Handschuh, den man irgendwo verloren hatte? Die Scham darüber hatte ihn für den Rest der Schulzeit in einen verstockten, abweisenden Einzelgänger verwandelt.

Keine zwanzig Minuten später stand er vor seiner Wohnung im zweiten Stock eines gesichtslosen Hauses aus den siebziger Jahren. Er sah, dass in den beiden Zimmern, die zur Straße hinausgingen, und im Flur kein Licht brannte. Das las er als gutes Zeichen; in den vergangenen Nächten waren sie abwechselnd mit dem schreienden Baby auf dem Arm in der Wohnung auf und ab spaziert, in der Illusion, der andere könne im Schlafzimmer wenigstens für kurze Zeit die Augen schließen. Dass Nele den ganzen Abend allein mit dem Baby gewesen war, drang erst im Treppenhaus in sein Bewusstsein.

Mit der größtmöglichen Vorsicht öffnete er die Wohnungstür. Stille. Nirgends brannte mehr Licht. Gerald hängte die Jacke an die Garderobe, zog die Schuhe aus und schlich ins Schlafzimmer. Er konnte die Umrisse der beiden Körper erkennen: Severin hatte eine Hand auf das schmerzende Ohr gepresst, die andere lag auf Neles Wange. Die Gesichter waren einander zugewandt im Abstand von nur wenigen Zentimetern. In dem Moment, als er ins Bett kriechen wollte, durchbrach ein kurzes, heftiges Schluchzen Severins Atmung. Gerald erschrak. Er fürchtete, ihn geweckt zu haben, doch Severin bewegte sich nicht, im Gegensatz zu Nele, die sich mit äußerster Vorsicht vom Baby wegdrehte. Ihre Augen blieben geschlossen, aber ihre Lippen zitterten, als betete sie darum, dass Severin weiterschlief. Gerald zog sich bis auf die Unterhose aus, hob vorsichtig die Bettdecke an und legte sich neben seine Frau. Er streichelte ihren Oberarm, den Rücken und küsste sie in den Nacken.

»Wenn er diese Nacht nicht schläft, springe ich aus dem Fenster«, flüsterte sie.

Er bemerkte eine seltsame Geruchsmischung aus Milch, Bett und Schweiß und bedauerte, nicht doch noch ein Bier im Café Blue getrunken zu haben.

»Nach der dritten Nacht wird es besser. Das sagen alle: die Hebammen, die Ärzte, die Wunderheiler, die Schamanen, die Medizinmänner, sogar meine Mutter.«

»Sagen sie auch, dass der Vater in der dritten Nacht abhaut?«

Er legte seine Hand auf ihren Bauch, küsste erneut ihren Nacken und erwischte diesmal das dichte, kurzgeschnittene Haar.

»Ich muss arbeiten, Liebes. Ich muss unser Heim, unser Kind und unsere Stadt schützen. Überall in den Hügeln lauern die Indianer und warten nur darauf zuzuschlagen.«

Sie brummte etwas, das wie »typisch Mann« klang. Dann streichelte sie kurz über seinen Unterarm. Severins Atem war tief und gleichmäßig, er wirkte weniger gequält als in den letzten beiden Tagen, obwohl die Gesichtshaut noch stark gerötet war.

»Wo warst du eigentlich?«

»Im Kino. Das ist billiger als ein Hotel, nur unbequemer.«

»Welcher Film?«

»Der, der anfing, als ich an der Kasse stand. Irgendwann wurde jemand an einem Spieltisch erschossen. Mehr weiß ich nicht mehr. Ein perfekter Film also, ein Schlaffilm.«

»Ich habe das Gefühl, dass wir seit Jahren nicht mehr zusammen im Kino waren und dass es, wenn wir wieder ausgehen können, gar keine Kinos mehr geben wird.«

Gerald streichelte ihr über den Bauch. Jetzt die Augen schließen, dachte er, und in einem Monat aufwachen.

Zwei Stunden später lag er immer noch wach im Bett. Die Erinnerung an den Tod seines Freundes ließ ihn nicht los. Ich kann nichts vergessen, sagte er zu sich selbst. Ich kann nichts Schlimmes vergessen, was jemals in meinem Leben passiert ist. Es kehrt zurück zu mir, wenn ich es am wenigsten gebrauchen kann.

2

Batzko lehnte lässig im Türrahmen. Jeans, ein tailliertes Hemd – die oberen Knöpfe geöffnet, um dem Brusthaar Frischluft zu garantieren – der Schädel glatt rasiert, ein schwarzer Dreitagebart, der die scharfen Gesichtszüge grundierte. Die Muskulatur seiner 192 Zentimeter in jahrelangem Training ausmodelliert: eine Doppelpackung Testosteron auf zwei Beinen.

Grinsend gab er den Weg ins Büro frei. »Ausgeschlafen?«

Gerald stellte die Kaffeetasse auf seinen Schreibtisch und schaltete den PC an.

»Hat jemand in der Dienstbesprechung nach mir gefragt?«

»Nein. Wer sollte schon nach dir fragen? Ich habe dich entschuldigt.«

Gerald trank einen Schluck und zog die Schultern hoch. Er war mit höllischen Nackenverspannungen aufgewacht, weil Severin in Neles Armen geschlafen hatte und sie, um ihm genügend Raum zu geben, Gerald an die Zimmerwand gedrückt hatte.

»Du siehst zum Kotzen aus, Kollege. Wie Schimmelkäse. Soll ich dich verhaften, damit du in der Arrestzelle ein paar Stunden pennen kannst?«

»Du würdest doch nur den Schlüssel wegwerfen, um schneller Karriere zu machen.«

Batzko machte eine begütigende Handbewegung. »Dazu muss alles nur so bleiben, wie es ist. Außerdem vögelst du zu wenig.«

»War das etwa das Thema in der Dienstbesprechung?«

»Der Polizeipräsident persönlich hat es angesprochen. Im Ernst«, sagte Batzko und schob die Tageszeitung auf Geralds Schreibtisch. »Schlafmangel in der Phase ist normal, das habe ich schließlich auch zwei Mal durchgemacht. Aber nichts ist so wichtig wie …«

»Ich kann mir vorstellen, wie das bei dir abgelaufen ist. Vermutlich hast du im Kreißsaal erst zwei Hebammen bei einem Dreier vernascht und am Morgen nach der Geburt deine Frau. Entschuldige. Ich meinte natürlich: deine *Ex-Frau.*«

Batzko ließ sich nicht aus der Fassung bringen.

»Man sieht es dir an. *Ich* sehe es dir an. Es steckt in deinen missmutigen Mundwinkeln. In deinen müden Augen. In deiner latenten Unzufriedenheit. *Sexuelle Frustration* steht auf deiner Stirn, dick und fett. Medizinisch gesehen könnt ihr es wieder den ganzen Tag treiben. Für die Zeit davor hätte es ein bisschen Phantasie gebraucht, zugegeben. Aber eine liebende Frau …«

»Halt die Klappe«, fiel ihm Gerald ins Wort und spürte, wie er nun richtig wütend wurde. Batzko hatte Recht, aber Gerald würde ihm nie und nimmer Recht geben. »Muss ich dich daran erinnern, dass ich dich eines Morgens in der Tiefgarage gesehen habe, heulend über dem Lenkrad zusammengeklappt, ein Foto mit deinen beiden Kids in der Hand?«

Gerald wusste, dass er mit dieser Breitseite das Thema beenden konnte, und tatsächlich griff Batzko hinter sich ins Regal und holte eine Akte heraus.

»Lang ist's her. Und am Ende war es für alle Seiten besser so«, sagte er und achtete darauf, dem Blick seines Kollegen auszuweichen.

Gerald sah aus dem Fenster. Es war ein warmer Junitag, der Himmel beinahe wolkenlos, die Luft klar. Er hatte Lust, mit Nele und Severin im Englischen Garten spazieren zu gehen, Eis zu essen und Severins Genesung zu feiern. Gedankenverloren blickte er auf das Foto, das er genau einen Monat nach der Geburt seines Sohnes geknipst hatte. Es stand neben seinem Telefon, an der Grenze zu Batzkos Schreibtisch. Als dieser ihm grinsend die Zeitung reichte, stieß er die Fotografie um, absichtlich, da war sich Gerald sicher.

»Ist bei der Dienstbesprechung von dem Mann gesprochen worden, der gestern Abend aus dem vierten Stock gefallen ist?«

»Der Selbstmörder?«

»Ist das sicher?«

»Die Kollegen von der Streife haben keinen Hinweis darauf gefunden, dass jemand mit ihm in der Wohnung gewesen wäre. Die Spurensicherung war vor Ort, hat aber auch nichts Verdächtiges entdeckt.«

»Gab es einen Abschiedsbrief? Wurden Medikamente

gefunden? Gab es Zeichen für Alkoholmissbrauch? Lief der Fernseher noch?«

Batzko schob seinen Oberkörper nach vorne und legte die Ellbogen auf den Schreibtisch. »Deine Gründlichkeit am frühen Morgen nervt ein wenig, Kollege. Alles Fehlanzeige, soweit ich mich erinnere. Ein simpler Suizid, so etwas soll bekanntlich in den besten Familien vorkommen. Aber wieso interessiert dich das so brennend? Wieso weißt du überhaupt davon, Langschläfer?«

»Ich war gestern Abend im Kino.«

Batzko pfiff durch die Lippen. »Gerald auf dem Weg zurück ins Leben. Ich fass es nicht!«

»Danach habe ich mir etwas die Beine vertreten und bin zufällig durch die Lindwurmstraße gelaufen, allerdings nachdem es passiert war. Ist der Mann am Unfallort umgekommen?«

Batzko hatte seine normale Sitzposition wieder eingenommen. Er antwortete betont desinteressiert in den geöffneten Aktenordner. »Der Notarzt hat ihn noch reanimieren können, doch dem Typen sind dann zwei oder drei Stunden später im Krankenhaus die Lichter ausgegangen. Die Kopfverletzungen waren zu schwer. Soweit der O-Ton aus der Dienstbesprechung. Aber ich kann deinen fehlgeleiteten Ehrgeiz beruhigen: Der Leichnam ist zur Gerichtsmedizin transportiert worden. Und jetzt machen wir uns an die Arbeit, okay? Die Staatsanwaltschaft wartet nicht gerne.«

Es gab mehrere Fälle von gefährlicher Körperverletzung, einen Tankstellenüberfall und eine versuchte Vergewaltigung, die sie an die Justiz weiterleiten mussten, versehen mit allen Zeugenaussagen, medizinischen Gutachten und den eigenen Ermittlungsergebnissen. Wenn Batzko Berichte schreiben musste, schob er unter der Anspannung stets die Unterlippe zwischen die Zähne; die dichten Haare über seinem Kinn erhoben sich zu stacheligen Borsten. Dazu brummte er vor sich hin; es klang wie das Selbstgespräch eines Greises, der sein Gebiss verloren hatte. Batzko liebte seinen Beruf, er liebte den Adrenalinschub während der Ermittlungen, den Wettkampf mit dem Täter, den Triumph der Verhaftung – aber er verfluchte den bürokratischen Rattenschwanz, den jeder Fall nach sich zog. Er hasste den Computer mehr als jeden Kriminellen.

Als Batzko um halb zwölf das Büro verließ, rief Gerald in der Gerichtsmedizin an. Er hatte Glück und konnte mit dem Forensiker sprechen, der die Untersuchung an dem jungen Mann, der vom Balkon gefallen war, gerade abgeschlossen hatte. Gerald hatte Dr. Wembler noch nicht persönlich kennengelernt, weil dieser erst wenige Wochen zuvor seine Stelle angetreten hatte. Seine Stimme klang sehr jung.

»Also: Exitus durch die schweren Sturzverletzungen, genauer, einen mehrfachen Schädelbasisbruch mit folgender Hirnlähmung. Die weiteren Frakturen und Blessuren haben da nur dekorativen Charakter, wenn ich mich so ausdrücken darf. Er hätte keine Chance gehabt, selbst wenn er direkt neben einem OP-Tisch gelandet wäre.«

»Medikamente? Alkohol? Drogen?«

»Jederzeit gerne; wenn die Preise stimmen, bin ich dabei. Aber nicht bei unserer Leiche.«

»Keine Anzeichen einer körperlichen Auseinandersetzung? Keinerlei Auffälligkeiten?«

»Nichts dergleichen. Da ist nur eine Merkwürdigkeit…«

Eine Pause trat ein. Gerald hörte, wie Dr. Wembler in den Unterlagen blätterte. Dann räusperte er sich.

»Eine Amputation des linken Unterarms oberhalb des Ellbogens. Vermutlich nach einem Unfall; der Mann war ja jung und gesund wie ein Obstkorb, soweit es sich in der Untersuchung darstellt. Wobei es nicht die Amputation an sich ist, die mich irritiert…« Der Gerichtsmediziner hielt erneut inne. Dem Geräusch nach zu urteilen, tippte er mit einem Kugelschreiber nervös auf die Mappe mit den Obduktionsberichten.

»Ja? Ich höre.«

»Es ist die Narbe. Sie sieht fachmännisch aus, eindeutig sogar, aber es ist keine normale Operationsnarbe. Sie sieht aus wie… ja, wie Sonnenstrahlen. Linien, die auf ein Zentrum zustreben, so kunstfertig wie ein Tattoo. Es gibt keinen medizinischen Grund dafür, im Gegenteil. Als ob die Person ganz bewusst eine, in Anführungszeichen, schöne und einzigartige Narbe hätte haben wollen, wie eine Zeichnung nicht *auf*, sondern direkt *in* die Haut.«

»Was meinten Sie damit: ›Es gibt keinen medizinischen Grund dafür?‹«

»Nun ja, allgemein gesprochen versucht normalerweise jeder Mediziner, eine Narbe so klein wie möglich zu halten, weil sie im Vergleich zu unserer Haut ein vielfach erhöhtes Risiko an Infektionen, Verletzungen etc. birgt und nicht gerade eine Zierde für die Optik darstellt. Aber hier ist das genaue Gegenteil passiert. Als hätte jemand genau das so gewollt. Als würde eine merkwürdige Art von Ästhetik die Regeln der Chirurgie austanzen. Eine Art von Zeichnen mit Skalpell, so würde ich es ausdrücken.«

»Haben Sie so etwas schon einmal zuvor gesehen?«

»Nein. Ich habe darüber mit einem Kollegen gesprochen. Auch der schüttelte nur den Kopf. Vielleicht handelt es sich um einen Fetisch. Aber vielleicht wissen Sie besser, was an bizarren Modeerscheinungen und Trends unterwegs ist.«

»Können Sie beurteilen, wann das geschehen ist?«

»Ich kann jetzt und hier nur feststellen, dass der Heilungsprozess offensichtlich normal verlaufen ist. Anders gesagt: Der Eingriff ist nicht in den letzten Wochen durchgeführt worden. Um den Zeitraum präziser zu bestimmen, müsste ich aufwendigere Untersuchungen machen, für die ich in diesem, von jenem Detail abgesehen, eindeutigen Fall keine Notwendigkeit sehe. Ich arbeite schließlich nicht in einem medizinischen Kuriositätenkabinett.«

»Wie Sonnenstrahlen also«, wiederholte Gerald, mehr zu sich selbst. Diese Vorstellung ließ ihn nicht los, gleichzeitig fiel ihm keine weitere Frage ein.

»Hören Sie«, sagte Dr. Wembler und wirkte plötzlich kurz angebunden, »Sie bekommen ja unseren Bericht. Ich werde ein paar Fotos von der Stelle schießen, einverstanden? Es bleibt unter dem Strich dabei, dass die Obduktion die Todesursache durch den Sturz zweifelsfrei bestätigt. Damit ist die Sache für uns abgeschlossen.«

»Danke.« Gerald hielt den Telefonhörer unverändert in der Hand. Nach einem Moment setzte er wieder an: »Darf ich, wenn mir noch etwas einfallen sollte …« Er brach ab, weil sein Gesprächspartner bereits aufgelegt hatte.

Eine Minute später kam Batzko zurück und traktierte mit steigender Ungeduld die Tastatur. Er fluchte bei jedem Fehler, der ihn zu einer Korrektur zwang. Gegen halb eins lehnte er sich zurück und streckte die Arme in die Höhe.

»Auf in die Kantine, Bleichgesicht. Heute ist Schnitzeltag.«

»Ich gehe heute nicht. Ich muss etwas in der Stadt erledigen.«

»Windeln kaufen?«

»Du nervst kolossal.«

»Logo«, sagte Batzko. Er stand auf, legte die Hände in Höhe des Bauches ineinander und tat so, als würde er ein Baby im Arm schaukeln, während er gleichzeitig der Tür zustrebte. Geralds Kugelschreiber verfehlte ihn um wenige Zentimeter.

Gerald nahm diesmal nicht die Straßenbahn. Das wunderbare Wetter machte Lust auf Bewegung. Er öffnete den obersten Knopf seines Hemdes. In einem Straßencafé in der Nähe des Präsidiums sah er mehrere Kollegen; sie hatten den Kopf in den Nacken fallen lassen und tankten Sonne.

Unterwegs fragte er sich, warum er überhaupt in der Gerichtsmedizin angerufen hatte. Sicher, er hatte sich über Batzko geärgert, über die gedankenlose Schnelligkeit, mit der er einen Schlussstrich unter die wenigen Indizien gezogen hatte. Der entscheidende Impuls aber lag in Gerald selbst. Die Erinnerungen an den vermeintlichen Selbstmord seines Kumpels hatten ihn auch an diesem Morgen beschäftigt. Er hatte damals dessen Familie nicht aufgesucht, obwohl er mehrfach dort zu Gast gewesen war. Er hatte auch mit niemandem über diesen Freund geredet. Bis heute litt er darunter. Und jetzt hatte er endlich das Gefühl, etwas wiedergutmachen zu können. Er konnte einfach nicht auf Batzkos Linie einschwenken. Er war am Vorabend am Tatort gewesen, er fühlte sich verpflichtet, die Akte nicht vorschnell zu schließen – ob er eine Beziehung zu diesem Fall wollte oder nicht.

Es dauerte eine knappe Minute, bis der Summer ertönte. Gerald trat in den Hausflur. Ein Mann um die fünfzig in einem ärmellosen Unterhemd und einer blauen, abgetragenen Baumwollhose stand im Türrahmen seiner Wohnung. Sein mächtiger Bauch wölbte sich über den Gürtel. Die massigen Oberarme hatten längst ihre Form verloren, ließen aber noch erkennen, dass der Mann in jüngeren Jahren ein Kraftpaket gewesen sein musste. Das Gesicht mit der breiten Nase, der unreinen Haut und dem Doppelkinn wirkte stumpf, aber nicht unfreundlich.

»Herr Müllersohn?« Gerald zeigte seinen Dienstausweis.

»Geht es um den Alexander?«

Gerald wurde erst in diesem Moment bewusst, dass er den Namen des Toten nicht kannte.

»Um den jungen Mann, der gestern Abend ...«

Der Hausmeister nickte und drückte die Wohnungstür auf. »Gleich nach rechts, bitte schön.«

Gerald betrat das Wohnzimmer, in dem der Fernseher, groß wie ein Aquarium, die Mitte einer dunkelbraunen Schrankwand einnahm. Gerade lief eine Talkshow, in der ein junger Mann, dessen Stirn durch Silikonimplantate zwei bläulich schimmernde, rechteckige Wölbungen aufwies, einen anderen Mann mit einem naturbelassenen Gesicht vor einem grölenden Publikum beschimpfte. Der Hausmeister wies Gerald einen Ledersessel zu, er selbst setzte sich auf die Couch und schaltete mit der Fernbedienung den Ton aus. Kein Bild hing an den schlicht geweißten Wänden, was der klobigen Schrankwand eine erdrückende Wucht verlieh. Auf dem Wohnzimmertisch lag ausgebreitet auf der Doppelseite einer Tageszeitung eine Zigarettendrehmaschine sowie eine Großpackung Tabak, Zigarettenpapier und Filter. Die Krümel auf der Zeitung verrieten, bei welcher Tätigkeit Gerald den Mann gestört hatte.

»Es wird ja nichts billiger«, sagte der Hausmeister, der Geralds Blick bemerkt hatte, und schob die Zeitung ein Stück zur Seite. Er griff zur Bierflasche, die auf dem Boden neben der Couch stand, und stellte sie auf den Tisch.

»Wie wär's? Soll ich ein Glas holen?«

»Danke. Nicht im Dienst.«

Mit einem breiten Grinsen wies der Mann auf das Etikett: Alkoholfrei. »Ich war auf dem Bau, mehr als dreißig Jahre. Ja, der Sohn vom Müller ist Polier geworden, sag ich immer. In den alten Zeiten hat jeder auf der Baustelle einen Kasten pro Tag runtergekippt. Hier brauche ich das nicht mehr. Nur abends mal ein, zwei echte. Aber ich mag den Geschmack von dem Schaum, wenn das Bier im Mund hin- und herspült. Gluck, gluck, sagt das Leben. Einfach herrlich, verstehen Sie?«

Gerald nickte beiläufig, um das Thema nicht zu vertiefen.

»Es ist ein reiner Routinebesuch, Herr Müllersohn. Die Kollegen von der Streife waren ja gestern Abend schon hier, aber jetzt liegt der Fall auf meinem Schreibtisch. Ich möchte Ihnen nur noch ein paar Fragen stellen, und dann haben Sie wieder Ihre Ruhe.«

»Die lass ich mir auch von keinem mehr nehmen, Herr Kommissar. Dreißig Jahre auf Baustellen, Akkordarbeit, brüllende Bauleiter, brüllende Kranführer, brüllende Lieferanten. Das ist jetzt vorbei!«, sagte Müllersohn und griff zu einer der bereits fertigen Zigaretten. Die Tabakkrümel auf der Zeitungsunterlage sahen aus wie eine Schar Ameisen.

»Wann haben Sie Alexander zuletzt gesehen?«

Der Hausmeister hob die schweren Schultern und schnaufte leicht.

»Vor drei, vier Tagen. Ich habe im Treppenhaus gearbeitet, als der Alexander aus der Wohnung kam. Wir haben uns kurz unterhalten.«

»Kannten Sie ihn gut? Besser als andere Mieter?«

»Ich habe vier Häuser in der Lindwurmstraße zu betreuen. Von manchen Mietern kennt man nur das Namensschild, andere sieht man regelmäßig. Den Alexander kannte ich besser. Mein Schwager hat eine kleine Firma, müssen Sie wissen, und der Alexander hat für ihn gearbeitet und da so was gezeichnet, wo der Name der Firma drinsteht, ich komme gerade nicht drauf.«

Die Hand mit der Zigarette fuhr in die Luft und machte kreisende Bewegungen.

»Ein Logo?«

»Genau. Wie Lego, so habe ich mir das merken wollen.« Der Hausmeister lachte auf. »Hätte ja fast geklappt. Der Alexander war so eine Art Künstler. Der hat das ja auch studiert. Keine Ahnung, wie genau das hieß, jedenfalls irgendetwas mit Werbung und so.«

»Grafikdesign, vermutlich. Und wie war der Alexander als Mensch? War er oft allein? Hatte er Freunde? Eine Freundin?«

Müllersohn stierte einen Moment in den Fernseher, wo eine Frau mit einem langen Metallstift im Ohr und einem gepiercten Metallring mitten auf der Stirn dem Publikum einen Stinkefinger zeigte. Dann trank er einen Schluck und ließ sich wieder gegen die Lehne fallen.

»Freunde? Frauen? Weiß nicht so richtig. Still war er. Immer freundlich, hat nie Krach gemacht oder laute Musik in seiner Wohnung gehabt, aber irgendwie war er bedrückt und verschlossen. Wie soll ich es sagen? Mehr so eine Traurigkeit von innen, verstehen Sie? Solche Menschen gibt es ja. Mein Schwager gehört auch dazu.«

»Kann das mit der Behinderung zu tun haben, Ihrer Meinung nach?«

Müllersohn schüttelte entschieden den Kopf. »Die hat er erst seit ein paar Monaten. Das war ein Unfall, hat er erzählt, im Ausland. Er ist gestürzt, ein Auto ist über den Arm gefahren, und es kam im Krankenhaus zu irgendwelchen Komplikationen nach der Operation.«

»Hat ihn das depressiv gemacht?«

Der Hausmeister antwortete nicht sofort, als fürchtete er, nicht die richtigen Worte zu finden. »Das Komische war, dass er danach irgendwie besser gelaunt war. Er war offener, hat mehr mit den Leuten im Haus geredet. Einmal habe ich im Flur jemanden lachen hören und dachte, die Stimme kenne ich nicht. Ich bin raus und habe gesehen, dass es der Alexander war. Da habe ich gemerkt, dass es das erste Mal überhaupt war, dass ich den Alexander lachen gehört habe. Das soll ein Mensch verstehen. Ist doch seltsam, oder? Da fehlt ihm der halbe Arm, unsereiner denkt, wie soll das jetzt werden mit der Arbeit, dem Computer, Autofahren, den Mädchen und all das. Und dann ist der Junge irgendwie … ja, so …«

»Gelöster? Mehr er selbst?«

Müllersohn streifte die Asche seiner Zigarette ab. Er nickte Gerald zu. »Das ist es. Mir haben nur die Worte gefehlt. Damit habe ich es nicht so, mit den Worten, verstehen Sie?«

»Ich habe Sie sehr gut verstanden. Darf ich mir seine Wohnung kurz ansehen?«

Müllersohn stand langsam auf, indem er sich mit der linken Hand auf der Couch abstützte. Seine spärlichen schwarzen, nach hinten gekämmten Haare fielen ihm über die Stirn, als er die Zigarette im Aschenbecher ausdrückte, und in diesem Moment sah er aus wie eine alte, verlebte Frau. Wie eine Waschfrau in einem Roman des neunzehnten Jahrhunderts, dachte Gerald.

Müllersohn griff nach einem Schlüsselbund und stieg vor Gerald die Treppe hoch. Seine linke Hand umklammerte das Geländer. Man habe viel Geld in die Renovierung gesteckt, erzählte er, von ständigem Schnaufen unterbrochen, aber einen Aufzug habe man nicht einbauen können: zu eng alles, zu schwache Bausubstanz. Er ging mit jedem Stockwerk langsamer. Gerald hatte den Verdacht, dass er an diesem Tag doch nicht nur alkoholfreies Bier getrunken hatte. Dabei fand er Müllersohn nicht einmal unsympathisch, und es war unverkennbar, dass der Hausmeister Alexander gemocht hatte.

Im vierten Stock bemerkte Gerald, dass die Spurensicherung den Wohnungseingang nicht versiegelt hatte. Die hatten wohl, als es zwölf schlug, endlich ihren Arbeitstag beenden wollen und einen vermeintlich klaren Fall einen klaren Fall sein lassen, dachte Gerald. »Alexander Faden« stand über der Klingel.

Müllersohn lächelte erleichtert, als er den Aufstieg in den vierten Stock bewältigt hatte. Er öffnete, nachdem sich sein Atem etwas beruhigt hatte, die Tür und ließ Gerald den Vortritt.

Die Wohnung machte auf den ersten Blick einen aufgeräumten Eindruck. Das galt gleichermaßen für die Küchenzeile, das kleine Bad mit WC und Dusche, das schmale Schlafzimmer und den großen Wohnraum. Er war eher gediegen als studentisch eingerichtet, auch wenn Gerald nicht unbedingt Apfelsinenkisten statt eines Bücherregals und eine nackte Matratze auf dem Fußboden statt eines Bettes erwartet hatte.

Vor dem Fenster, das zur Lindwurmstraße ging, stand ein großer Schreibtisch mit verstellbarer Arbeitsfläche. Darauf lag eine dieser Künstlermappen, die man mit einer Art Schnürsenkel in der Mitte zusammenhält. An den Wänden hingen Poster, die verschiedene Objekte aus dem Alltag zeigten: einen Flaschenöffner, einen Stuhl, einen stummen Diener, den Gerald erst auf den zweiten Blick als solchen erkannte. Sie waren vermutlich aus einer Zeitschrift für Design ausgeschnitten; man konnte erkennen, dass sie gefaltet waren; außerdem war am rechten Rand vermerkt, welchen Preis das Objekt bei welcher Fachmesse bekommen hatte.

Entweder, überlegte Gerald, hatte Alexander eine schöne monatliche Überweisung von seinen Eltern bekommen, oder er verdiente nebenbei so gut, um sich eine renovierte Altbauwohnung mit dieser Einrichtung leisten zu können.

Er trat auf den Balkon, der Platz für einen Bistrotisch und zwei Klappstühle bot, die an der Wand lehnten. Keine Bepflanzung. Auf der Lindwurmstraße röhrten in diesem Moment drei schwere Motorräder vorbei.

»Herr Müllersohn?«

Keine Antwort. Gerald ging zurück in die Wohnung.

Müllersohn stand bereits in der Diele, die Hand an der Türklinke. Es war ihm anzusehen, dass er gehen wollte. »Der schmeißt doch sein Leben nicht einfach so weg, der Alexander. Der nicht. Niemals«, sagte er mit zittriger Stimme und wischte sich über die Augen. Dann drehte er sich um und ging hinaus auf den Flur. Gerald warf einen Blick auf die Pinnwand aus Kork neben der Eingangstür. Außer den üblichen Faltblättern von Pizza-Services, China-Restaurants und Postkarten befand sich dort die Visitenkarte eines Psychotherapeuten. Gerald steckte sie unbemerkt ein und schloss die Wohnungstür hinter sich.

»Was haben Sie gestern Abend gemacht, als das Unglück passierte?«

Müllersohn schnaufte und blickte Gerald gequält an. »Das habe ich doch schon Ihren Kollegen erzählt. Und jetzt kommen Sie auch noch damit.«

»In wenigen Sätzen, bitte.«

Der Hausmeister legte die rechte Hand auf das Treppengeländer und stellte sich so, dass er nicht auf Alexander Fadens Wohnungstür schauen musste. »Ich hab ferngesehen. Den Sturz habe ich nicht mitbekommen, verstehen Sie? Da hat nur jemand auf der Straße geschrien: Krankenwagen, Polizei und so. Im Haus ist es sonst ganz ruhig gewesen, deshalb bin ich nicht sofort raus. Was geht es mich an, wenn auf der Straße was passiert? Als es aber immer lauter wurde, bin ich auf die Straße und habe den Alexander gesehen.«

Müllersohns Augen füllten sich mit Tränen. Er

machte sich nicht die Mühe, sie zu verbergen. »Hätten Sie bemerkt, wenn jemand das Haus verlassen hätte?«

»Vielleicht. Weiß nicht. Der Fernseher war ja an, verstehen Sie? Und als ich draußen beim Alexander war, da habe ich nicht auf das Haus geachtet.«

»Kommt man über den Innenhof raus?«

Müllersohn nickte. »Komisch. Das haben die mich gestern gar nicht gefragt. Wenn man sportlich ist, kann man über die Mauer in die anderen Hinterhöfe. Es war ja schon ziemlich dunkel.«

»Gibt es noch andere Leute im Haus, zu denen Alexander näheren Kontakt hatte?«

»Zur Kattowitz, gleich unter uns. Er hat abends manchmal auf ihr Kind aufgepasst.« Müllersohn schien heilfroh, dass das Gespräch anscheinend endlich zu Ende war. Er ging so schnell wie möglich die Treppe hinunter und deutete auf die linke Tür in der dritten Etage.

»Herr Kommissar, darf ich jetzt …?«

Gerald nickte. Das Geländer zitterte, als Müllersohns schwere Hand darauf fiel.

Nach dem ersten Klingeln hörte Gerald ein Geräusch in der Wohnung. Gerald wartete, bis Müllersohn seine Wohnungstür hinter sich geschlossen hatte. Dann klingelte er noch einmal. Niemand öffnete. Er warf einen kurzen Blick auf die Visitenkarte des Arztes, die er in die Brusttasche seines Hemdes gesteckt hatte, bevor er ein letztes Mal klingelte.

Batzko sah demonstrativ auf die Uhr, gab aber keinen Kommentar von sich. Gerald setzte sich nach einem stummen Handgruß und nahm sich die nächste Akte vor. Aber er konnte sich nicht auf seine Arbeit konzentrieren. Seine Gedanken kehrten permanent zu Müllersohn zurück. Der Hausmeister hatte nicht wirklich einen Einblick in Alexanders Leben gehabt, und dennoch schloss er einen Selbstmord kategorisch aus. Er vertraute seiner Menschenkenntnis, und er glaubte in diesem Fall den Eindruck von Müllersohn teilen zu können.

Nach einer halben Stunde lehnte er sich zurück und holte die Visitenkarte aus der Hemdtasche.

»Ich war in der Lindwurmstraße, Batzko«, sagte er und berichtete von seinem Gespräch mit Müllersohn.

Batzko schob den Aktenstapel rasch von sich weg. »Ich hätte es mir denken können. Gerald, der Grübler. Gerald, der Zweifler. Der mit den Toten flüstert. Verdammt, für alle Beteiligten ist der Fall klar, für die Streife, für die Spurenermittler – nur mein engster Kollege hat Kontakt zu Geistern. Er hört Stimmen, die andere nicht hören.«

»Ich höre keine Stimmen, Batzko. Ich höre ihnen zu. Das ist der Unterschied.«

»Mit anderen Worten: Die Kollegen der Streife und die Spurenermittler sind stocktaub. Und du bist die Fledermaus, ja?«

»Batzko, da stimmt etwas nicht. Das fühle ich.«

Batzko schüttelte den Kopf. Er schaute einen Moment aus dem Fenster, als wolle er Gerald bedeuten, dass die Diskussion ihn langweilte. Dann fragte er: »Was hast du da in der Hand?«

»Was? Ach so, die Visitenkarte eines Therapeuten, die an der Pinnwand in der Wohnung des Toten hing.«

»Gib sie mir!«

»Warum?«

»Darum.« Noch ehe Gerald reagieren konnte, schnellte Batzkos Arm pfeilschnell hervor und schnappte sich die Karte.

»Sieh an. Ein Psychoklempner. Das passt doch wie die Faust aufs Auge«, sagte er und griff zum Telefon. »Wollen wir doch mal sehen.« Er tippte die Nummer ein und presste, während das Freizeichen ertönte, einen Gummiball in der rechten Hand. Die Muskeln zuckten. »Ah, guten Tag, ist dort die Praxis von Dr. Chateaux? Kann ich ihn bitte kurz sprechen? … Ach, Sie sind es selbst. Damit rechnet man ja nicht … Ja, Psychotherapeuten brauchen keine Sprechstundenhilfe, auch keine männliche, haha … Natürlich, daran habe ich nicht gedacht, Sie haben Recht. Ich bin Kriminalhauptkommissar Batzko, zuständig für Gewaltdelikte. Es handelt sich um eine reine Routinefrage. Sagt Ihnen der Name ›Alexander Faden‹ etwas? … Warum? Nun, Sie wissen es vielleicht noch nicht, aber Herr Faden ist in der letzten Nacht verstorben … Ja, schrecklich, ein junger Mann … Nein, wir gehen von keinem Gewaltverbrechen aus. Wie schon gesagt, reine Routine. Ich möchte nur wissen, ob Sie ihn kannten, ob er bei Ihnen in Behandlung war … Ich weiß, Ihre ärztliche Schweigepflicht; ich möchte nichts Besonderes wissen, und dieses Telefonat hat es auch nie gegeben. Sie ersparen uns einfach nur ein Stück Bürokratie. Es wäre doch für Sie viel umständlicher und zeitraubender, wenn wir Sie zu uns in Präsidium zitieren müssten, nicht wahr? Vielen Dank… Aha, in Behandlung seit ungefähr anderthalb Jahren… Erst Einzel- und danach Gruppentherapie, ah ja… Ohne in medizinische Details gehen zu wollen: Litt Herr Faden vielleicht unter Depressionen?… Ich weiß, das ist eine sehr pauschale Formulierung, trotzdem bitte eine Antwort… Periodische Schübe von Verzweiflung und Apathie, in der Gruppentherapie Anzeichen von Resignation, hm… Halten Sie einen Suizid für denkbar?… Ja, ich weiß, dass man diese Frage in dieser Form eigentlich nicht stellen kann. Trotzdem bitte… Im Gesamtrahmen des Krankheitsbildes nicht auszuschließen… Ich denke, das war für uns die zentrale Aussage. Wir werden Sie definitiv nicht mehr behelligen. Danke noch einmal für Ihre Kooperation. Guten Tag.«

Batzko legte den Hörer zurück. Er hob die Visitenkarte in Brusthöhe, zerriss sie demonstrativ in kleine Stücke und warf sie in den Papierkorb.

»Überleg dir beim nächsten Mal besser, ob du einen Alleingang riskierst und mich hier die Akten fressen lässt«, maulte er. »Du bist überspannt, sexuell trockengelegt, übermüdet. Geh heute Abend ein Bier trinken. Oder noch besser – lade mich heute Abend zum Bier ein, dann vergebe ich dir.«

»Geht nicht. Nele ist so platt, dagegen bin ich ein frischer Bergquell. Ein anderes Mal.«

Batzko runzelte die Stirn. Dann öffnete er die rechte Hand und streckte sie aus. »Für deinen blöden Soloritt schuldest du mir etwas. Ich lass dich da nur raus, wenn du versprichst, mit mir an einem der nächsten Abende ins Fitnesscenter zu gehen. Und nach dem Workout in eine Kneipe meiner Wahl.«

Gerald schlug ein.

3

Der Kinderwagen stand nicht im Hausflur. Nele hatte sicher die milden Abendstunden für einen Spaziergang genutzt.

Gerald stieg mit schnellen Schritten in den zweiten Stock. Es kostete ihn eine gewisse Anstrengung, obwohl er vor wenigen Stunden in den vierten Stock hatte gehen müssen. Aber da hatte Müllersohn ein extrem gemächliches Tempo vorgegeben. Gerald überlegte, wann er zum letzten Mal Sport getrieben hatte. Vor Severins Geburt, musste er feststellen; das wird eine saubere Blamage werden, überlegte er, neben Batzko auf dem Laufband und an den Geräten.

Die Stille in der Wohnung war ungewohnt und fast ein wenig unheimlich. Er ging in die Küche und schenkte sich eine Apfelschorle ein. Dabei fiel sein Blick auf den Babyentwicklungskalender, der über dem Küchentisch an der Wand hing. Er listete mit vielen bunten Bildern, witzig gemeinten Zeichnungen und der unvermeidlichen Produktwerbung auf, was ein Baby in jedem Monat des ersten Lebensjahres lernt. Für Nele hatte dieser Kalender die Funktion eines allmächtigen Angstmachers übernommen. Sie hatte hinter jede der angezeigten Fähigkeiten mit dem Tagesdatum notiert, wann Severin sie erreicht oder wann sie zumindest in Ansätzen erkennbar geworden war. Gab es eine Verzögerung, so wies ein Pfeil auf den folgenden Monat, und Nele hatte das erlösende Datum mit Rotstift festgehalten.

Mit diesem Tag hatte der vierte Monat begonnen. Gerald nervte dieser Kalender, er wollte ihn keine Sekunde länger ansehen müssen und ging ins Wohnzimmer. Er fühlte, wie sich Trauer und eine diffuse Wut in ihm ausbreiteten. Was war nur mit Nele passiert? Früher hatte sie ihn, der zur Übervorsicht und zum Abwarten neigte, mit ihrer Spontaneität mitgerissen; sie hatte ihn an einem Sonntagmorgen um vier Uhr geweckt, um mit ihm spazieren zu gehen und anschließend wunderbaren Sex zu haben. Sie hatte Pläne als Fessel betrachtet, sie hatte das ganze Leben als einen einzigen Last-Minute-Trip gelebt. Mit Severins Geburt war die Welt ein verdächtiger Ort voller verborgener Gefahren geworden. Ein Teppich diente nicht zur Verschönerung eines Raumes, sondern als Brutstätte gefährlicher Bakterien. Ein Löffel war nicht länger nur ein Löffel, sondern ein Gegenstand, der Severins Mundraum Verletzungen zufügen konnte. Die Temperatur im Zimmer war zu hoch oder zu niedrig, das Essen zu kalt oder zu heiß. Als ob das Baby, dachte Gerald, während der Schwangerschaft Neles ursprüngliche Persönlichkeit gleichsam deformiert hätte.

Auf dem bequemen Ledersessel neben dem Bücherregal lagen eine Großpackung Windeln und eine Informationsbroschüre aus der Apotheke, die eine Mutter in Sorge zeigte: *Ab wann darf ich zufüttern? Ein Ratgeber*. Alle Mütter waren ständig in Sorge, die ganze Welt gab Ratschläge. Gemessen an dem Aufwand, den wir betreiben, muss die Kindersterblichkeit der vorigen Generationen zwischen 95 und 98 Prozent betragen haben, dachte Gerald. Er versuchte, einen Platz für die Windeln zu finden, aber das war selbst im Wohnzimmer nicht einfach. Sie hatten es nicht mehr geschafft, vor Severins Geburt eine größere Wohnung zu finden – genauer gesagt, eine Wohnung, die wegen möglicher giftiger Teppichkleber oder sonstiger verdächtiger Stoffe und Materialien kein Veto bei Nele provoziert hätte. Nun waren ihr Schlaf- und ihr Wohnzimmer zu einem doppelten Kinderzimmer mutiert.

Gerald schob eine CD in den Spieler. Miles Davis: *Kind of Blue*. Eine sanft pulsierende Musik, die irgendwo in der Ferne begann und irgendwo in der Ferne aufhörte. Er schloss die Augen und fuhr in einem offenen Wagen über eine endlose Straße. Einfach nur fahren, an nichts denken, nur unterwegs sein.

Aber plötzlich war da Alexander Faden im Blickfeld. Er sah ihn tot vor sich auf der Straße liegen, den Armstumpf mit der seltsamen Narbe. Da passt einiges nicht zusammen, dachte er, die wohlgeordnete Wohnung, Müllersohns Beobachtungen und die Ansichten des Psychotherapeuten. Gerald musste zumindest noch mit der anderen Nachbarin sprechen. Allein. Es war ein Fehler gewesen, Batzko ins Boot zu holen. Der wollte der Staatsanwaltschaft nur möglichst rasch die Akten zuleiten, um von denen ein Fleißkärtchen zu kriegen. Für Batzko war Gerald immer schon ein Träumer gewesen.

Die Haustür wurde aufgeschlossen. Nele rief ein »Ja, ist der Papa schon da?« in den Flur, Severin krächzte einen Begrüßungslaut. Als Gerald die beiden sah, wurde er von einer Welle der Liebe mitgerissen. Nele, deren Wangen von der Anstrengung leicht gerötet waren, gab ihm einen Kuss, der nicht flüchtig, sondern bewusst und innig war. Severin strahlte ihn an, ließ sich in die Umarmung fallen, was nicht selbstverständlich war. Gerald drehte sich mit seinem Sohn im Kreis, bis ihn Nele mit einem Hinweis auf die Ohrenentzündung bat, vorsichtiger zu sein. Es ärgerte ihn, aber er war in diesem Moment glücklich genug, um über Neles mantra-artige Ermahnungen hinwegzusehen.

»Es tat irrsinnig gut, endlich rauszukommen. Und dann noch bei diesem Wetter! Severin hat geschlafen und gestrahlt, geschlafen und gestrahlt. Ein Traum, sage ich dir.«

Erst jetzt sah er, dass sie auch eingekauft hatte. Sie stellte die Tüte auf den Küchentisch, holte tief Atem und pustete ihrem Mann und ihrem Sohn im Flur über ihrer ausgestreckten Handfläche einen Kuss zu.

»Kannst du ihn umziehen? Ich habe Fleisch für uns gekauft und Salat. Ich fühle mich wie neugeboren. Heute Abend müssen wir einfach feiern.«

Gerald legte seinen Sohn auf den Wickeltischaufsatz, der auf der Badewanne postiert war, und während er ihn auszog, griff Severin nach dem Zipfel seines Jäckchens und nuckelte daran. Er strahlte immer noch, seine Augen schienen größer als seine Fäuste. Das reine Glück. Auch Männer, die Väter werden, durchleben tiefgreifende Veränderungen, dachte er. Konnte er das nicht akzeptieren und war deshalb so reizbar und überfordert? Und machte er deshalb Nele für alles verantwortlich, wenn es nicht gut lief zwischen ihnen?

Severin brauchte eine neue Windel. Gerald wusch ihn vorsichtig mit lauwarmem Wasser. Das Baby hatte, während Gerald ihm den Strampler über die Windel zog, die Schnur des Heizstrahlers entdeckt und hielt sie fest in seinen Händchen. Der Heizstrahler war einer der ersten Streitpunkte in der »Wir-machen-aus-unserer-Wohnung-eine-perfekte-Kinderwelt«-Phase gewesen. Severin kam Ende März auf die Welt, es herrschten bereits milde Temperaturen. Das Bad war klein, die Heizung funktionierte perfekt – aber jedes Argument hatte versagt vor der Tatsache, dass Babys in den ersten drei Monaten noch über keinen inneren Temperaturausgleich verfügen. Nele hatte auf einen Heizstrahler mit Dreistufenregelung bestanden, ein Elektriker hatte ihn an der Decke angebracht und das mitgelieferte Kabel durch ein längeres ersetzt, damit sie ihn an die Türsteckdose anschließen konnten. Sie hatten ihn summa summarum vielleicht fünf Mal angeschaltet, bald würde er den Weg in den Keller finden und später auf den Sperrmüll.

Gerald zwang sich, nicht daran zu denken, und das schien auch für Severin zu gelten, der sich die Schnur ohne Protest aus den Fäusten nehmen ließ. Bravo, genießen wir einfach nur diesen Abend, flüsterte Gerald in Severins Ohr, und vielleicht auch diese Nacht.

Er trug ihn auf seinen Armen in die Küche, wo Nele gerade den Salat wusch. Sie hatte sich in der Zwischenzeit bereits umgezogen – eine Latzhose, die sie schon während der Schwangerschaft getragen hatte. Sie versank in ihr; Gerald hatte vorsichtig angedeutet, dass sie in diesem Kleidungsstück auf ihn wirke, als wäre sie dauerhaft schwanger, und er das eigentlich hinter sich lassen wollte. Aber Nele hatte darauf bestanden, weil sie praktisch war und weil sie nicht einsah, warum sie ihre normalen Klamotten durch Severins Spuckflecken versauen sollte.

Gerald legte Severin in die Wippe auf dem Küchentisch und beteiligte sich an den Vorbereitungen zum Abendessen. Nele stellte sogar eine Flasche Rotwein auf den Tisch. Es schien tatsächlich *sein* Abend zu werden. Er fühlte sich wie euphorisiert. Das ist die Wende, dachte er, nach den langen dürren Monaten. Wein, ein gutes Abendessen und später im Bett übereinander herfallen, während Severin tief und fest schlafen würde. Severin, der die Bewegungen um ihn herum mit konzentrierter Aufmerksamkeit verfolgte. Immer wieder brabbelte er etwas, als versuchte er das, was er sah, mit einem Namen zu versehen. Gerald hätte ihn am liebsten vor Übermut in die Backen gebissen.

Die Steaks waren perfekt. Er aß mit so großem Appetit, dass Nele ihm die Hälfte ihrer Portion abgab. Mehrmals schenkte sie ihm nach, sodass er schließlich vier Gläser des schweren Weins getrunken hatte.

»Mein Gott, ich bin tot«, sagte sie unvermittelt, legte das Besteck neben den Teller und streckte ihren Rücken. »Severin wollte ständig getragen werden. Ich spüre jeden einzelnen Wirbel.«

Gerald betrachtete sie aufmerksam. Ihr Gesicht und ihr Körper trugen noch die Spuren der Schwangerschaft und der unerwartet schwierigen Geburt. Sie hatte ein schmales Gesicht, dessen Ebenmäßigkeit durch ihre kurzen Haare unterstrichen wurde. Auch ihre Nase und ihr Mund waren schmal, aber nicht zu schmal.

Die Zeit, die sie nach der Geburt vor dem Spiegel zubrachte, war länger geworden, und ihr Gesichtsausdruck besorgter und unglücklicher, wenn sie geschminkt aus dem Bad kam. Dass sie ihr vertrautes Körpergewicht noch nicht wieder erreicht hatte, störte ihn nicht (und er sagte in diesem Punkt die reine Wahrheit), aber das konnte die befremdliche Distanz, die sie zu ihrem eigenen Körper aufgebaut hatte, nicht aufheben.

»Machst du die Küche, und ich lege Sevi an? Er soll trinken und trinken, damit er zwei Tage durchschläft.«

Das war das Stichwort. Als Gerald die Teller in die Spülmaschine räumte, stellte er fest, dass er schwer angetrunken war. Der Alkohol rumorte in seinem Kopf. Er verzichtete auf den üblichen Espresso nach dem Abendessen, weil er sich müde und aufgekratzt zugleich fühlte. Und erregt.

Wenige Minuten, nachdem er die Küche aufgeräumt hatte, ging er ins Bad, putzte sich die Zähne und spülte den Weingeschmack aus dem Mund. Das Gesicht im Spiegel war ihm immer noch ein wenig fremd. Am Tag vor Severins Geburt hatte er sich den Vollbart abrasiert, um die empfindliche Haut seines Sohnes nicht zu reizen, wenn er ihn küsste oder mit ihm spielte. Er hatte nie sonderlich an dem Bart gehangen, doch er hing an einer Erinnerung an einen ganz bestimmten Moment mit Nele. Er hatte sie kennengelernt, als er in einem Reisebüro einen Wochenendtrip buchen wollte, nachdem er in dem Monat davor über hundert Überstunden geschultert hatte und vollkommen ausgebrannt gewesen war. Nele, die damals als Reisebürokauffrau arbeitete, hatte ihm ein schönes kleines Hotel in Barcelona empfohlen. Er hatte eingewilligt – und war überrascht gewesen, als er sie an dem Wochenende in demselben Hotel als Gast wiedersah. Sie hatte erklärt, dass sie inkognito gelegentlich eine Reise buche, um die Standards zu überprüfen. Er hatte ihr geglaubt, weil er sich – obwohl das Beratungsgespräch im Reisebüro länger und persönlicher verlaufen war als üblich – nicht hatte vorstellen können, dass jemand tatsächlich so etwas Verrücktes tun würde, nur um ihn wiederzusehen. Aber genau das war ihre Intention gewesen, wie sie ihm zwei Wochen nach der Rückkehr in seiner Wohnung gestanden hatte, um Mitternacht, in seinem Bett. Sie hatte, wie sie freimütig erklärte, nicht gerade wie eine Nonne gelebt, aber er sei der erste Mann gewesen, den sie sich als Vater ihrer Kinder hätte vorstellen können. Während dieses Geständnisses hatte sie mit den Fingerkuppen der linken Hand seinen Bart gestreichelt. Nie zuvor hatte er sich einer Frau so nahe gefühlt.

Nele war mit Severin ins Wohnzimmer gegangen und

hatte die Tür hinter sich geschlossen. Gerald zog sich bis auf die Unterhose aus, löschte das Licht und legte sich ins Bett. Minuten später hörte er, wie Nele sanft flüsternd ins Bad ging. Wenn sie flüsterte, war Severin noch wach, aber die ruhigen Laute würden den Kleinen bald in den Schlaf tragen. Die Tatsache, dass er weder vor noch nach dem Stillen geschrien hatte, zeigte, wie erschöpft er nach der überstandenen Ohrenentzündung war. Tatsächlich dauerte es nicht lange, bis Nele mit ihm ins Schlafzimmer kam. Sie legte ihn vorsichtig in das Kinderbett, zum ersten Mal seit Wochen. Sie hatte ein neues, dunkelblaues Nachthemd angezogen, eines, das bis über die Knie ging. Wegen der Schwangerschaftsstreifen an den Oberschenkeln, vermutete er.

Nele legte sich mit dem Rücken zu ihm. Sie suchte sich ihre vertraute Einschlafposition, nahm seine rechte Hand, küsste die Fingerkuppen und sagte leise: »Ich liebe unser Leben. Ich liebe uns. Ich liebe dich.«

Gerald spürte nichts als seine Erektion. Sie schien ihm in diesem Moment größer als je zuvor, bis zum äußersten Punkt gefüllt mit seinem Verlangen, seiner Sehnsucht und seinem Schmerz. Er schmiegte sich an seine Frau. Als sein Schwanz gegen ihren Po stieß, zuckte sie zurück wie nach einem elektrischen Schlag. Dann bewegte sie sich ebenso sanft wie bestimmt von ihm weg. Sie küsste noch einmal die Finger seiner rechten Hand und legte sie dann, zur Untätigkeit verdammt, zwischen ihre eigenen, auf den Bauch.

Er fühlte sich auf eine brutale Weise ernüchtert. »Wie lange soll das noch so gehen? Seit mindestens einem halben Jahr ist mein Schwanz nur noch über einer Kloschüssel aktiv«, sagte er. Ihm wurde bewusst, wie betrunken er war. Sie atmete schwerer. »Gerald, es ist nicht gegen dich gerichtet. Ich bin müde. Morgens, mittags, abends, nachts. Immer. Und ich bin einfach nicht erregt, wenn ich müde bin. Gib mir noch etwas Zeit. Es kommt von selbst wieder, glaub mir. Außerdem …«

»Außerdem was?« Geralds Hände hatten Neles Antwort offenbar noch nicht mitbekommen, denn sie bewegten sich sanft und zugleich fordernd über ihre Oberschenkel und ihren Po.

»Es ist so schwer auszudrücken. Manchmal fühle ich mich so, als hätte Severin niemals meinen Bauch verlassen oder, besser gesagt, als gäbe es zwei von ihm. Der eine liegt gerade in seinem Kinderbett und schläft, und der andere ist immer noch in meinem Bauch. Es ist so, als wäre ich immer noch voll von meinem Baby.«

»Nele, ich kann mit diesem Gequatsche einfach nichts anfangen. Lass es doch einfach mal laufen. Vielleicht kommt der Appetit ja beim Essen. »

Sie küsste noch einmal seine Fingerspitzen und legte seine rechte Hand auf ihren Bauch. Dort hatte sie so oft gelegen, dass sie eigentlich schon einen Abdruck auf der Haut hätte hinterlassen müssen.

»Ich bin zu müde, Gerald. Bitte.«

4

Bei der Morgenbesprechung fiel der Name Alexander Faden kein einziges Mal. Es war eine jener Besprechungen, die Gerald die »Abnick-Runde« nannte, weil sich Polizeipräsident Dr. Vordermayer von den einzelnen Abteilungen über die laufenden Vorgänge informieren ließ und sich sein eigener Beitrag auf ein automatisiertes Kopfnicken beschränkte, manchmal mit geschlossenen Augen. An solchen Tagen war der Polizeipräsident meistens übermüdet oder hatte Magenschmerzen (weil er zu viel und dabei noch zu viel Ungesundes aß) oder war mit dem Kopf bereits bei einem wichtigen Termin, der noch auf ihn wartete.

In Geralds und Batzkos Zuständigkeit fiel eine Sonntagsprügelei zwischen zwei Männern in einer Kneipe in der Mozartstraße, Ecke Barbararing. Die beiden Beteiligten lagen mit erheblichen Verletzungen im Krankenhaus.

»Ich fahre am Vormittag raus«, sagte Batzko, der sich in Gegenwart des Chefs gerne aktiv zeigte. »Wahrscheinlich waren die im Krankenhaus wieder so schlau und haben die Streithähne in dasselbe Zimmer gelegt, damit sie gleich weitermachen können.«

Dr. Vordermayer nickte geistesabwesend.

Gerald war ebenfalls nicht ganz bei der Sache. Er konnte das Ende der Besprechung kaum abwarten, um im internen Netzwerk den Bericht über den Fall Alexander Faden zu suchen. Die Kollegen von der Streife, die vor Ort gewesen waren, mussten zumindest das obligatorische Aktenzeichen vergeben und eine Schilderung des Geschehens formuliert haben.

Das hatten sie tatsächlich, wie Gerald wenige Minuten später in seinem Büro feststellen konnte. Aber die knappen, formelhaften Sätze untermauerten die Suizid-Hypothese. Die Kollegen von der Spurensicherung hatten ihren Bericht noch nicht eingefügt. Das konnte verschiedene Gründe haben: Überlastung, Abwesenheit der Beteiligten wegen Urlaub oder Überstundenausgleich oder schlichtes Desinteresse. Nur wusste Gerald aus eigener Erfahrung, dass ein Bericht umso kürzer und nichtssagender wurde, je länger man ihn vor sich herschob.

Batzko verabschiedete sich gegen halb zehn ins Krankenhaus. Kurz darauf ließ Gerald sich von zwei Kollegen, die nach Sendling fuhren, in der Lindwurmstraße absetzen.

Die Haustür war nur angelehnt. Gerald nahm die Treppe absichtlich im Laufschritt und überzeugte sich davon, dass die Hausrenovierung offenbar für eine gründliche Geräuschdämmung gesorgt hatte. Kein Knirschen, kein Knarren. Ein möglicher Täter hätte also das Haus schnell verlassen können, ohne Aufmerksamkeit zu erregen.

Gerald klingelte und hatte, wie am vorigen Tag, den Eindruck, dass in der Wohnung eine Tür leise geschlossen wurde. Er klingelte ein zweites, dann ein drittes Mal. Im Gegensatz zum Vortag blieb er jedoch einfach stehen. Als er zum vierten Mal klingelte, wurde die Tür vorsichtig einen Spalt geöffnet.

»Frau Kattowitz?« Gerald zeigte seinen Dienstausweis. »Es tut mir leid, wenn ich Sie stören sollte, aber ich müsste dringend mit Ihnen sprechen.«

»Jetzt?« Sie wischte sich die langen schwarzen Haare aus der Stirn. Gerald konnte trotzdem nur die Hälfte ihres Gesichts sehen. Ein graues Auge, das ihn müde und unwillig ansah. Blasse Haut, ungeschminkt. Ein voller Mund, der beinahe zu groß für das Gesicht schien und Trotz und Unwillen demonstrierte.

»Ich wäre nicht jetzt gekommen, wenn es nicht jetzt sein müsste.«

Sie öffnete zögernd die Tür, trat zurück und schloss mit der rechten Hand den bunten, ausgewaschenen Morgenmantel, der nur von einem Gürtel zusammengehalten wurde. Ihre nackten Füße steckten in Pantoffeln. Der Morgenmantel endete oberhalb ihrer Knie. Ihre Beine hatten den Punkt von kräftig zu massig leicht überschritten und zeigten an den Waden ein dünnes Netz aus Krampfadern. Gerald schätzte sie auf Ende dreißig. Sie war kleiner als er, aber von kräftigem Körperbau. Den linken Arm hatte sie wie zum Schutz vor ihre Brust gelegt.

Gerald schloss die Tür hinter sich. Gleich links befand sich die Küche. Auf dem Küchentisch standen noch drei Teller, Tassen, Cornflakes, Brot, Marmelade und eine Butterdose.

»Ich fühle mich nicht besonders wohl«, sagte sie und schaute an Gerald vorbei. »Wahrscheinlich etwas mit dem Magen. Ich hatte mich gerade wieder ins Bett gelegt.«

Sie ging voraus ins Wohnzimmer, das zur Straßenseite lag. Es war dem des Hausmeisters nicht unähnlich: eine dunkelbraune Schrankwand, ein kleiner Fernseher und eine etwas neuere, teurere Sitzgarnitur. Vor dem Fenster standen ein Schreibtisch mit Stuhl, ein Bildschirm, Drucker, Lautsprecher und Kopfhörer. Der Computer war angeschaltet, der Bildschirmschoner zeigte eine Insellandschaft im Meer. Die Luft war bereits um diese Uhrzeit rauchgeschwängert.

»Es handelt sich um einen reinen Routinebesuch«, begann Gerald, nachdem er sich auf ihre Einladung hin auf das Sofa gesetzt hatte. »Es geht um Herrn Faden. Herr Müllersohn erwähnte, dass Sie näheren Kontakt zu ihm hatten?«

»Ja … ja«, sagte sie. Ihre Stimme klang unwillig und desinteressiert. »Er hat manchmal auf meine Tochter aufgepasst, wenn ich abends weg war.«

»Wie alt ist Ihre Tochter?«

»Neun. Bald zehn.«

»Wann haben Sie Herrn Faden kennengelernt?«

»Wir sind vor zwei Jahren hier eingezogen. Das mit Alexander ergab sich dann einfach.«

»Können Sie mir Herrn Faden etwas beschreiben?«

»Ja … ja«, begann sie wieder, und es klang wie automatisiert, so, als hätte sie nicht richtig verstanden oder als erwartete sie, dass er noch etwas ergänzen wollte. »Still war er. Sehr ruhig. Konnte ganz toll zeichnen. Meine Tochter war verrückt nach ihm, weil er mit ihr gemalt hat. Wenn es nach ihr gegangen wäre, hätte ich jeden Abend ausgehen müssen. Alexander war brav, fast schüchtern. Hat nicht geraucht, nicht getrunken. Sehr zuverlässig. Gar nicht so, wie man von Studenten denkt.«

»Hatte er einen Freundeskreis? Eine Freundin?«

Sie stand auf, ging zum Computer und nahm sich eine Zigarette aus der Schachtel, die vor dem Bildschirm lag. Jetzt registrierte Gerald auch die Webcam, ein großes, einäugiges Insekt, das vor der Tastatur hockte. Als Frau Kattowitz sich wieder setzte, achtete sie darauf, dass sich der Bademantel nicht öffnete. Gerald vermutete, dass sie darunter nur wenig oder auch weniger als wenig trug.

»Manchmal waren welche da, aber nicht so zum Feiern. Ich glaube, die haben zusammen etwas für die Uni gemacht. Ich kenne mich da nicht so aus. Und Frauen? Ja, in letzter Zeit war an den Wochenenden schon mal eine junge Frau da. Die haben die Wohnung dann nicht verlassen, auch an den Abenden nicht. Mehr weiß ich nicht. Erzählt hat er davon aber nie etwas.«

»Hat dieser Unfall am Arm ihn verändert?«

»Es war kein Unfall.« Entgegen ihrer langsamen, fast trägen Sprechweise kam diese Antwort blitzschnell. Sie schien sie auch sofort zu bereuen, denn sie drehte den Kopf zum Fenster, strich mit der Hand nervös durch ihre Haare und nahm einen tiefen Zug von der Zigarette.

»Habe ich Sie richtig verstanden? Es war kein Unfall?«

»Ja … ja.« Und wieder fiel sie in diese Unart. Es klang so, als wollte sie nicht selbst sprechen, sondern dem Gegenüber signalisieren, dass er weiterreden solle.

»Was war es denn?«

»Das war nur die offizielle Erklärung für die, die ihn gefragt haben. So hat er es auch meiner Tochter erzählt. Mir hingegen hat er angedeutet, dass es kein Unfall war. Mehr hat er allerdings dazu nicht gesagt. Der Alexander war eben sehr verschlossen. Aber das wissen Sie ja bereits, nicht wahr?«

Den letzten Satz hatte sie mit einer gewissen Patzigkeit unterlegt. Gerald war sich sicher, dass sie mehr wusste. Sie drückte die Zigarette aus und schaute unruhig zum Computer.

»Halte ich Sie von etwas ab, Frau Kattowitz?«

»Nicht direkt. Ich meine, ich arbeite am Computer. Banküberweisungen erledigen und so. Ich versuche, so viel wie möglich zu schaffen, während meine Tochter in der Schule ist. Verständlich, oder?«

Gerald sah erneut zum PC-Tisch, auf dem sich weder Aktenordner noch Stifte noch Papiere befanden.

»Leben Sie alleine mit Ihrer Tochter?«

»Mein Freund ist oft hier. Das heißt, er ist eigentlich noch verheiratet und ist manchmal noch bei seiner Frau und den Kindern. Ich glaube aber nicht, dass Sie das etwas angeht.«

»Sicher nicht, nein. Hatte Alexander Faden vielleicht eine Erkrankung, über die er nicht sprechen wollte?«

Sie schüttelte den Kopf und wollte schon antworten, als sie sich daran erinnerte, was sie vor wenigen Minuten gesagt hatte. So verharrte sie einen Moment reglos und hob dann leicht die Schultern. Gerald konnte erkennen, dass sie keinen Büstenhalter trug.

»Hat die Amputation ihn depressiv gemacht? Das wäre doch anzunehmen, immerhin hat er Grafikdesign studiert. Ich bin kein Fachmann, aber es ist doch allgemein bekannt, dass Grafiker heutzutage fast ausschließlich mit Computerprogrammen arbeiten. Mit nur einer Hand ist man doch stark gehandicapt.«

»Ja ... ja«, sagte sie wieder in dieser einschläfernden Trägheit. Nach einer kleinen Pause fuhr sie fort. »Aber es war nicht so. Es war ganz anders. Der Alexander war danach irgendwie offener. Aber wie gesagt ...«

»Hätten Sie sich vorstellen können, dass er Selbstmord begeht?«

Sie griff erneut zur Zigarettenpackung, legte sie dann aber nach kurzem Zögern zurück, ohne eine Zigarette herausgenommen zu haben.

»Nein. Niemals. Aber vielleicht hatte er Liebeskummer oder so. Wenn man keine Kinder hat und noch so jung ist, dann ist man vielleicht anfälliger für so etwas. Bei mir war es jedenfalls früher so. Drogen hat er keine genommen, zumindest kann ich mir das nicht vorstellen. In der letzten Zeit ging es ihm gut, wirklich. Deshalb ...«

»Waren Sie vorgestern Abend zuhause?«

»Ja, mit meiner Tochter. Wir haben ferngesehen. Ich habe nur eine Art Schlag gehört, draußen, auf der Straße. Dann rief jemand um Hilfe. Ich bin ans Fenster und habe den Alexander da liegen gesehen. Danach war ich eigentlich nur damit beschäftigt, meine Tochter zu beruhigen und vom Fenster wegzuhalten.«

Ihre Augen füllten sich plötzlich mit Tränen. Sie versuchte gar nicht erst, es zu verbergen. Die Tränen liefen über ihr ungeschminktes Gesicht und ließen das Konturenlose, leicht Teigige noch deutlicher hervortreten. Sie bewegte sich immer noch nicht, suchte auch nicht nach einem Taschentuch. Sie verschränkte lediglich die Arme vor der Brust und krampfte die Hände in den Kragen des Bademantels.

Dann stand sie plötzlich auf und verließ, ohne etwas zu sagen, das Wohnzimmer. Gerald blieb sitzen; er schaute sich um, aber es gab nichts in diesem Raum, was zu einem zweiten Blick einladen würde. Auf der hellen Raufasertapete hingen zwei Poster von Harry-Potter-Filmen. Auf den Fensterbrettern standen Topfpflanzen.

Als Marleen Kattowitz zurückkam, waren ihre Augen hinter einer Sonnenbrille verborgen und ihre Füße nackt. Sie blieb mitten im Raum stehen. »Wenn Sie keine weiteren Fragen mehr haben …«, sagte sie und deutete mit einer Kopfbewegung auf den PC. »Ich müsste nämlich anfangen, meine Miete zu verdienen.«

Gerald erhob sich. Er wusste, dass er an diesem Tag nichts mehr von ihr erfahren würde.

»Es mag sein, dass ich vor dem Abschlussbericht

noch einmal vorbeikommen muss. Aber das kann noch einige Tage dauern. Ich lasse Ihnen meine Visitenkarte hier. Wenn Ihnen also noch etwas einfällt oder Sie in den kommenden Tagen eine außergewöhnliche Beobachtung machen, rufen Sie mich bitte sofort an.«

Sie begleitete ihn wortlos zur Tür. Die nackten Füße machten ein schmatzendes Geräusch auf dem Linoleum im Flur.

Gerald stieg langsam die Treppe hinunter. Im Erdgeschoss blieb er stehen und lauschte an der Tür von Müllersohns Wohnung. Er hörte die überdeutlichen Geräusche des Fernsehers. Der Hausmeister schien leicht schwerhörig zu sein. Bei dieser Lautstärke konnte er definitiv nicht mitbekommen haben, was sich im Hausflur abgespielt hatte. Vielleicht hatte er es auch nicht gewollt, der ehemalige Polier Müllersohn, der nur noch seine Ruhe wollte, für sich und den ewig laufenden Fernseher.

Er öffnete die Tür zum Innenhof. Er war nicht besonders groß. Auf der linken Seite befand sich ein überdachter Stellplatz für Fahrräder, auf der rechten Seite ein großer Abfallcontainer und mehrere farbige Tonnen. Ein Bettkasten, eine durchfeuchtete Matratze, eine Kommode und das Gerippe eines Lattenrostes waren an der ihm gegenüberliegenden Wand abgestellt. Davon abgesehen machte der Innenhof einen sauberen Eindruck. Die Steinmauer war nicht höher als zwei Meter. Von hier aus konnte man in die Innenhöfe weiterer drei Häuser gelangen. Ein Flüchtender hätte selbst in der abendlichen Dunkelheit leicht über die Mauer entkommen können.

Gerald wollte schon umkehren, als er auf dem Boden neben dem Bettkasten etwas blinken sah. Vielleicht eine Schraube oder ein Metallstück, auf das die Vormittagssonne fiel. Gerald ging zu der Stelle und beugte sich hinunter. Da lag, ganz nah an der Mauer, halb verborgen in einem kleinen, noch feuchten Staubhaufen ein Messer. Nein, kein Messer – es handelte sich eindeutig um ein Skalpell, wie Gerald es viele Male in der Gerichtsmedizin gesehen hatte. Sofort stieg der schwere, unangenehm süßliche Obduktionsgeruch in seine Nase. Gerald schüttelte sich unwillkürlich, dann nahm er das Skalpell vom Boden. Der heftige Regen der vergangenen Nacht hatte mögliche Fingerabdrücke auf dem schmalen, blauen Griff sicher abgewaschen. Die Klinge selbst sah aus wie neu.

Gerald umwickelte die Klinge mit einem Taschentuch und steckte das Skalpell in die Innentasche seines Jacketts. Er suchte den Boden entlang der Mauer ab, fand aber nichts weiter, außer zwei Kronkorken und Zigarettenkippen in der Ecke neben dem Fahrradstellplatz. Dann stellte er sich auf die Kommode, zog sich hoch und schaute in den Innenhof des gegenüberliegenden Mietshauses, der viel größer war und in dem vier Autos parkten. Über diesen Innenhof zu flüchten wäre ein Kinderspiel für jemanden, der nicht ganz unsportlich war.

Gerald sprang wieder von der Kommode hinunter, rieb die Handflächen gegeneinander und ging langsam zurück. Einen Blick in diesen Innenhof hatte man lediglich aus zwei Fenstern mit nikotingrauen Gardinen; es musste sich um das Schlafzimmer von Müllersohns Wohnung handeln, der zum Zeitpunkt des Geschehens im Wohnzimmer gesessen hatte, vor dem Fernseher mit dem Geräuschpegel eines startenden Düsenflugzeugs.

In seinem Postfach lag der Bericht der Gerichtsmedizin. Als Gerald die Mappe öffnete, fiel sein Blick sofort auf die Fotografien. Fünf von ihnen zeigten Kopf und Körper von Alexander Faden. Er war auf dem Hinterkopf aufgeschlagen, sein Gesicht war das eines Schlafenden. Eines hübschen, sympathischen Schlafenden: blonde, mittellange, leicht gewellte Haare, eine schmale, sehr gerade Nase und ein sensibler Mund. Ein dünner, kurzer Kinnbart, wie er besonders bei jüngeren Männern Mode war. Ein Ring am linken Ohrläppchen. Er wirkte jünger als siebenundzwanzig. Größe: 178 cm. Gewicht: 74 kg.

Zwei Fotos zeigten ausschließlich den Armstumpf. Der Arzt hatte Recht: die Nähte sahen aus wie Strahlen, sicher fünf Zentimeter lang, die von ihrem Zentrum in alle Richtungen gingen. Wie Sonnenstrahlen. Es war offensichtlich, dass diese Narben keiner chirurgischen Notwendigkeit entsprachen. Ein Gefühl der Fremdheit umfing ihn.

Gerald stand am Fenster und betrachtete den ruhigen Verkehr. Er sah die ersten Gruppen von Angestellten, die in der Mittagspause in Richtung Fußgängerzone liefen, die Schulkinder, die an den Bushaltestellen warteten. Manche hatten sich von den Jacken und Pullovern, die ihnen überbesorgte Mütter am Morgen angezogen hatten, befreit und über den Schulranzen gelegt. Da standen sie, in kurzärmeligen Hemden oder bunten T-Shirts. Gerald sah ihre dünnen, unversehrten Kinderarme, wie sie einander an den Schultern fassten oder sich schubsten.

Es war kein Unfall, hatte Marleen Kattowitz behauptet. Auch keine Krankheit. Dann hatte sie geschwiegen, obwohl sie mehr hätte sagen können. Was war es also? Ein neuer Körperkult? Eine sadistische Sekte?

Ein leichtes Knallen riss Gerald aus seinen Gedanken. Batzko war zurückgekehrt und hatte eine Mappe auf den Schreibtisch geworfen. Er grinste seinen Kollegen an, forderte ihn durch eine Handbewegung zum Kampf heraus, tänzelte und versetzte der Luft tödliche Haken und Geraden.

»Am Ende war's eine Weibergeschichte«, sagte Batzko. Er brach das Schattenboxen ab und kontrollierte, ob sich nicht etwa Schweißflecken unter den Achseln gebildet hatten. »Der eine hat behauptet, die Freundin des anderen wäre irgendwie im Sex-Business beschäftigt. Der andere mit mehr Promille als Blut in den Adern haut irgendwann zu. Der andere zurück. Jochbeinbruch, Augapfelprellung auf der einen, schwere Prellungen auf der anderen Seite. Und keiner versteht, warum ich da auftauche. Nun drehen sie es so, dass sie sich kaum noch erinnern, wer angefangen hat und überhaupt. Die kennen unser Business: Die sagen so oft

›Weiß nicht mehr‹ und ›Eigentlich ist er mein Freund‹, bis der Staatsanwalt das Verfahren einschlafen lässt.«

Damit nahm Batzko den Kampf gegen seinen Aktenstapel wieder auf und zerkaute seine Unterlippe. Gerald ließ den Bericht der Gerichtsmedizin unauffällig im Schreibtisch verschwinden. Aber die Bilder des Armstumpfes blieben in seinem Kopf. Wie konnte er vorgehen? Marleen Kattowitz würde ihr Schweigen so leicht nicht brechen, vermutlich hatte sie es Alexander Faden hoch und heilig versprochen. Gerald brauchte mehr Informationen, am besten von der unbekannten Freundin, die einige Wochenenden mit ihm verbracht hatte. Sie würde mit Sicherheit mehr wissen als die Kommilitonen, mit denen er gearbeitet hatte. Sie ausfindig zu machen würde mühsam sein. Aber eine Person gab es, die für Gerald greifbar war: der Psychotherapeut. Nur hatte Batzko in seiner typischen »Ein-Anruf-und-der-Fall-ist-erledigt«-Mentalität den Weg zugemauert. Die ärztliche Schweigepflicht, auf die der Therapeut sich bereits im Telefonat berufen hatte, galt zudem über den Tod hinaus. Gerald müsste einen Staatsanwalt einschalten, und dieser würde nach der derzeitigen Aktenlage nur müde lächeln und fragen, ob sich Geralds Dezernat mangels Auslastung die Fälle schon erfinden müsse. Nein, er musste anders vorgehen.

Eine Stunde später, als der Stapel vor ihm um eine Handbreit geschrumpft war, kam ihm eine Idee. Eine waghalsige Idee. Aber mit ein wenig Glück realisierbar, auch wenn er auf einem schmalen Grad balancieren würde.

Batzko hatte die Visitenkarte des Therapeuten am Vortag in den Papierkorb geworfen, doch Gerald erinnerte sich an den französischen Nachnamen. Die Telefonnummer ermittelte er im Internet-Branchenbuch. Als Batzko wenig später zu einem Kollegenplausch in den zweiten Stock ging, griff Gerald kurzerhand zum Hörer.

Nach dem vierten Klingeln schaltete sich der Anrufbeantworter ein. »Dies ist die Nummer von Dr. Dirk Chateaux, Arzt und Psychotherapeut. Im Moment bin ich leider …« Ein erneuter Knacks in der Leitung. »Ja, hallo?«

»Dr. Chateaux? Sind Sie es selbst?«

»Wirklich und leibhaftig. Wollen wir das nicht alle? Wirklich, leibhaftig, lebendig sein? Wenn Sie allerdings lieber mit meiner Automatenstimme sprechen wollen, weil sie eine beruhigende Wirkung auf Sie hat, Ihnen weniger Angst einjagt, Ihnen keine unbequemen Fragen stellt, dann kann man das natürlich auch arrangieren.«

Ein sehr leises, ironisches Lachen schwebte in Geralds Ohr. Hoch, beinahe feminin wie auch die Stimme des Arztes. Was war das nur für ein Typ? Gerald war aus dem Tritt gebracht. Er räusperte sich, um Zeit zu gewinnen.

»Nein. Verzeihung, ja, ich meine, ich möchte natürlich mit Ihnen selbst sprechen, Herr Dr. Chateaux.«

»Dann tun Sie es einfach.«

»Natürlich. Gerne.« Gerald hörte sich selbst sprechen, wie auf Autopilot. Er wusste plötzlich nicht mehr, was er sagen sollte. »Es ist so, dass ich mir überlege, einmal mit einem Therapeuten zu sprechen. Ich habe einige Probleme in letzter Zeit, und ich dachte, ein Arzt wie Sie …«

»… könnte sie Ihnen wegnehmen wie ein lästiges Muttermal oder einen Pickel oder ein Magengeschwür?«

»Ja. Ich meine natürlich: nein. Sicher nicht.« Gerald fühlte sich wie ein Erstklässler im Zimmer des Direktors, der, obwohl unschuldig, bestraft werden würde, weil er sich nicht zu verteidigen wusste.

»Gut. Sehr gut. Es geht nämlich zunächst um Ihre Erwartungshaltung. Eine Therapie zaubert keine Probleme weg, zuerst einmal ändert sie Ihre Sichtweise auf das, was viele Menschen mit dem Begriff ›Problem‹ bezeichnen und dadurch zu etwas Feindlichem machen, das in ihrem Leben nichts zu suchen hat. Ein so genanntes Problem sehe ich ganz neutral als die Materialisierung einer psychischen Konstitution, die man genauer betrachten sollte.«

»Ich verstehe.« Dabei verstand er gar nichts. Warum hatte dieser Arzt nicht einfach eine Sprechstundenhilfe, die einem schlicht und einfach einen Termin gab?

Als hätte Dr. Chateaux seine Gedanken gelesen, sagte er: »Wir können uns gerne einmal zu einem unverbindlichen Gespräch bei mir treffen. Wann passt es Ihnen denn?«

»Eigentlich jeden Tag, am späten Nachmittag am besten.«

»Lassen Sie mich einmal sehen.« Eine kleine Pause entstand, in der Gerald ein leises Rascheln vernahm, als würde Dirk Chateaux in einem Kalender blättern. »In nächster Zeit geht es eigentlich nur heute, um siebzehn Uhr, weil ein Patient eine Stunde absagen musste. Können Sie das einrichten?«

Die Stimme des Arztes klang verändert, glatter und geschäftsmäßiger. Zum ersten Mal fühlte sich Gerald auf halbwegs sicherem Boden. Krankheit gleich Arzt gleich Terminvereinbarung.

»Das geht. Um siebzehn Uhr bei Ihnen also.«

Gerald fuhr in langsamem Tempo durch Bogenhausen. Wer in diesem Viertel wohnte, besaß neben seinem Geld normalerweise auch eine gewisse Diskretion, es nicht auf spektakuläre Weise auszustellen.

Er parkte gegenüber dem Anwesen des Therapeuten in der Ebersberger Straße und beschloss, da er noch etwas Zeit hatte, Haus und Grundstück genauer zu betrachten. In Chateaux's Garten standen stumme Zeugen baulicher Aktivitäten. Gerald sah einen Bagger, daneben einen über zwei Meter hohen Erdhügel sowie eine Zementmischmaschine und weitere Gerätschaften. Auf einem in den Boden gepflockten Schild war ein Firmenname zu lesen, darunter »Schwimmbecken, Pools«.

Gerald schlenderte zurück zur Hausfront. Der Vorgarten bestand aus gepflegtem Rasen, der lediglich an den Grenzen zum Nachbargrundstück und zur Garagenauffahrt mit hüfthohem Liguster bepflanzt war. Fünf Stufen führten zur Haustür, die für Geralds Geschmack viel zu wuchtig geraten war: weiß mit zahlreichen Verzierungen und an den Längsseiten eine Linie von quadratischen Glasausschnitten. Sie wirkte wie ein Fremdkörper in der Einfachheit des Einfamilienhauses, wie das Attribut eines Neureichen, der durch diese wuchtige Haustür und den Bau eines Swimmingpools auf den hohen Stand seines Bankkontos hinweisen wollte. Und sogleich wurde ihm der Therapeut um einige Grade unsympathischer.

Der sanfte Klingelton hallte noch im Haus, als die Tür bereits geöffnet wurde. Gerald stand vor einem kleinen, sehr schlanken Mann mit einem exzentrischen Kleidungsstil: Jeans, weißes Hemd, eine knallrote Fliege und eine kunterbunte, legere Strickjacke. Das Gesicht wurde beherrscht von einem gestutzten Vollbart, in dem die ersten grauen Haare nisteten. Er hatte große, dunkelbraune Augen, die Gerald mit einem konzentrierten Blick musterten. Die Haare reichten weit über die Schultern und waren zu zwei Zöpfen gebunden. Zwei akkurat geflochtene Zöpfe. Wer ist das?, dachte Gerald irritiert: weißes Hemd und Fliege, die nach eleganten Schuhen verlangten und nicht nach den abgewetzten Hausschlappen, die er trug. Ein Bart und Mädchenzöpfe, die mit Haushaltsgummis fixiert waren. Nichts passte zusammen, und gleichzeitig schien dieses Arrangement bewusst gewählt.

»Verzeihung. Dr. Chateaux?« Gerald bemühte sich, ruhig und entspannt zu klingen.

Der Mann antwortete nicht, sondern öffnete, ohne seine Position zu verändern, die Tür links von Gerald. Zwei weitere Türen gingen von der kleinen Diele ab: auf der rechten Seite eine, die durch ein entsprechendes

Schild als WC gekennzeichnet war, und eine Tür genau hinter dem Mann, die zum eigentlichen Wohnbereich führen musste.

Gerald betrat ein Zimmer, das sich zumindest in einem Element von einem normalen Arztzimmer unterschied: Hier fehlte der klassische Geruch nach Desinfektionsmitteln. Zwei Wände waren mit Bücherregalen bis zur Decke versehen, die in ihrer Schlichtheit nicht recht zu dem mächtigen Mahagoni-Schreibtisch passten. Gerald sah auf die Rücken mehrerer Fotorahmen, die in einem Halbkreis um die Schreibtischmitte angeordnet waren. Die Unterlage wiederum war aus durchsichtigem Plexiglas, die üblichen Schreibtischartikel aus glattem Metall oder Chrom. An der Wand hinter dem Schreibtisch hingen zwei Drucke von Chagall und, hinter Glasrahmen, mehrere bunte Kinderzeichnungen, die einen Jungen und ein Mädchen zeigten, die durch die Lüfte flogen. Unter ihnen eine Wiese und ein See mit tiefblauem Wasser.

Auf der linken Seite vom Schreibtisch befand sich die klassische Psychoanalytikercouch. Eine Milchglastür auf der rechten Seite führte in ein weiteres Zimmer.

Durch eine Handbewegung wies der Arzt Gerald den Stuhl vor dem Schreibtisch zu und setzte sich anschließend auf seinen Platz. Über seinem Kopf tanzte die bunte Welt von Marc Chagall, spien Kinderdrachen und richteten sich Braunbären in die Höhe.

»Nun, dann erzählen Sie mir mal, was Sie vom Leben trennt.« Die Stimme des Arztes klang einladend weich. Er lehnte sich entspannt zurück, öffnete die Knöpfe der Strickjacke und verschränkte anschließend die Finger.

»Also«, begann Gerald, der Mühe hatte, seine Nervosität zu überspielen, »ich bin vor vier Monaten Vater geworden. Meine Lebensgefährtin und ich, wir wollten das Kind. Es ist ein Junge, er ist schön, gesund, er ist lebendig, und ich hatte gehofft, wir würden glücklich sein, uns noch mehr lieben, uns durch das Baby erweitern, irgendwie miteinander verschmelzen, wenn ich mich so ausdrücken darf.«

»Und nun stellen Sie fest, dass Ihre Lebensgefährtin so weit weg ist von Ihnen wie nie zuvor.« Dr. Chateaux lächelte, in einer extrem schnellen, schmallippigen Bewegung, ohne die Zähne freizulegen. Es irritierte Gerald, weil es ihm keine empathische Zustimmung signalisierte, sondern eine Art von »Ich-habe-sofort-alles-verstanden.«

»Gestern Abend war ich eine halbe Stunde alleine in der Wohnung. Es ist meine Wohnung, in der ich schon gelebt habe, bevor Nele zu mir gezogen ist. Aber ich sah überall nur Severin, seine Windeln, sein Spielzeug, seine Badewanne, sein Shampoo, seine Cremes, seine Kleidung. In jedem Zimmer, in jedem Winkel lag etwas von ihm, wie bei einer Invasion. Als hätte er alles, was nichts mit ihm zu tun hat, aus der Wohnung gedrängt. Ich habe meine Klarinette im Wohnzimmer angeschaut, als wäre sie gar nicht von mir, als gehöre sie gar nicht mehr zu meinem Leben. Missverstehen Sie mich nicht, ich bin ja kein Musiker. Ich kann eigentlich noch überhaupt nichts. Ich lerne es ja erst …«

»Sie *spielen* Klarinette«, unterbrach ihn Dr. Chateaux. »Es ist nicht wichtig, wie gut, ob professionell oder nicht. Sie *spielen*, Sie sind kreativ, und Sie dürfen stolz darauf sein und es laut und deutlich sagen.«

Gerald nickte und schaute auf die Kinderbilder an der Wand. Er fühlte sich ertappt und gleichzeitig ermutigt. Er hatte stets nur seine Fehler wahrgenommen und das, was er noch nicht auf dem Instrument meisterte. Nun ließ ihn sein Gesprächspartner begreifen, dass nicht die Höhe des technischen Niveaus ausschlaggebend war, sondern die Freude an der Musik an sich.

»Seit Monaten habe ich die Klarinette nicht mehr angerührt. Meine Welt schläft, dachte ich gestern. Es ist fast so, als ob mein eigenes Leben aufgehört hätte.«

»Die schlafende Welt. Das gefällt mir«, sagte Chateaux und versank noch tiefer in der Rückenlehne des Bürostuhls. »Haben Sie denn nie mit Nele darüber geredet?«

Gerald zuckte mit den Achseln. »Nein. Es mag sich absurd anhören, aber es ist beinahe so, als ob sie als einzelne Person gar nicht mehr existieren würde. Sie hat sich verdoppelt. Sie sagt zum Beispiel, mit Severin auf dem Arm: ›Wir haben das heute im Supermarkt ausgewählt.‹ Oder: ›Wir möchten uns jetzt lieber etwas ausruhen.‹ Ich sehe überhaupt keine Nele mehr, die ich kenne. Ich sehe nur noch sie und das Baby und diese ewige Müdigkeit. Es ist so absurd manchmal, und es saugt unheimlich viel Kraft aus mir heraus.«

»Und Ihre körperliche Verständigung?« Wieder zeigte Chateaux dieses selbstgewisse Lächeln, das zu signalisieren schien, dass er längst erkannt hatte, was der Sprecher noch mühsam zu ergründen versuchte.

Gerald schüttelte den Kopf und senkte den Blick. Seine Kehle war in diesem Moment wie zugeschnürt. Er fand nicht die Kraft zu antworten.

»Was machen Sie beruflich, Herr van Loren?«

»Ich bin Verwaltungsbeamter. Seit ein paar Jahren beschäftige ich mich vor allem mit internen Organisationsfragen und Controlling.«

»Controlling. Ja, ja, die Prozesse effizienter und kostengünstiger gestalten, sie besser organisieren. Aber das ist für Ihr Privatleben sicher nicht der Königsweg, nicht wahr? Sind Sie denn in Ihrem Beruf durchsetzungsfähiger?»

Gerald schaute aus dem Fenster, weil er das provozierende Lächeln des Arztes nicht ertragen konnte. »Das ist mein großes Problem. Ich denke oft, dass ich gute Ideen habe, aber bei den Dienstbesprechungen geht es vor allem darum, wer sich am lautesten auf die Brust trommelt und das Alphatier gibt. Es deprimiert mich, dass die Marktschreier und skrupellosen Aufschneider mit ihrer Masche durchkommen. Und denen muss ich dann zuarbeiten. Das macht mich wütend, und wenn ich dann etwas dagegen sage, geht es leicht auf die persönliche Ebene und mir wird dann mangelnde Professionalität unterstellt. Ich habe nie das Gefühl, wirklich respektiert zu werden.«

»Es ist sicher kein Zufall, dass Sie Verwaltungsbeamter geworden sind. Die starren, formalen Hierarchien legen zwar Grenzen, schützen aber umgekehrt auch vor der Unmittelbarkeit des Lebens. Ich könnte Sie mir beispielsweise nur schwer als Sozialarbeiter vorstellen.«

Ergeben nickte Gerald. Sein Blick schweifte durch den Raum und blieb bei der Couch hängen. Er fühlte, dass Chateaux ihn beobachtete.

»Ja, ja. Dort schaut jeder hin. Die Couch, der große Mythos der Psychoanalyse. Sigmund Freud war ohne jeden Zweifel ein genialer Eisbrecher gegen die Verklemmungen und Verdrängungen seiner Epoche. Ein Albert Einstein der Psychologie. Aber letztlich war er selbst in seiner Zeit gefangen, die von den Naturwissenschaften dominiert war. Da war zu viel Suche nach einer direkten Linie zwischen Ursache und Wirkung, sozusagen nach den Pawlow'schen Hunden in unserer komplizierten Psyche, und wie Albert Einstein musste er am Ende einsehen, dass die wissenschaftliche Entwicklung über ihn hinweggegangen war.«

Wieder das schnelle Lächeln, das Gerald als unangenehm empfand. Als feiere Chateaux seine eigenen Formulierungen und hielte sein Gegenüber nicht für gebildet genug, in einen Dialog einzusteigen.

»Ich selbst habe keinen bestimmten methodischen Ansatz«, fuhr er fort. »Das hielte ich auch für bedenklich, weil es andere Methoden ausschließen würde. Ich glaube weniger an Methoden und Ansätze als an eine produktive Beziehung zwischen Therapeut und Patient. Ich habe als ganz normaler Mediziner begonnen, bis ich mich nicht länger vor der Erkenntnis verstecken konnte, dass neunzig Prozent aller somatischen oder psychischen Erkrankungen ihre Ursache darin haben, dass wir uns weigern, wir selbst zu sein oder besser: wir selbst zu werden. Krankheit ist Abweichung von uns selbst. Jede Krankheit will uns das auf ihre Art sagen, aber wir rennen damit zu Ärzten, die nicht gelernt haben, die Sprache der Krankheit zu verstehen. Sie haben nur gelernt, sie mit Medikamenten zum Schweigen zu bringen. Heilung muss aber mehr sein als das Verstummen der Symptome, nicht wahr?«

Wieder nickte Gerald pflichtschuldig.

»Haben Sie übrigens gerade bestimmte gesundheitliche Beschwerden? Nehmen Sie regelmäßig Medikamente? Trinken Sie im Übermaß Alkohol? Rauchen Sie viel?«

»Nichts von alledem. Nur schlafe ich sehr schlecht, besonders nach bestimmten Gruppendiskussionen in der Arbeit oder bei Problemen mit meiner Lebensgefährtin.«

Chateaux gab seine entspannte Sitzhaltung auf, streckte den Rücken und klopfte mit den Fingerkuppen auf den Tisch.

»Wissen Sie, ich möchte mich sehr gerne näher mit Ihnen befassen. Ich leite eine gesprächsbasierte Therapiegruppe, in der gerade ein Platz frei geworden ist. Ich würde Sie gerne in diese, ironisch gesprochen, Löwengrube werfen, um Sie besser kennenzulernen. Dann werden wir sehen, ob wir es mit einer Einzeltherapie kombinieren. Könnten Sie sich damit anfreunden?«

Gerald tat so, als überlegte er. »Doch, das kann ich mir gut vorstellen. Ich wusste nur nicht, dass es so schnell geht.«

»Normalerweise sind für eine Gruppentherapie mehr vorbereitende Einzelgespräche üblich, aber das werde ich gegenüber der Krankenkasse schon entsprechend begründen. Eine gewisse Flexibilität lernt man mit den Jahren.« (das Lächeln). »Darf ich Ihre Versichertenkarte kurz haben, Herr van Loren?« Gerald fingerte sie aus seiner Geldbörse.

»Wir treffen uns zwei Mal wöchentlich, jeweils um zwanzig Uhr. Morgen geht es los. Ich freue mich sehr auf unsere Zusammenarbeit, Herr van Loren.«

5

Gerald war eine Viertelstunde zu früh in der Ebersbergerstraße. Er wartete in seinem Wagen, beobachtete die wenigen Passanten, die um diese Uhrzeit in der reinen Anliegerstraße unterwegs waren, und überlegte, wer von ihnen in wenigen Minuten mit ihm in einem Raum sitzen würde. Ein älteres Ehepaar war erwartungsgemäß am Hauseingang vorbeigegangen, ebenso eine junge Frau mit feuerrot gefärbten Haaren, auf die er eigentlich gesetzt hatte. Nun parkten in rascher Reihenfolge ein Mercedes und ein Motorrad direkt vor Chateaux's Haus. Der Mercedesfahrer stieg aus und ging an dem Motorradfahrer vorbei, der bereits seinen Helm abgenommen hatte. Aber sie vermieden jeglichen Blickkontakt, grüßten sich auch nicht. Sie gingen hintereinander, im Abstand von einigen Metern, durch den Vorgarten.

Ähnlich abweisend hatte sich Nele verhalten, als Gerald seinen Sohn gewickelt, ins Bett gebracht und anschließend, bis zur letzten verfügbaren Minute, in der Küche geholfen hatte. Nele hatte mit ungläubigem Stirnrunzeln reagiert, als er sagte, dass er in nächster Zeit vermutlich an zwei Abenden in der Woche aus dienstlichen Gründen außer Haus sein würde. Er hatte die Unsicherheit und die Zweifel an ihrem Gesichtsausdruck ablesen können, aber sie war zu überrascht und vielleicht auch zu stolz gewesen, um nachzuhaken. Sie hatte neben ihm im Flur gestanden, als er sich, die Hand an der Türklinke, vorbeugte, um sie zu küssen. Im allerletzten Moment hatte sie sich weggedreht, und seine Lippen verloren sich im Niemandsland zwischen Wange und Ohr.

Um fünf vor acht verließ Gerald den Wagen. Die Luft war noch angenehm warm. Und es war, im Vergleich zu seiner Wohnung am Harras, geradezu irritierend ruhig. Während er durch den Vorgarten ging, rief er sich das in Erinnerung, was er am Vortag dem Psychotherapeuten erzählt hatte. Die Beschreibung seiner vermeintlichen Probleme zielten in erster Linie darauf ab, den Zugang zu Alexander Fadens Gesprächsgruppe zu finden – nun, unmittelbar vor der ersten Therapiestunde seines Lebens, erschrak Gerald über das, was er über seine Beziehung zu Nele erzählt hatte. Es war, ohne künstliche Forcierung, geradezu aus ihm herausgeflossen. Er hatte gleichsam sich selbst mit Erstaunen zugehört. Wie konnte Chateaux nur alle vitalen Abwehrmechanismen – die Gerald jeden Tag bei Batzko trainierte – außer Kraft setzen?

Er hatte den Zeigefinger schon auf der Klingel, als er sah, dass die Haustür nur angelehnt war. Gerald trat ein und ging zunächst auf die Toilette, um seine Blase zu erleichtern. Es war mehr oder weniger eine Vorsichtsmaßnahme, weil er nicht wusste, ob es erwünscht war, den Therapieraum zwischendurch zu verlassen.

Er betrachtete sein Gesicht im Spiegel: Die schmalen Halbmonde um seinen Mund hatten sich in den letzten Monaten tiefer eingegraben. Die vollen, weichen Lippen machten einen verkniffenen Eindruck, der dadurch verstärkt wurde, dass sie das Erste waren, was man an seinem Gesicht wahrnahm. Die Augenbrauen waren dünn und von dunklerer Farbe als das glatte, mittelbraune Haupthaar, das er kurz trug, seitdem die in den letzten Jahren entstandenen Geheimratsecken von einem Scheitel eher betont als bedeckt wurden. Die Augen waren relativ groß, aber von einem unauffälligen, diffusen Hellblau. Er musste Nele zustimmen: Sein Gesicht bestand aus einem gerahmten Mund. Batzko beschrieb es mit anderen Worten: ein Teller Püree mit zwei Augen.

In der schmalen Diele warf er einen Blick auf die mittlere Tür. An ihr hing der Papierausdruck eines Fotos, eines Urlaubsschnappschusses vermutlich, der ein reetgedecktes Haus in den Dünen zeigte mit einem weißen Schild, das in den Vorgarten gepflockt war: »Zimmer von Privat«. Hier wohnte also die Familie, die bald in den Swimmingpool springen würde. Gerald überlegte, wie viel ein Psychotherapeut wohl verdiente. Das Einkommen alleine konnte das Haus in dieser Lage sicher nicht finanzieren, auch wenn er, wie Gerald am Vortag registriert hatte, über eine gewisse Wendigkeit in der Kommunikation mit der Krankenkasse zu verfügen schien. Vermutlich hatte er zusätzlich geerbt, Mediziner sind bekanntlich gerne Kinder und Enkel von

Medizinern und heiraten zudem bevorzugt in ihren Kreisen.

Gerald betrat das Sprechzimmer, in dem sich zu seiner Überraschung niemand befand. Die Milchglastür auf der rechten Seite war nur angelehnt. Eigentlich konnten die Mitpatienten, die vor ihm das Haus betreten hatten, nur dort sein. Er lauschte angestrengt, konnte aber nichts hören. Schließlich klopfte er vorsichtig mit dem Knöchel des Zeigefingers an die Tür. Zunächst kam keine Reaktion, dann sagte eine Männerstimme: »Besser nicht!«, was ein spontanes Lachen mehrerer Personen provozierte. Gerald holte tief Atem und betrat den Raum.

Er war etwas kleiner als das Sprechzimmer, die Wände weiß und bilderlos. In jeder Ecke stand eine große Zimmerpflanze. In der Mitte des Raumes war ein runder, weißer Tisch, um den acht schlichte, verchromte Bürostühle angeordnet waren. Zwei Männer und eine Frau schauten kurz auf und murmelten einen Willkommensgruß, der in Geralds Ohren ziemlich gleichgültig, wenn nicht gar abweisend klang. Gerald bemerkte, dass keiner der drei direkt neben einem anderen saß. Er hängte sein Jackett an den Garderobenständer neben die Motorradjacke und den Helm und bewegte sich zurück zum Sitzkreis. Niemand schaute ihn direkt an. Gerald hätte gerne gefragt, ob es eine feste Sitzordnung gab, unterließ es aber aus Angst, etwas Falsches zu sagen.

Einen Moment stand er unschlüssig im Raum. Die Tatsache, dass ihn niemand ansah, niemand ihn durch eine Geste in den Kreis einlud, verunsicherte ihn. Er musste sich überwinden, nicht fluchtartig den Raum zu verlassen, und hätte es vielleicht sogar getan, wenn ihm die Frau nicht schließlich aufmunternd zugelächelt hätte. »Hallo.« Ihre Stimme klang freundlich. Mit einer Geste forderte sie ihn auf, Platz zu nehmen. Gerald setzte sich und bemerkte erst danach, dass er sich verhalten hatte wie die anderen. Die Stühle links und rechts waren frei, sodass sich ein vollkommen symmetrisches Bild ergab. Vier Menschen hatten die maximale Distanz zueinander in vier gleiche Teile geteilt.

Da alle schwiegen, nutzte Gerald die Zeit, um die drei Teilnehmer näher zu betrachten. Die beiden Männer konnten gegensätzlicher kaum sein. Den Motorradfahrer schätzte Gerald auf Mitte zwanzig, er war klein und bullig, die Oberarme unter dem T-Shirt mit einem »Hard Rock Café New Orleans«-Aufdruck wirkten wie aufgepumpt. Er trug mehrere Ringe an den Fingern, die unruhig auf den Oberschenkeln klopften. Die glatten Haare klebten an dem rundlichen Kopf. Sein stumpfes Gesicht wirkte verschlossen und zugleich herausfordernd, als wäre das Leben ein dauernder Zweikampf und er der vorprogrammierte Sieger.

Der andere Mann war vielleicht Ende dreißig, Anfang vierzig, mit einem fein geschnittenen, sensiblen Gesicht, gut gekleidet, mit einer auffallend eleganten Brille. Die hohe Stirn und die akkurat geschnittenen Haare verliehen ihm eine gewisse Intellektualität. Gerald erinnerte sich, dass dieser Mann der Mercedesfahrer war. Er konnte ihn sich gut als Börsenmakler oder Anwalt vorstellen.

Die Frau, überlegte Gerald, musste offenbar schon eine Viertelstunde zuvor in der Praxis gewesen sein, denn Gerald hatte den Hauseingang fest im Auge gehabt. Ob sie vorher einen Einzeltermin bei Chateaux gehabt hatte? Sie war ungefähr in demselben Alter wie der Motorradfahrer, sehr hübsch, mit gleichmäßigen Gesichtszügen, schulterlangen, glatten Haaren. Sie trug keinen Schmuck und war auch nicht geschminkt. Ihre Kleidung – ein knielanger Rock, ein helles T-Shirt und eine eng geschnittene, schwarze Jacke – war feminin und betonte ihre schlanke, sportliche Figur. Sie schaute auf den Boden, die Augenbrauen waren leicht zusammengezogen, als würde sie konzentriert nachdenken.

Während er sie betrachtete, betraten drei weitere Personen den Raum, Dr. Chateaux als Letzter. Die anderen beiden waren eine Frau und ein Mann. Die Frau, zwischen Mitte zwanzig und Mitte dreißig, war stark übergewichtig. Sie trug eine Leinenhose und ein weites Sweatshirt mit einem bunten Muster. Sobald sie sich gesetzt hatte, wischte sie sich mit einem Taschentuch den Schweiß von der Stirn; ihre Gesichtshaut glänzte vor Anstrengung. Der Mann war erheblich älter und sehr dünn, mit schütterem Haar, das akkurat gescheitelt war, in einem abgetragenen, hellbraunen Anzug. Er war weder gut aussehend noch hässlich. Das Gesicht und die ganze Erscheinung wirkten unauffällig, geradezu austauschbar.

Dr. Chateaux setzte sich auf den Stuhl direkt vor der Tür, als wolle er die Kontrolle darüber bewahren, wer den Raum verließ. Keiner der drei hatte beim Eintreten etwas gesagt. Gerald fühlte sich so unwohl wie schon lange nicht mehr. Das Schweigen hielt noch an, als alle saßen. Man hörte nur das schwere Atmen der übergewichtigen Frau. Der Therapeut lächelte aufmunternd in die Runde, aber bis auf den Motorradfahrer und Gerald hielten die Teilnehmer die Köpfe gesenkt. Lag es an ihm, überlegte Gerald, dem Neuankömmling?

»Wie Sie unschwer bemerkt haben dürften«, begann Chateaux schließlich, »haben wir ein neues Gesicht unter uns. Ich habe Gerald van Loren eingeladen, weil ich den Eindruck hatte, dass er gut zu dieser Gruppe passt. Ich habe mit ihm vereinbart, dass er einfach mal ins kalte Wasser springt. Nach einigen Gruppenstunden werde ich dann gemeinsam mit ihm erörtern, wie wir weiter vorgehen werden. Aber vielleicht erzählen Sie uns erst einmal selbst etwas über sich, Herr van Loren, wobei es, um es gleich anzufügen, zu den ganz wenigen Privilegien in dieser Gruppe gehört, auch schweigen zu dürfen.« Beim letzten Satz lächelte er ironisch die beiden Teilnehmer an, die mit ihm den Raum betreten hatten.

Gerald räusperte sich. Obwohl er mit dieser Frage gerechnet und seinen Einstieg gewissermaßen auswendig gelernt hatte, war sein Kopf plötzlich vollkommen leer. Er spürte, wie er errötete, und das ließ ihn wütend auf sich selbst werden. Wie kann es sein, dachte er, dass es dir die Sprache verschlägt wie einem Sechsjährigen, der ein Weihnachtsgedicht in der Schulaula aufsagen muss?

»Mein Name ist Gerald van Loren«, begann er zögerlich, und bevor er fortfahren konnte, unterbrach ihn der

Motorradfahrer: »Das hat der Doc doch gerade schon gesagt, Mann. Denkst du, wir sind blöd? So schön ist der Name schließlich auch nicht. Oder bist du stolz auf diesen komischen Adelstitel, wenn es überhaupt einer ist?«

Gerald schaute ihn verdutzt an und suchte in der Mimik des Motorradfahrers vergeblich nach einem Anzeichen von Ironie oder einem Lächeln. Die Bemerkung war offensichtlich genauso aggressiv gemeint, wie sie geklungen hatte. Gerald blickte in die Runde, aber niemand reagierte. Schließlich setzte er neu an: »Ich habe Rat bei Dr. Chateaux gesucht, weil mein Leben in letzter Zeit ziemlich schwierig geworden ist. Das heißt, ich weiß nicht, ob es nicht eigentlich ziemlich normale Probleme sind und ich nur nicht die Mittel habe, sie zu lösen. Oder ob ich einfach nur im Moment mehr unter ihnen leide und deshalb denke, es wären schwere Probleme, obwohl sie vielleicht jeder hat und sie einfach zum normalen Leben gehören.«

»Hat irgendjemand verstanden, was mit dieser Schwafelei gemeint sein soll?« Erneut fuhr ihm derselbe Teilnehmer dazwischen und schaute von einem zum anderen. »Mann, stell doch einfach die Windmaschine ab und sag, was Sache ist.«

»Werden Sie gerne etwas konkreter, wie gestern in meiner Praxis«, forderte ihn Chateaux auf. »Es ist sehr wichtig, von unseren Erlebnissen und Erfahrungen unmittelbar zu berichten, so, wie wir sie erleben und welche Gefühle sie auslösen. Sie haben sich aber in allgemeine Bewertungskategorien geflüchtet, indem Sie,

Herr van Loren, in den wenigen Sätzen zweimal den Begriff ›normal‹ verwendeten, ohne auszusprechen, worum es konkret geht. Die Bewertungen überlassen wir den Schulaufsätzen; in diesem Kreis versuchen wir zu verstehen.«

Gerald nickte. Er holte tief Luft, bevor er fortfuhr. »Also, da geht es einmal um meinen Job in der Verwaltung. Wir arbeiten in Teams, und da mache ich oft die Erfahrung, dass nicht diejenigen die Leitungsjobs bekommen, die am besten arbeiten, sondern die, die sich in den Besprechungen aufblasen und die Ellbogen ausfahren. Ich kann zum Beispiel schwer damit umgehen, wenn ein Kollege den ganzen Tag lang über Probleme in unserem Aufgabenbereich schimpft, dem Vorgesetzten gegenüber aber den Eindruck vermittelt, er hätte alles super im Griff. Möglichst viel Staub aufwirbeln und die Beförderung schaffen, bevor der Blick auf die realen Verhältnisse wieder klar wird, das ist die allgemeine Devise. Der andere Punkt ist, dass meine Lebensgefährtin vor vier Monaten ein Kind bekommen hat, ein Wunschkind. Ich habe gedacht, okay, der Alltag wird anstrengender, aber das Leben wird schöner, intensiver werden, auch in unserer Beziehung zueinander. Aber in Wirklichkeit streiten wir sehr viel mehr, wir reden über nichts anderes als das Kind, und körperlich, wie soll ich es ausdrücken …«

»Sie lässt dich nicht mehr zwischen die Beine«, unterbrach ihn der Motorradfahrer und schob grinsend den ausgestreckten Zeigefinger der rechten Hand durch den Ring, den er mit Daumen und Zeigefinger der anderen Hand bildete.

Gerald verstummte. Es war weniger das ungefragte Duzen, das ihn überraschte, als die provozierende, geradezu genießerische Obszönität der Bemerkung. In seinen aufgepumpten Muskeln, dem breitbeinigen Sitzen, den Kopf vorgestreckt, in all seiner sprungbereiten Aggressivität erschien ihm der Motorradfahrer wie die vulgärere Ausgabe seines Kollegen Batzko. Gerald schaute in die Runde, als erwarte er Unterstützung.

»Wir sind nicht alle so«, sagte der Mann, der bereits in dem Zimmer gesessen hatte, als Gerald angekommen war. Er lächelte Gerald aufmunternd zu. Die Stimme ließ keine Zweifel, dass er vorhin bei Geralds Anklopfen die witzige Bemerkung gemacht hatte.

»Aber fast, Arno. Bei dir gehen da unten doch bald die Lichter aus. Und wenn ich …« Die junge Frau unterbrach ihn: »Lutz, kannst du nicht wenigstens zehn Minuten warten, bevor du deine Gorilla-Nummer abziehst?« Zu Geralds Überraschung verstummte der Zurechtgewiesene tatsächlich, als fürchte er allein die Autorität dieser Frau. Er zuckte nur kurz mit den Achseln, als sei er sich wenigstens ein Zeichen der überlegenen Gleichgültigkeit schuldig.

Gerald schaute zu Chateaux, der die Fingerkuppen aneinanderrieb, als genösse er die Szene. Seine Kleidung bestand wieder aus einem bunten Stilmix (Fliege über weißem Hemd, Strickjacke, ausgewaschene Jeans), wobei den einzelnen Kleidungsstücken anzusehen war, dass sie nicht gerade von einem Wühltisch gegriffen worden waren.

»Nun«, begann er schließlich, nachdem ein dumpfes Schweigen in die Runde zurückgekehrt war, »ich habe Gerald in einem Vorgespräch vermitteln wollen, dass ich zunächst seine Sichtweise verändern möchte. Die meisten Menschen betrachten ihre Probleme als Bedrohung, als eine Art Krebsgeschwür, das sie herausschneiden wollen. Ich hingegen möchte uns alle dazu bewegen, Probleme zunächst einmal zu akzeptieren. Und dann zu verstehen. Jedes Problem trägt sozusagen eine Art DNS unseres Ich in sich. Man muss sie nur entschlüsseln, und dazu braucht es Geduld und Verständnis. Wenn sie einmal erkannt sind, verlieren sie sehr schnell ihren Schrecken. Probleme sind kein feindseliges Kampfgeschwader, sie gleichen vielmehr einem Steg, der uns beim Aufstieg zu uns selbst hilfreich ist. Und, Herr van Loren, seien Sie nicht irritiert. Untereinander duzen sich die Teilnehmer.«

Gerald war erleichtert, dass ihm wenigstens der Therapeut kein Du aufzwang. Er versuchte sich zu konzentrieren. »Hin und wieder spüre ich eine Ablehnung unserem Baby gegenüber. Wenn ich ehrlich sein soll, ist es manchmal so, dass ein Hassgefühl durch mich hindurchfährt wie ein Blitz. Severin erscheint mir wie ein kleiner Alien, der sich von Nele, meiner Freundin, ernährt hat, der ihre Persönlichkeit verändert hat, der sie mir regelrecht weggenommen hat. Er ist so klein, aber er hat alles um sich herum in seiner Gewalt. Alle Fäden laufen bei ihm zusammen. Gleichzeitig ertrage ich es nicht, diese Aggression gegenüber meinem eigenen Kind zu erkennen.«

Gerald war plötzlich kotzübel. Er hatte Angst, erbrechen zu müssen. Er hatte das alles nicht sagen wollen. Es war eine andere Stimme, die sich seiner bemächtigt hatte. Gleichzeitig spürte er instinktiv, dass er die Wahrheit gesprochen hatte.

»Sehr gut. Das ist sehr gut«, kommentierte Dr. Chateaux, der Geralds innere Erregung mit erkennbarem Wohlgefallen registrierte und eine Notiz in ein schmales Büchlein schrieb, das er aus der Tasche seiner Strickjacke geholt hatte.

Gerald sah sich nicht in der Lage fortzufahren. Er wischte sich nervös mit der Hand über die Stirn und hoffte, dass ein anderer Gruppenteilnehmer das Wort ergreifen würde. Aber niemand sagte etwas. Dann hörte Gerald ein merkwürdiges Geräusch von der übergewichtigen Frau neben sich. Es klang wie ein unterdrücktes Schluchzen. Sie schüttelte den Kopf, als Zeichen, dass sie keine Hilfe benötigte, holte ein Tempo aus der Tasche ihrer Bluse und hielt es sich vor die Augen. Dann verwandelte sich das Schluchzen in ein stilles, konstantes Weinen. Die Tränen flossen aus ihren Augen, aber ihr Körper blieb unbewegt. Das Weinen geschah so beiläufig wie ihr Atmen.

Gerald schaute sich um, aber niemand schenkte der Frau Beachtung.

»Gerald, ist es in Ordnung für dich, wenn ich an dieser Stelle von mir selbst spreche?«, fragte Arno und fuhr erst fort, nachdem Gerald dankbar genickt hatte. »Ich bin mir in meiner Entscheidung mittlerweile sicher.« Er zögerte einen Moment und nahm seine Brille ab, bevor er weitersprach. »Aber ich finde noch nicht die Kraft, mit meiner Frau darüber zu reden. Nicht nur mein Leben, sondern auch ihres würde sich radikal ändern. Ich quäle mich jeden Tag mit der Frage, ob das Recht, mein Leben so zu leben, wie ich es tief drinnen will, so weit gehen darf, dass das Leben meiner Frau, die ich sehr liebe und respektiere, völlig aus den Angeln gehoben wird.«

Arno putzte mit einem Tempo-Taschentuch seine Brille, ohne sie danach wieder aufzusetzen. Er hatte sehr ruhig gesprochen und beherrscht. Offenbar wussten die anderen, wovon er sprach, denn niemand hakte ein. Es war nur das leise Weinen der Frau zu hören, so konstant wie ein elektrisch betriebener Zimmerbrunnen.

»Da wir gerade bei unserem zentralen Thema angekommen sind«, sagte die junge, hübsche Frau, »möchte ich gerne mit euch über Alexander sprechen. Er war fast ein Jahr in der Gruppe. Wir können doch nicht einfach so zur Tagesordnung übergehen.«

»Ich muss«, unterbrach Chateaux mit einer deutlichen Schärfe in der Stimme, »daran erinnern, dass in dieser Gruppe nicht über jemanden außerhalb der Gruppe gesprochen wird. Das schließt auch frühere Mitglieder ein. Der Freitod von Alexander ist tragisch, er war unvorhersehbar und bleibt für uns damit unerklärbar. Er mag Schuldgefühle auslösen, weil man glaubt, Vorboten nicht erkannt zu haben. Aber was immer auch geschehen ist – es ist außerhalb geschehen. Es würde die Gruppe nur destabilisieren und von der eigentlichen Zielsetzung wegführen, wenn Alexander als Phantom in diesen Kreis zurückkehren würde. Wir sprechen hier nur über uns. Ich erwarte von jedem Einzelnen, dass er dazu die nötige Disziplin aufbringt.«

Unvorhersehbar? Unerklärbar?, dachte Gerald. Das hatte im Telefongespräch mit Batzko anders geklungen.

»Selbstmord? Niemals. Das weiß doch jeder von uns«, sagte die junge Frau leise, mit gesenktem Kopf.

»Franziska, ich kann das nicht hinnehmen. Alexander hatte in letzter Zeit, wie wir alle wissen, einige Sitzungen ausfallen lassen. Er hatte sich innerlich nicht mehr als Teil der Gruppe gesehen. Das mussten wir akzeptieren. Durch deine Äußerungen nimmst du dir selbst und der Gruppe die Konzentration auf die eigentlichen Aufgaben.«

Chateaux's Stimme hatte an Lautstärke und Schärfe noch zugelegt. Es war, als hätte er sein zweites Gesicht gezeigt. Er erinnerte Gerald in diesem Moment eher an einen Sektenführer als an einen verständnisvollen Therapeuten. Aber der Auftritt verfehlte seine Wirkung nicht. Franziska errötete, es war ihr anzusehen, dass sie Chateaux's Bemerkung ärgerte, aber sie blieb stumm.

Lutz hingegen schien mit dieser Linie einverstanden. Mehr noch, sie wirkte wie eine Befreiung auf ihn, und er berichtete ausführlich von einer Frau, die er kennengelernt hatte. Mit demonstrativen Seitenblicken auf Arno berichtete er triumphierend, wie leicht er sie ins Bett gekriegt hatte. Es sei ein großer Vorteil, dass seine feste Freundin nur an den Wochenenden in der Stadt wäre. So könne er fünf Tage unbeobachtet auf die Jagd gehen. Seine Freundin hätte noch nie etwas gemerkt. Bei ihm gälte eben die Regel: mehr Frauen = mehr Lust auf Sex, es gäbe nichts Besseres, als sich mit mehreren Frauen durch die ganze Woche zu vögeln. Während seines endlosen Monologs spannte er fortwährend seine Oberschenkelmuskeln an.

Niemand äußerte sich dazu. Chateaux machte sich Notizen. Gerald gewann den Eindruck, dass die Gruppe Lutz' aufdringliche Selbstdarstellung so passiv hinnahm wie das stille Weinen der Frau.

Franziska wirkte seit der Zurechtweisung durch Chateaux abwesend. Auch Arno schien mit seinen eigenen Problemen beschäftigt. Er hörte nicht auf, seine Brille zu putzen. Offenbar war es seine persönliche Methode, Lutz' provozierenden Seitenblicken auszuweichen. Und der dritte Mann, der wie ein Verwaltungsangestellter mit einem Magenleiden aussah, zeigte die ganze Zeit über keinerlei Regung. Er scharrte nur gelegentlich mit den Schuhen über den Boden oder veränderte seine Sitzhaltung, wobei er sich stets leise räusperte. Er wurde auch von niemandem angesprochen, bis Chateaux um Viertel nach neun die Gruppensitzung beendete. »Ich danke Ihnen. Wir sehen uns am kommenden Montag wieder.«

Chateaux stand auf und verließ als Erster den Raum. Die anderen erhoben sich nach und nach, am Schluss die Frau, die noch immer weinte. Lutz nahm seine Motorradjacke und den Helm vom Garderobenständer, dann verließ er schweigend und langsam den Raum. Die anderen folgten ihm wie eine Schar Messdiener. Als Gerald am Büro von Dr. Chateaux vorbeikam, sah er ihn am Schreibtisch sitzen, den Blick auf den Bildschirm seines Computers gerichtet. Seine Hände flogen förmlich über die Tastatur. Er schien die Menschen, über die er offensichtlich gerade schrieb, gar nicht mehr wahrzunehmen.

Gerald erwartete, dass nun jeder seines Weges gehen würde. Tatsächlich bestieg Lutz, nachdem er ein lässiges »Ciao« in die Runde geworfen hatte, sein Motorrad und brauste mit quietschenden Reifen davon. Die Weinende ging grußlos, mit hängendem Kopf, in Richtung Ismaningerstraße. Franziska aber wandte sich Gerald zu: »Du, Arno und ich gehen nach der Sitzung manchmal auf ein Bier in eine Kneipe hier in der Nähe. Hast du vielleicht Lust mitzukommen oder bist du zu geschockt von unserer Freakshow?«

Sie stand ganz nah vor ihm und lächelte ihn an. Sie war so hübsch, so anziehend, dass Gerald in diesem Augenblick irgendwie merkwürdig zumute wurde.

»Ich komme gerne mit«, sagte er und versuchte entspannt zu klingen. »Bist du zu Fuß unterwegs? Soll ich dich im Wagen mitnehmen?«

»Warum nicht?« Sie ging hinüber zu Arno, der neben seinem Mercedes stand. Sie wechselten einige Worte, die Gerald nicht verstehen konnte. Dann kam sie zurück, und Gerald deutete auf seinen Wagen auf der anderen Straßenseite.

Während der Fahrt betrachtete er sie verstohlen von der Seite. Aus welchem Grund machte sie eine Gruppentherapie? Aus ihren Äußerungen war zu schließen, dass sie schon eine gewisse Zeit dabei war. Aber über sich selbst hatte sie nichts gesagt. Gerald hatte nicht die leiseste Vermutung.

»Bist du sehr geschockt? Ist es deine erste Therapieerfahrung?«, fragte sie unvermittelt.

Gerald lächelte. »Meine erste, ja. Ich weiß nicht recht, ob ich geschockt bin. Ich war jedenfalls auf die, sagen wir, zum Teil extremeren Ausdrucksformen nicht eingestellt.«

Sie fuhr mit einer raschen Bewegung durch ihre Haare. »Lass dich nicht verbeißen. Lutz ist für sich schon der Mein-Schwanz-ist-der-Größte-Typ, und wenn ein Neuer kommt, muss er es gleich in Großbuchstaben an die Wand schreiben. Barbara, die mit der schweren Essstörung, will oft nur vor sich hin weinen. Hans – das ist der, der neben Arno gesessen hat – ist so unglaublich schüchtern und unsicher, dass er mindestens drei Wochen schweigt, wenn ein Neuer zu uns stößt.«

»Ich war von mir selbst überrascht. Ich kann es gar nicht genau beschreiben. Es war so, als hätte etwas durch mich hindurchgesprochen, wie in einer Art Trance. Ich habe gar nicht gewusst, was ich sagte, bis es ausgesprochen war, und dann wurde mir klar, dass alles wahr ist.«

Sie legte ihm die Hand auf die Schulter. Es war eine rein freundschaftliche Geste, aber sie durchfuhr Gerald wie ein Blitz. »Das ist ein gutes Zeichen. Dann wird dir die Therapie helfen.« Sie schaute ihn direkt an, und in ihrer Stimme schwang viel Mitgefühl. Es schien nur verständlich, dachte er, dass sie nach Alexanders Tod nicht so einfach zur Tagesordnung übergehen wollte. Aber warum hatte ihr eigentlich niemand aus der Gruppe beigestanden, als Chateaux ihr das Wort entzogen hatte? Warum hatten sie sich widerstandslos seinem Gesprächsdiktat unterworfen?

Die Kneipe, von der Franziska gesprochen hatte, erwies sich als eine gepflegte, helle Gastwirtschaft in der Ismaninger Straße, mit einem dezidiert bürgerlichen Publikum. Batzko kannte sie natürlich. Eine Kneipe für FDPler und solche, die sich für Besserverdiener ausgeben, hatte er einmal gespottet. Was ihn freilich nicht daran hinderte, auch dort gelegentlich auf die Pirsch zu gehen.

Arno saß bereits an einem ruhigen Tisch in der Ecke und winkte die beiden zu sich. Kurz darauf erschien der Kellner, ein jüngerer Mann mit Ohrring, weißem Hemd mit gestärktem Kragen und dunkler Hose.

»Womit darf ich denn aufschlagen? Mit drei leckeren Bierchen? Weiß wie das Licht und die Wahrheit?« Arno und Gerald nickten zustimmend, Franziska bestellte eine Weißweinschorle.

»Soll ich die Speisekarten mal dalassen, falls ihr Hunger habt? Ihr sollt natürlich nicht sie essen, sondern das, was drinsteht, schwarz auf weiß.«

Als der Kellner außer Hörweite war, meinte Arnold trocken: »Es gibt einen erschreckend hohen Prozentsatz an verhinderten Kabarettisten und arbeitslosen Akademikern mit geistigem Überdruck in dieser Berufsgruppe.«

Er wirkte nun entspannter als vorhin und spielte auch

nicht länger mit seiner Brille. Er erzählte von seinem Beruf als Computer-Experte; vor Monaten hatte er ein Patent für ein Datenschutzverfahren im Internet bekommen und nun endlich einen Geldgeber gefunden, um sich selbständig zu machen. »Die Banken kann man vergessen«, meinte Arno verbittert. »Ich habe mehrere Auszeichnungen für mein Patent bekommen und Preise bei Messen für Unternehmensgründer gewonnen, aber bevor die mit einem Gründungskredit rausrücken, stecken die lieber ihren dicken Zeh ins Wasser einer Badewanne und sagen: »Oh, oh, welche Gefahren, welche Untiefen, welch hohe See, da müssen wir uns leider zurückhalten.« Inzwischen habe ich aber jemanden gefunden, der viel Geld an der Börse gemacht hat und ganz gezielt Firmengründern mit guten Ideen hilft.«

Von Franziska erfuhr er, dass sie sich nach einer Ausbildung als Einzelhandelskauffrau und mehreren Jahren Berufserfahrung für ein Studium entschieden hatte und nun im letzten Semester Allgemeine Erziehungswissenschaften studierte. Sie wollte Grundschullehrerin werden. In einem Jahr würde ihr Referendariat beginnen. Zwischen ihr und Arno bestand erkennbar eine große Vertrautheit. Sie lachten viel, berührten sich gelegentlich, aber diese Berührungen waren freundschaftlicher Natur. Zugleich spürte Gerald eine gewisse Eifersucht.

Als die beiden mehr über Geralds Berufsalltag wissen wollten, berichtete er, dass sein Team derzeit die Arbeitsabläufe bei der Kriminalpolizei durchleuchtete. Wenn er schon herzlich wenig von Arbeitsorganisation und Controlling verstand, so konnte er es immerhin mit dem Hintergrundwissen seines Jobs kompensieren. Er beantwortete alle Fragen nur sehr knapp, in der Hoffnung, dass das Gespräch sich wieder der Therapiegruppe zuwenden würde. Aber Arno und Franziska sprachen über alles Mögliche, nur nicht über Dr. Dirk Chateaux oder Alexander Faden. Als der Kellner wiederkam, die leeren Gläser einsammelte und erneut einen witzig gemeinten Spruch ablud, drängte Arno zum Aufbruch – der kommende Tag sei voller wichtiger Termine.

Kurze Zeit später standen sie auf dem Bürgersteig, und Gerald wagte einen letzten Vorstoß: »Ist dieser junge Mann, der so plötzlich gestorben ist, eigentlich auch mit euch hierhingegangen?«

Arno spielte mit seinem Autoschlüssel und wich Geralds Blick aus. »Weißt du, es gibt eine weitere Regel für unsere Gruppe. Wir dürfen uns zwar privat miteinander treffen, aber alles, was die Gruppe betrifft, soll nur innerhalb des Therapiezimmers zur Sprache kommen. Chateaux will nicht, dass sich Cliquen bilden. Alle sollen stets auf dem gleichen Stand sein, alles soll transparent sein.«

»Ach komm, Arno«, warf Franziska ein. »Ich respektiere Chateaux, aber wir sind doch keine kleinen Kinder mehr. Ich fand sein Verhalten heute unmöglich, geradezu feindselig. Eine gemeinsame Trauerarbeit hätte den Zusammenhalt zwischen uns stärken können. Es sieht doch ein Blinder, dass die Gruppe immer divergenter wird. Alexander hat der Gruppe durch seine ruhige Art eine gewisse Mitte gegeben. Außerdem hat er, wenn man so will, den Ausstieg geschafft. Er hat eine Konsequenz im Umgang mit seiner Erkrankung bewiesen, von der andere noch weit entfernt sind. Chateaux sollte stolz auf ihn sein, stattdessen macht er ihn zu einer persona non grata. Was soll das? Und dann dieses Gerede vom angeblichen Selbstmord. Wie kommt er darauf? Ich kann mir nur vorstellen, dass er fürchtet, ein Gespräch über Alexander könnte den Prozess verlängern, in dem die Gruppe eine neue Balance suchen muss.«

Arno zog die Augenbrauen hoch. »Vielleicht hast du Recht. Wahrscheinlich bin ich im Moment zu sehr mit mir selbst beschäftigt, um das zu sehen.«

»Mehr noch«, fuhr Franziska fort. »Es ist vielleicht kein Zufall, dass heute Abend ein Neuer bei uns war. Als wollte Chateaux Alexanders Platz sobald wie möglich besetzen.«

Sie schaute Gerald direkt an. Ihr Blick wurde sehr ernst. »Alexander und ich waren sehr eng befreundet. Wir haben privat ziemlich viel zusammen unternommen, musst du wissen. Wir hatten praktisch keine Geheimnisse voreinander.«

»Und deshalb glaubst du nicht daran, dass es Selbstmord war?«

Arno holte tief Luft. Er wirkte verärgert, sah aber augenscheinlich keine Möglichkeit, Franziska zu stoppen. Sie beachtete ihn in diesem Moment einfach nicht.

»Es ging ihm so gut nach der Operation. Richtig gut.«

»Operation? Was hatte er? War er krank?«

Sie schüttelte langsam den Kopf und musste mehrmals schlucken, bevor sie in der Lage war zu sprechen. »Alexander litt an BIID. Das steht für ›Body Integrity Identity Disorder‹. Das sind Menschen, die …«

»Franziska, ich finde es offen gestanden keine gute Idee, Gerald gleich am ersten Abend damit zu behelligen«, unterbrach Arno sie. Er legte den Arm um ihre Schulter. »Du bist müde und verletzt. Gib uns allen mehr Zeit, den Schock zu verarbeiten. Komm, ich setz dich zu Hause ab.«

Franziska biss sich auf die Lippen und nickte. Sie hob, ohne Gerald anzusehen, die Hand flüchtig zum Gruß.

»Wir sehen uns Montagabend. Ich wünsche dir eine gute Zeit«, sagte Arno in distanziertem Tonfall, der so gar nicht zum Gespräch in der Kneipe passen wollte. Dann ging er, ohne eine Antwort abzuwarten, mit Franziska zu seinem Auto.

6

Am nächsten Morgen versuchte Gerald, sich an den Namen der Krankheit zu erinnern. Aber er wusste nur noch, dass sie mit »Body« anfing, aus vier Worten bestand und das letzte geklungen hatte wie »disaster«. Er hatte versäumt, in seinem Auto zu einem Zettel zu greifen, sobald die beiden anderen fortgefahren waren. Während der Fahrt hatte er immerzu an Franziska denken müssen. Vor seinem geistigen Auge hatte er den Abend Revue passieren lassen, um jede ihrer Gesten und Worte einzufangen. Er hatte in seiner Hochstimmung sogar leise gesummt, und das war ihm seit vielen Monaten nicht mehr passiert.

Nun saß er in seinem Büro, vor sich auf dem Schreibtisch eine Alibi-Akte, und googelte »body« in Verbindung mit »desaster«. Aber die Trefferzahl war unüberschaubar. Dann fügte er den Begriff »Operation« hinzu und stieß, nachdem er zahlreiche Seiten durchgesehen hatte, auf die Abkürzung »BIID«. Das war der Begriff! Gerald fand dazu zwar einige einschlägige Artikel, beschloss aber, sich direkt an eine kompetente Person zu wenden.

Er wählte die Nummer der Gerichtsmedizin, und diesmal hob Dr. Niels Wembler sofort ab.

»Na, Herr van Loren, haben wir beide wieder eine Leiche im Keller?«

Da war erneut diese aufreizende Munterkeit, die Gerald an den Kellner am Vorabend erinnerte. Er konnte sie nur schwer ertragen, besonders am frühen Vormittag.

»Es geht noch einmal um den jungen Mann von Anfang der Woche mit dieser exzentrischen Amputation«, sagte er betont sachlich. »Sie erinnern sich sicher.«

»Ja«, sagte Dr. Wembler, und es klang nicht so, als wäre er begeistert, an den Fall erinnert zu werden.

»Ich habe inzwischen ein wenig mehr über ihn erfahren. Kann es sich dabei um BIID, also ›Body Integrity Identity Disorder‹ handeln?«

Zunächst kam gar keine Reaktion, sodass Gerald schon an eine technische Störung dachte. Schließlich hörte er ein unterdrücktes »Shit, dass ich daran nicht gedacht habe. Verzeihung, es hätte mir auffallen müssen, die Narbe ist ja wie ein Ausrufezeichen. Dieses Krankheitsbild hat zwar nichts mit der Ursache seines Todes zu tun, aber ich hätte es natürlich erkennen müssen. Ich hoffe, ich habe dadurch Ihre Untersuchungen nicht erschwert, Herr van Loren.«

Das Schuldbewusstsein des Mediziners spielte Gerald in die Karten. »Das kann ich momentan nicht beurteilen. Ich dachte nur, bevor ich durchs Internet surfe und mich durch einen Berg von Artikeln quäle …«

»Verstehe. Sie haben etwas gut bei mir. Ich muss in

diesen Tagen sowieso ins Präsidium. Soll ich am späten Vormittag auf einen Sprung bei Ihnen vorbeikommen?«

Etwas später tippte Gerald das Aktenzeichen für den Fall Alexander Faden in den Computer ein, und siehe da, die Kollegen von der Streife hatten mittlerweile ihre Pflicht erfüllt. Tendenziell lustlos, wie befürchtet. Gerald las die spärlichen Angaben und stieß auf den Satz: »Eingangstür zur Wohnung nur angelehnt.«

Und das hat euch, liebe Kollegen, nicht zu denken gegeben?, dachte Gerald. Ein Selbstmörder, der die Wohnungstür offen lässt? Es kam immer wieder vor, dass ein vermeintlich Lebensmüder Hinweise gab und gezielt Spuren legte, um rechtzeitig gefunden zu werden. Aber unser Mann hat sich nicht die Pulsadern aufgeschnitten und in die Badewanne gelegt oder ein Röhrchen Schlaftabletten geschluckt und insgeheim gehofft, dass ein Nachbar oder Freund vorbeikommt und den Notarzt alarmiert. Alexander Faden ist aus dem vierten Stock gestürzt, und selbst, wenn er in seinem Innersten auf jemand gehofft hätte, der ihn von seiner Tat abhielte, ergab die nicht verschlossene Tür einfach keinen Sinn. Wollte er, post mortem, der Polizei die Arbeit erleichtern, indem sie die Tür nicht aufbrechen mussten? Es gab zwar Menschen, die vor ihrem Suizid die Wohnung putzten, den Müllsack hinaustrugen, ihre Papiere, Ausweise, den Mietvertrag und die Autoschlüssel säuberlich geordnet neben den Abschiedsbrief legten, aber das alles traf auf Alexander Faden nicht zu. Dies war ein weiteres Indiz, das Geralds Zweifel nährte.

Eine Stunde später klopfte ein kleiner, rundlicher Mann an die offen stehende Tür. Er war jung, vielleicht Anfang dreißig, hatte dichte, mittelblonde Haare, die gelockt waren und dem vollen Gesicht mit der glatten Haut etwas Bübisches verliehen. Er trug eine helle Hose, ein blaues Hemd und eine passende Krawatte – alles so aufeinander abgestimmt, dass es einen leichten Stich ins Feminine hatte.

»Dr. Wembler?«

Statt zu antworten, hob der Mann einfach die Augenbrauen und lächelte verschmitzt.

»Danke für Ihren Besuch. Bitte setzen Sie sich doch.«

Der Gerichtsmediziner schaute auf den Besuchertisch in der Ecke des Zimmers. »Muss es dort sein? Da fühle ich mich ja wie bei einem Verhör, mit Tonbandgerät und einem zweiten Kollegen, der im Zimmer auf und ab geht und droht, mich zu verhaften, wenn ich mich nicht kooperativ zeige.«

»Sie haben zu viele Krimis gesehen.«

Der Arzt hob beide Hände vor die Brust. »Gott bewahre. Ich stehe keinen Kriminalfilm durch. Ich kann stundenlang zuschauen, wie sich Würmer durch einen Leichnam fressen oder Insekten ihre Larven legen. Das ist wie Heimkino für mich, aber wenn in einem Film ein Kind seinem Mörder begegnet oder eine Frau ihrem Vergewaltiger, ist mein Finger in Lichtgeschwindigkeit an der Fernbedienung. Miss Marple ist das Härteste, was ich mir zumuten kann.«

Gerald wies auf Batzkos Schreibtisch. »Mein Kollege hat heute Urlaub. Wenn Sie möchten …«

Dr. Wembler nahm das Angebot an. Nur war er so viel kleiner als Batzko, dass er kaum über die Schreibtischplatte ragte; als wäre er plötzlich zu einem Schuljungen geschrumpft. Es schien ihn jedoch nicht zu stören. Er legte die Handflächen gegeneinander, blies die Luft durch die Backen und begann. »BIID, also Body Integrity Identity Disorder, ist ein ziemlich junges und sehr kontrovers diskutiertes Phänomen. Die Betroffenen sind nach herkömmlichen Maßstäben physisch vollkommen gesund, aber sie sehnen sich danach, einen Körperteil wie einen Unterschenkel oder einen Arm zu verlieren. Sie empfinden sich paradoxerweise erst durch den Verlust einer Extremität als komplett. Es gibt auch Patienten, die eine Querschnittslähmung wünschen. Der Drang nach dem physischen Verlust kann so stark werden, dass die Betroffenen sich mit der Axt einen Arm abhacken, ein Bein auf ein Bahngleis legen oder das betreffende Körperteil so lange von der Blutzufuhr abtrennen, bis es von einem Chirurgen entfernt werden muss. Das lässt den massiven Leidensdruck ahnen, unter dem diese Menschen stehen. Viele, die nicht zu dieser extremen ›Selbsthilfe‹ greifen, haben tiefe Depressionen, werden arbeitsunfähig, isolieren sich von ihrer Umwelt, der sie ihren Wunsch aus Scham nicht mitteilen wollen.«

»Kennt man die Ursache der Krankheit?«

»Nicht wirklich. Sehen Sie, ich bin Naturwissenschaftler durch und durch, ich habe gerne zu jeder Krankheit eine eindeutige Erklärung. Von A nach B, verstehen Sie, und ich als Mediziner suche die Verbindung, die manchmal unmittelbar ist und manchmal gewunden und kompliziert, aber immerhin vorhanden in dem physiologischen Weltreich, das jeder Mensch darstellt. Es gibt auch für BIID einen entsprechenden neurologischen Ansatz. Demnach liegt eine Schädigung im so genannten somasensorischen Kortex vor, in dem unser Gehirn das Körperbewusstsein abbildet. Stellen Sie es sich so vor, dass in diesem Teil des Gehirns eine Fotografie unseres Körpers liegt, und auf dieser Fotografie fehlt ein Bein. Und diese Fotografie bestimmt tragischerweise das Selbstbild, nicht der reale Körper. Das Bein wird für sie zu einem störenden Fremdkörper, sie fühlen sich, ähnlich wie Transsexuelle, in einem Körper gefangen, den sie nicht als den ihren wahrnehmen. Das Ich führt Krieg gegen die eigene Physis.«

»Wenn ich Sie richtig verstehe, so sind solche Patienten nach einer Amputation zunächst einmal am Ziel ihrer persönlichen Wünsche. Kann das ein Motiv sein, die Operationsnarbe ästhetisch gestalten zu lassen, gleichsam wie zur Bestätigung?«

»Touché.« Der Arzt ließ sich gegen die Rückenlehne fallen. Gerald, der seinen Kollegen Batzko, den Einmeterneunzig-Schrank, vor dem geistigen Auge hatte, musste ein Lächeln unterdrücken, als er den promovierten Dreikäsehoch im Sessel geradezu versinken sah.

»Bei rund einem Drittel der Patienten hat der Stumpf eine fetischistische, bisweilen auch sexuelle Komponente. Sie lieben ihren Stumpf, sie finden ihn ästhetisch und hocherotisch. Ich weiß nicht, warum mir das bei der Obduktion nicht aufgefallen ist. Vielleicht hat die eindeutige Todesursache durch die Sturzverletzungen meine Wachsamkeit eingeschläfert. Wie auch immer – deshalb bin ich ja auch persönlich zu Ihnen gekommen.« Wembler zwinkerte mit einem Auge.

»Gibt es eigentlich geschlechtsspezifische Unterschiede bei BIID-Patienten?«

»Ich denke nicht. Keinesfalls sind sie markant. Bemerkenswert ist jedoch, dass eine Mehrzahl der Patienten eine überdurchschnittliche Schulbildung besitzt und ihr Einkommen ebenfalls überdurchschnittlich ist. Der klassische BIID-Betroffene ist gewissermaßen Ihr Nachbar im Reihenhaus, der unauffällig lebt, kein Trinker ist und keine Drogen konsumiert. Andere Studien haben belegt, dass der Anteil an Homosexuellen weit höher ist als im Durchschnitt, aber diese Tatsache kann nach dem aktuellen Wissensstand nur festgestellt und nicht direkt in Bezug zur Krankheit gesetzt werden.«

»Sie sprachen davon, dass sich die Medizin erst in letzter Zeit intensiver mit diesem Phänomen befasst. Heißt das, dass diese Erkrankung vorher nicht in Erscheinung getreten ist? Oder wurde sie lediglich nicht wissenschaftlich wahrgenommen?«

»Sie scheinen ja ein vertieftes Interesse an diesem Fall zu haben«, kommentierte Dr. Wembler. »Tatsächlich gibt es in der Medizingeschichte Berichte von Ärzten, die auf den dringenden Wunsch von Patienten Amputationen vorgenommen haben und die berichten, dass sich diese anschließend wie neugeboren fühlten. Ein Fall aus dem achtzehnten Jahrhundert ist sehr gut dokumentiert, das herzerweichende Dankschreiben des

Patienten eingeschlossen. Der Mediziner hat es sicher zu seiner eigenen Legitimation aufbewahrt. Es steht zu vermuten, dass es dieses Krankheitsbild immer schon gab, aber erst in den letzten Jahrzehnten seine Stimme gefunden hat, wenn ich mich so ausdrücken darf. Der Körper ist längst eine enttabuisierte Zone, wir lassen uns Fett absaugen, die Brüste vergrößern, unser Gesicht und die Geschlechtsorgane piercen oder mit Tattoos bemalen – unser Körper als Leinwand unserer Sehnsüchte, Träume und Neurosen. Der Mediziner kreiert einen Körper wie ein Bildhauer eine Skulptur. Die ästhetische Chirurgie lässt kaum noch Wünsche offen, und diese neue Freiheit, in Anführungszeichen, führt dazu, dass viele Menschen über ihre geheimsten Phantasien sprechen und sich darüber im Internet austauschen. Es ist heutzutage viel leichter geworden, sich zu outen. Man kann mit Gleichgesinnten in Foren diskutieren, und man kann, wenn man will, im Internet anonym bleiben.«

»Ist es wirklich so, dass Menschen mit BIID nur durch eine Amputation erlöst werden – auch wenn einem dieser Begriff kaum über die Lippen gehen will?«

Der Gerichtsmediziner antwortete nicht sofort. Er nahm einen Kugelschreiber von Batzkos Schreibunterlage und drehte ihn in seinen Händen. Er wirkte nachdenklich, das Joviale war schlagartig verschwunden.

»Tatsächlich gibt es keine erfolgversprechende alternative Behandlung. Weder medikamentös noch psychotherapeutisch. Es scheint aktuell so, dass BIID in sich selbst besteht, sie ist nicht Ausdruck einer anderen, tieferen psychosozialen Störung, die behandelbar wäre. Die Psychotherapie und die Schulmedizin müssen die Waffen strecken, so sieht es im Moment leider aus. Die Krankheit ist eine Provokation, weil sie uns keinen Code zu ihrer Behandlung mitgibt.«

»Bedeutet das, dass ein BIID-Patient eine Amputation jederzeit und an jedem Ort vornehmen lassen kann?«

»Nein. Ein schottischer Psychiater und Chirurg namens Robert Smith hat im Jahre 2000 zwei organisch vollkommen gesunden Männern, die an BIID litten, ein Bein amputiert. Dieses Vorgehen hat in der Fachwelt für Empörung gesorgt, denn es stellt ja die traditionelle medizinische Denkweise auf den Kopf, indem nicht ein kranker Teil des Körpers behandelt, sondern ein gesunder entfernt wird. Aber Robert Smith hat die Fakten für sich sprechen lassen: Zwei seit Jahrzehnten unter Depressionen und Selbstmordabsichten leidende Menschen empfinden ihr Leben nach der Operation als glücklich und erfüllt. Als Arzt habe er also seine Funktion erfüllt, so Smith, indem er die einzig wirksame Behandlung für diese Krankheitsform durchgeführt habe. Aber dieser Kollege befindet sich immer noch in einer heftig attackierten Außenseiterposition. Die Gegner begründen ihre strikt ablehnende Haltung zunächst einmal auf der formalen Ebene damit, dass BIID noch nicht in die internationale Klassifikation der Krankheiten, den so genannten ICD-Katalog, Eingang gefunden hat. BIID ist auch nicht im Handbuch psychischer Störungen, im so genannten DSM, gelistet.

Es ist eine Krankheit in einem wissenschaftlichen Niemandsland, gleichsam ohne psychiatrische oder neurologische Daseinsberechtigung. Deshalb beträte jeder Chirurg ein juristisches Minenfeld, wenn er eine solche Operation vornehmen würde, denn eine Amputation wäre ohne eine eindeutige medizinische Indikation strafrechtlich als Körperverletzung zu betrachten und kann in Deutschland mit einer Gefängnisstrafe bis zu zehn Jahren bestraft werden. BIID müsste also zunächst wissenschaftlich in den Rang einer ernsthaften Erkrankung befördert werden, wenn Sie den Ausdruck verzeihen, um einen Mediziner, der eine derartige Operation durchführen will, rechtlich und auch ethisch zu schützen.«

»Wie verhalten sich die Krankenkassen? Übernehmen sie die Behandlungskosten?«

»Jein. Sie übernehmen die psychotherapeutische – und damit bis dato erfolglose – Behandlung der psychischen Folgeerscheinungen wie Depressionen und Suizidgefahr, aber nicht eine Amputation. Pflaster für die Symptome, nichts gegen die Ursache. Womit wir wieder beim Irrsinn unseres Gesundheitssystems wären. Aber das bitte nur als Randbemerkung.«

»Kann ich also davon ausgehen, dass Alexander Faden nicht in Deutschland operiert wurde?«

»Sie können mit an Sicherheit grenzender Wahrscheinlichkeit davon ausgehen, dass Alexander Faden nicht in Deutschland operiert wurde. Vermutlich hat er auf eigene Kosten einen Arzt im europäischen Ausland, vielleicht sogar in Asien kontaktiert.«

Gerald überlegte, welche Position Dr. Chateaux in dieser Frage wohl bezogen hatte. Hatte er Alexander von einer Operation abgeraten, im Vertrauen auf seine psychotherapeutische Behandlung, oder hatte er seinem jungen Patienten vielleicht sogar geholfen, einen Chirurgen zu finden? Gerald entschloss sich, diese Fragen für sich zu behalten. Sie spielten für den Gerichtsmediziner schließlich keine Rolle und standen auch nicht im Widerspruch zu seinen Aussagen.

»Wenn ich alles richtig verstanden habe«, sagte er, »dann hat Alexander Faden, also vorausgesetzt, er litt an BIID, jene Behandlung gewählt, die geeignet ist, das Leiden zu beenden. Richtig?«

Dr. Wembler nickte.

»Mit anderen Worten: Als Motiv für einen Suizid scheidet die Erkrankung aus.«

»Ja.« Niels Wember sagte es so laut, als sollte es das Schlusswort sein. Er räusperte sich dezent und schaute auf seine Armbanduhr. »Natürlich können Sie mich jederzeit anrufen, Herr van Loren. Jetzt habe ich allerdings eine andere Verpflichtung.«

»Vielen Dank für das informative Gespräch«, antwortete Gerald und wollte dem Arzt dennoch nicht seine Schlussfrage ersparen. »Ich möchte Ihre Kollegialität nicht überstrapazieren, aber mich würde Ihre persönliche Meinung zu diesem Phänomen brennend interessieren.«

Dr. Wembler drehte sich zur Seite und schaute zum Besuchertisch. »Nun fühle ich mich doch wie beim Verhör«, sagte er und versuchte sich an einem Lächeln, das nicht überspielen konnte, wie unwohl sich der Gerichtsmediziner fühlte. »Es ist eine tückische Zwickmühle in meinen Augen. Ärzte sollen das menschliche Leiden lindern, das ist ihre Aufgabe. Und jedes menschliche Leiden verdient eine angemessene medizinische Betreuung, auch wenn es wie bei BIID unserem Menschenbild radikal widerspricht. Unter diesem Aspekt kann ich einen Chirurgen nicht verdammen, der nach einer gründlichen Untersuchung zur Überzeugung gelangt, dass ein Patient nur durch eine Amputation von seinem Leiden befreit werden kann. Auf der anderen Seite kann man nur hoffen, dass die Krankheit bald besser erforscht sein wird und Therapien gefunden werden, die den Wunsch nach einer Verstümmelung gleichsam einschläfern. Vielleicht handelt es sich ja tatsächlich um eine neurologische Abnormalität, die durch geeignete Medikamente therapierbar ist. Eine Amputation ist irreversibel, hingegen kann eine gute psychotherapeutische Behandlung die Lebensqualität so weit verbessern, dass man Zeit gewinnt, bis alternative Heilungsmethoden entwickelt werden. Deshalb ist auch diese Haltung – abgesehen davon, dass der Gesetzgeber ja erst eine rechtliche Klarheit für eine Amputation schaffen müsste – hundertprozentig zu akzeptieren. Es ist nicht eins zu eins vergleichbar, aber auch in den Fragen der aktiven und passiven Sterbehilfe muss das individuelle Ethos des behandelnden Mediziners die letzte Instanz sein. Er muss ab einem bestimmten Punkt das Recht besitzen zu handeln wie auch das Recht, eine bestimmte Behandlung nicht durchzuführen. Er darf nicht verpflichtet werden, die Apparate abzuschalten, wenn er es mit seinem Gewissen nicht vereinbaren kann. Aber er darf verpflichtet werden, seine Haltung transparent zu machen und den Patienten in der Konsequenz auch in die Behandlung eines Kollegen zu übergeben, der genau das tun würde, was er selbst verweigert.«

»Ich verstehe«, sagte Gerald zögerlich. Aber was er eigentlich meinte, war: Ich sehe, dass Sie nicht beantworten wollen oder können, wie Sie selbst sich als behandelnder Arzt verhalten würden.

Als hätte er die Gedanken seines Gesprächspartners gelesen, fuhr der Mediziner mit einem Seufzer der Erleichterung fort. »Kurzum, ich bin nicht unglücklich, zu einer Säge zu greifen, einen Leichnam zu öffnen, Organe zu entnehmen, Proben in Reagenzgläser zu legen und Maden, Würmer und Fliegen zu nähren. Das ist zwar bizarr in den Augen vieler, mir als Mediziner verleiht es jedoch einen Seelenfrieden, den ich als praktizierender Arzt nicht hätte.«

Unvermittelt stand er auf, fingerte in der Brusttasche seines Hemdes nach einer Visitenkarte und legte sie vor sich auf den Schreibtisch. Im nächsten Moment war er aus dem Zimmer verschwunden.

Gerald betrachtete erneut die Fotos, die Wembler ihm vor ein paar Tagen geschickt hatte. Nun konnte er ermessen, wie beschwerlich der Weg zu einer Operation für Alexander Faden gewesen sein musste. Wo hatte er sie durchführen lassen? Wie hatte er sie finanziert?

Du wirst sehen, sagte Gerald zu dem abwesenden

Batzko, dass mich mein Instinkt nicht betrogen hat. Hier ist niemand aus freien Stücken in den Tod gesprungen. Hier ist jemand, so merkwürdig es uns erscheinen mag, nach der Wunschoperation ins Leben zurückgekehrt. Aber bei dir, mein lieber Batzko, du Quadratschädel, muss eine Leiche ein Messer im Rücken haben oder es muss ein Zettel am Tatort liegen: Dies war ein Mord. Aber so einfach liegen die Dinge nicht immer und ganz sicher nicht in diesem Fall.

Dann legte er die Mappe zurück auf den Schreibtisch und überlegte, wie er weiter vorgehen sollte. Das Telefon riss ihn aus seinen Gedanken.

»Gerald? Du musst sagen, wenn ich dich gerade störe.« Wie immer ließ seine Mutter ihm nicht einmal die Zeit zum Atmen, bevor sie fortfuhr. »Ich war heute Vormittag in der Gegend, und da habe ich spontan bei euch geklingelt. Ich weiß, dass man sich besser vorher ankündigen sollte, aber am späten Vormittag, dachte ich mir, kann man nun wirklich kein Kind aus dem Schlaf reißen.«

»Mutter, es passt gerade nicht so gut. Ich sitze in meinem Büro und habe einen Haufen Arbeit vor mir liegen«, sagte Gerald müde. Er spürte schon einen ersten Anflug von Kopfschmerzen. Jetzt und hier wollte er sich nicht auch noch mit seiner Familiensituation befassen müssen.

»Ich bin so froh«, fuhr sie in ungedrosseltem Tempo fort, »dass Severin diese scheußliche Ohrengeschichte überwunden hat, und obwohl dir meine Meinung in diesen Dingen wenig oder auch nichts bedeutet, sage ich dir, dass jede überstandene Krankheit die Kinder in ihrer Entwicklung weiterbringt. Severin sieht prächtig aus, er hat einen richtigen Schub gemacht. Das hat die Natur so vorgesehen, das ist ihr Lohn.«

Sie hielt inne, und Gerald spürte, dass sie einen Anlauf nahm, um zu sagen, was sie eigentlich loswerden wollte.

»Gerald? Darf ich offen zu dir sein?«

»Ich werde es nicht verhindern können.«

Sie räusperte sich, und ihre Stimme klang mit einem Mal verunsichert. »Ich kann nicht sagen, dass ich mich bei deiner Partnerin wohlfühle. Ich gebe mir alle erdenkliche Mühe, hilfsbereit zu sein. Aber wenn ich Sevi auf den Arm nehme, werde ich ermahnt, eine Hand unter den Kopf zu legen, weil seine Nackenmuskulatur noch nicht ausgeprägt genug ist. Wenn er auf meinem Schoß sitzt, muss ich ihn an beiden Händen festhalten, damit er ja nicht nach hinten kippt. Wenn ich ihn wickeln will, darf ich das Eincremen nicht vergessen; aber ja nicht zu viel. Gerald, ich kann die Überempfindlichkeit deiner Lebensgefährtin gut verstehen, aber es ist ja nicht so, dass der Klapperstorch dich am Tag der Einschulung bei mir abgegeben hätte.«

Gerald spürte wie immer den Nadelstich, wenn seine Mutter von »deiner Lebensgefährtin« oder »deiner Partnerin« sprach, anstatt einfach »Nele« zu sagen. Er empfand diesen Ausdruck als bewusst distanzierend, so wie sie Gerald gegenüber nur von »deinem Vater« sprach, wenn sie ihren Ehemann meinte, der vor über zwanzig Jahren eines Nachts die Wohnung verlassen hatte, um niemals zurückzukehren. Sein einziges Lebenszeichen waren die Unterhaltszahlungen bis zu seiner Volljährigkeit gewesen. Weder er noch seine Mutter wussten seitdem, wo und wie und ob er überhaupt noch lebte. Es hatte sich deshalb eine besondere Nähe zwischen ihm und seiner Mutter entwickelt, und vor Nele hatte er ihr nur zwei Freundinnen offiziell vorgestellt. Seine Mutter hatte diese Freundinnen akzeptiert, aber bereits die erste Begegnung mit Nele vor gut einem Jahr hatte ein anderes Vorzeichen getragen, als hätte seine Mutter instinktiv erkannt, dass es diese Frau sein würde, mit der Gerald den Rest seines Lebens verbringen wollte. Und mit der er eine Familie gründen würde. Die ihr das niederdrückende Gefühl vermitteln würde, nicht mehr unersetzbar zu sein, in einem Wort: sterblich.

»Gerald, bist du noch dran? Hörst du mir überhaupt zu?«

»Natürlich, Mutter.« Er hatte im Stillen schon seit längerem auf einen Ausbruch dieser Art gewartet. Neles Argwohn seiner Mutter gegenüber war auch ihm aufgefallen. Wenn Geralds Mutter ihren Enkel anzog, korrigierte Nele anschließend immer den Sitz des Stramplers. Wenn sie mit ihm spielte, mahnte Nele, keine zu heftigen Bewegungen zu machen. Wenn sie ihn auf die Wange küsste, erwähnte Nele wie beiläufig die Empfindlichkeit der Babyhaut.

»Es ist ja nicht so, Mutter, dass Nele deine Hilfe ablehnen würde. Sie hat nur Angst, dass etwas passieren könnte. Ihre Übervorsicht ist nicht nur auf dich bezogen. Sie bezieht sich auf alle, die sich Severin auf mehr als drei Meter nähern, den Kinderarzt eingeschlossen.«

»Und den Vater des Kindes«, fügte sie hinzu.

Gerald beschloss, ihre Bemerkung zu überhören. »Das wird sich von selbst korrigieren, Mutter. Beim achten oder neunten Kind wird sie schon lockerer werden.«

»Ich weiß, dass es im Grunde nicht persönlich gemeint ist.« Ihre besorgte Stimme signalisierte, dass sein Versuch, das Gespräch in ein entspannteres Fahrwasser zu lenken, gescheitert war. »Zumindest hoffe ich es. Meine Freundinnen, die bereits Großmütter sind, machen letztlich dieselben Erfahrungen. Ihr lest ein halbes Dutzend Bücher über Schwangerschaft und Geburt, ihr besucht Vorbereitungskurse bei Hebammen und im Krankenhaus, als würdet ihr euch auf eine bemannte Raumfahrt vorbereiten. Aber ich habe den Eindruck, dass ihr euch dadurch nur darauf konzentriert, was man alles falsch machen kann. In meiner Generation hatten wir das Zutrauen, dass alles schon seinen Weg gehen würde. Ich habe mich einfach auf meinen Instinkt verlassen, aber den scheint ihr verloren zu haben. Deine Partnerin ist ja ein einziges Nervenbündel. Ich kann es kaum mit ansehen.«

»Es wird schon besser werden«, antwortete er und ärgerte sich erneut darüber, dass sie Neles Namen partout nicht aussprechen wollte.

»Und du? Wie gehst du damit um? Versteht ihr beide euch weiterhin gut?«

»Natürlich. Wie kommst du jetzt darauf, Mutter?«

Sie gab lange keinen Ton von sich. Gerald kannte

das: Es handelte sich um ihre »Ich-glaube-dir-einfach-nicht«-Stille. Und die konterte Gerald mit derselben Waffe. Von seiner Seite handelte es sich um die »Mutter, das-geht-dich-nichts-an«-Stille.

»Kommt ihr am Sonntag vielleicht zum Essen?«, fragte sie nach gefühlten zehn Schweigeminuten. »Oder zum Kaffee, wenn es wegen des Stillens zu kompliziert sein sollte mit einem Mittagessen?«

»Ich weiß noch nicht, Mutter. Wir rufen dich an.«

»Gerald?« Ihr Tonfall hatte sich geändert. Das Aufgeregte war gewichen und hatte einer ernsten Anteilnahme Platz gemacht.

»Ich wollte dir, das heißt, euch anbieten … Sobald deine Lebensgefährtin abgestillt hat, könnte ich den kleinen Sevi gern für ein paar Tage zu mir nehmen. Ich traue mich nicht, ihr den Vorschlag zu machen. Aber dir sage ich es. Fahrt ein paar Tage weg. Erholt euch. Ich mache mir wirklich Sorgen um euch.«

Der Vorschlag traf ihn vollkommen unvorbereitet. Blitzartig erkannte er, dass seine Mutter ins Schwarze getroffen hatte. Es war das, was sie wirklich tun sollten, aber das konnte er seiner Mutter unmöglich eingestehen.

»Das ist nett von dir.« Er spürte, wie sich jetzt auch seine Stimme veränderte. »Ich muss los zu einer Besprechung. Wir telefonieren wieder. Tut mir leid, aber die Pflicht ruft.«

Von wegen Pflicht. Er hatte sich in die Formelhaftigkeit geflüchtet, aus Furcht, die Selbstkontrolle zu verlieren. Er wollte seiner Mutter nicht mitteilen, wie sehr ihn die Situation in seinen vier Wänden deprimierte. Und das Schlimmste daran war, dass er mit Nele nicht darüber reden konnte. Gerald stand auf und ging nervös im Zimmer auf und ab. Er konnte nicht nur mit Nele nicht reden, er konnte eigentlich mit keinem reden. Es gab niemanden, den er jetzt anrufen konnte, um ihm mitzuteilen, wie es ihm ging. Seine Arbeit und die Geburt von Severin hatten ihn in letzter Zeit so vereinnahmt, dass er seine Freunde vernachlässigt hatte. Und jetzt fehlte ihm der Mut, sich wieder bei ihnen zu melden.

An der Pinwand zuhause in der Diele hing eine Telefonliste aus dem Geburtsvorbereitungskurs für Paare; fünf Abende, die er anfangs aus Interesse und bald nur noch aus Pflichtgefühl absolviert hatte. Die anderen Teilnehmer waren zwar ganz nett gewesen, aber auch in den Pausen hatte sich alles nur um das Baby gedreht, als wäre die Schwangerschaft ein gemeinsamer biologischer Zustand. So war er, zu Neles Missfallen, in der Gruppe immer wortkarger geworden und hatte sich nach Severins Geburt vor weiteren Treffen gedrückt. Eine Stunde mit praktischen Tipps für das Wickeln, Baden und Fiebermessen hätte ihm vollkommen gereicht. Aber das durfte man heutzutage nicht laut sagen.

Franziska, dachte er plötzlich, mit ihr würde er reden können. Sie war warmherzig, unkompliziert, sie hatte ihn angelächelt. Wann hatte ihn Nele zuletzt mit dieser Offenheit angelächelt? Er wusste es nicht. Ebenso wenig wusste er, wann sie zuletzt miteinander geschlafen hatten.

7

Das ganze Wochenende dachte er an das Telefonat mit seiner Mutter, ohne es Nele gegenüber zu erwähnen. Es hatte keinen Sinn, Öl ins Feuer zu gießen. Nach einem gemeinsamen Kaffee in der Küche badete er Severin und brachte ihn dann ins Schlafzimmer. Er legte sich neben ihn ins Bett und erzählte ihm etwas, keine Geschichte mit einem Anfang, einer Mitte und einem Ende, er erzählte vielmehr einen Mischmasch aus seiner Arbeit, dem Wetter und den Tieren im Dschungel. Severin strahlte ihn an und versuchte mit allen Kräften, wach zu bleiben. Aber seine Lider wurden schwerer und schwerer. Drei-, viermal öffnete der Kleine noch die Augen und hielt den Daumen seines Vaters fest umschlossen. Dann schlief er endgültig ein.

Nele saß im Wohnzimmer, eine Art Gesundheitsknabberteller (Karotten, Gurken, Oliven, Käsestückchen, ein Klecks Joghurtdressing) auf dem Schoß.

»Hast du bemerkt, dass Sevi so viele Haare verloren hat?«, fragte sie.

Gerald senkte den Kopf, als hätte er einen Schlag auf den Nacken bekommen.

»Ich dachte, das wäre normal in der Phase. Wenn ich diesen bescheuerten Wachstumskalender in der Küche richtig gelesen habe, verlieren sie in dieser Phase den Flaum. Wenn hier jemand die Haare verliert, bin ich es, weil ich den Schwachsinn nicht länger aushalte, den du jeden Tag inszenierst.« Er schrie beinahe.

Sie zuckte zusammen, als fürchtete sie, dass das Baby aufwachen könnte. Aber die Tür zum Schlafzimmer war nur einen Spalt geöffnet; außerdem wachte Severin von Geräuschen in der Wohnung nicht auf.

Nele begann zu essen. Gerald hatte keinen Hunger. Die Wut auf Nele krampfte ihm den Magen zusammen, der Anblick der Rohkost auf ihrem Teller ließ sein Hungergefühl verstummen. Er stand, vielleicht zwei, drei Minuten lang, unschlüssig im Türrahmen, doch Nele beachtete ihn nicht, sah nicht von ihrem Teller auf. Schließlich sagte er: »Du weißt, ich habe an zwei Abenden in der Woche diese dienstliche Geschichte. Lange wird es aber nicht mehr dauern.«

Sie hörte auf zu kauen und sagte, ohne ihn anzuschauen: »Dann amüsiere dich mal schön bei deiner dienstlichen Geschichte. Ist sie wenigstens hübsch und nett?«

Gerald verließ die Wohnung. Grußlos.

Bis auf Dr. Chateaux saßen alle bereits auf ihren Stühlen, als Gerald den Raum betrat. Sie schwiegen, und die Luft schien ihm so schwer und drückend wie bei einem Trauergottesdienst. Instinktiv suchte er Franziskas Blick, und tatsächlich lächelte sie ihm zu. Es war ein schnelles, aber deutlich wahrnehmbares Lächeln, bevor sie wieder, wie die anderen, auf den Fußboden schaute. Es war ein Augenblick von Geborgenheit, den sie ihm schenkte, und Gerald wurde bewusst, wie oft er in den letzten Tagen an sie gedacht hatte. Wenn er ehrlich zu sich selbst war, waren es jene Momente gewesen, in denen er besonders frustriert von seinem Zusammenleben mit Nele war und sich nach einer Umarmung und Zärtlichkeit gesehnt hatte.

Lutz trug ein ärmelloses T-Shirt, das den Blick auf die farbigen Tätowierungen an beiden Oberarmen freigab. Die Hände waren zu Fäusten geballt und lagen auf den Oberschenkeln. In seiner nach vorne geschobenen Unterlippe zeigten sich Trotz und Kampfbereitschaft.

Arno sah angegriffen und übernächtigt aus, noch blasser und schmächtiger, als er von Natur aus schon war. Er schien gar nicht wahrzunehmen, dass Gerald das Zimmer betreten hatte, ebenso wenig wie die übergewichtige Frau, die in ihrer linken Hand ein zerknülltes Taschentuch hielt. Im Winkel ihrer Lippen klebte etwas, das wie Butter aussah, so als hätte sie in aller Eile vor der Sitzung noch ein belegtes Brot gegessen. Der Schweiger, dessen Vornamen Gerald vergessen hatte, schwieg. Beide trugen dieselbe Kleidung wie bei der vorigen Sitzung.

Dr. Chateaux kam herein, schloss die Tür und setzte sich auf seinen Platz. Er lächelte allen aufmunternd zu, verzichtete aber auf eine Begrüßung. Er war in seinem üblichen Stil gekleidet – weißes Hemd, Fliege und eine bunte Strickjacke –, die langen Haare zu zwei klassischen Mädchenzöpfen gebunden, die von schlichten Haushaltsgummis zusammengehalten wurden.

Niemand wollte das Gespräch eröffnen. Nur Lutz fragte, wann im Sommer Therapieferien sein würden. Er müsse in seiner Firma den Urlaub rechtzeitig beantragen. Chateaux antwortete, Lutz schob eine weitere Frage nach Formalitäten hinterher, die bei den anderen bald zu Unmutsäußerungen und Füßescharren führte. Ein lähmender Druck legte sich wie eine Käseglocke über die Gruppe. Es war offensichtlich, dass Lutz die banalen formalen Detailfragen auswalzte, um die Gruppe zu dominieren. Gleichzeitig zeigte niemand die Initiative, um Lutz zu stoppen.

Als der endlich schwieg, verteilte der Therapeut sein Dauerlächeln wie das Licht eines Leuchtturms in die Runde, aber niemand sagte etwas. Schließlich wandte er sich Gerald zu. »Wie geht es Ihnen? Wie haben Sie die vergangenen Tage erlebt?«

Gerald zeigte sich von der Direktheit der Frage überrascht. »Eigentlich wie immer«, begann er zögerlich, »das heißt, Nele und ich haben nicht viel miteinander geredet, jedenfalls nicht über das Organisatorische hinaus. Mir ist nach der ersten Therapiestunde bewusst geworden, dass wohl auch sie sehr unglücklich ist. Dennoch schaffen wir es nicht, darüber zu reden. Wahrscheinlich, weil wir zu schockiert darüber sind und uns auch im Grunde dafür schämen, so gestresst und gereizt zu sein, wo wir doch unser Wunschkind bekommen haben.«

»Du redest nicht mit deiner Partnerin und weißt doch, was sie denkt?«, fragte Franziska.

»Was?« Gerald musste im Geiste noch einmal die Frage wiederholen. Er war zu überrascht, dass Franziska ihn direkt angesprochen hatte, und anstatt sich auf ihre Frage zu konzentrieren, hatte er nur wahrgenommen, wie anziehend er sie fand. »Also, ich nehme es an. Ich vermute es einfach.«

»Ich will dich nicht angreifen«, sagte Franziska in einem ruhigen, freundlichen Tonfall. »Es ist nur – versteh mich bitte nicht falsch – ein sehr beliebter Anfängerfehler, dass wir Aussagen über unsere Gefühle mischen mit Hypothesen über die Gefühle und Gedanken von anderen. Das verwischt die Grenzen zwischen dir und ihr. Du erkennst weder deine eigene Position mit der nötigen Klarheit noch ihre. Vielleicht ist es ja gerade ein Grund für das Nicht-Sprechen zwischen euch, dass ihr zu wissen glaubt, wie der andere fühlt und denkt. Frag sie doch einfach mal.«

Der Therapeut kniff ein Auge zu. »Ein Fleißpunkt für meine Assistentin. Aber ich möchte noch etwas hinzufügen: Junge Familien stehen unter einer Art Glücksdiktat. Sie haben ein gesundes Kind zum gewünschten Zeitpunkt, leben in materiell gesicherten Verhältnissen und sehen sich plötzlich mit dem Druck konfrontiert, ihr Leben als Familienalbum präsentieren zu müssen. Sie müssen hundertmal am Tag ihren Eltern und Freunden bestätigen, in einem Dauerglück zu leben. Sie dürfen übermüdet sein, besorgt, auch mal gestresst, aber die Seele muss leuchten wie ein malerischer Sonnenaufgang. Das ist der äußere Druck – schlimm wird es nur, wenn die Partner sich selbst gegenseitig nicht von diesem Glücksdiktat befreien, wie mir das bei Ihnen der Fall zu sein scheint. Paare gehen durch ein tiefes Tal der Verunsicherung, die vertrauten Rollenverteilungen stehen auf dem Prüfstand, sie haben nur noch Minuten für sich, wo sie vorher Stunden hatten. Alle Aufmerksamkeit scheint absorbiert von diesem kleinen, schreienden Wesen zwischen ihnen. Frauen müssen die körperlichen Veränderungen einer Schwangerschaft und Geburt verarbeiten. Manche fühlen sich wie ein plötzlich um ein Jahrzehnt gealtertes Muttertier in der Herde und fürchten die Konkurrenz mit den jungen, agilen Weibchen. Weiß Ihre Frau eigentlich, dass Sie in eine Gruppentherapie eingestiegen sind?«

Gerald spürte, wie sich sein Pulsschlag beschleunigte und eine Hitze in ihm aufstieg, als hätte er Fieber. »Nein. Ich habe es nicht geschafft, ihr das mitzuteilen. Vorgestern Abend hatte ich es mir fest vorgenommen. Ich hatte im Badezimmer vor dem Spiegel die ersten Sätze eingeübt. Severin war schon im Bett, Nele hatte den Fernseher eingeschaltet und zappte sich durch die Programme. Wir kennen uns noch nicht einmal zwei Jahre, müssen Sie wissen. Das ist nicht viel, ich weiß. Am Anfang hat mich ihr Schwung mitgerissen. Sie war so hungrig auf das Leben, so direkt. Aber sie wollte bald ein Kind. Ich auch, obwohl ich offen gestanden lieber noch ein paar Jahre ohne irgendwelche Verpflichtungen mit ihr gelebt hätte. Aber als ich sie vor zwei Tagen ansah, erkannte ich sie nicht wieder. Ich meine, die Nele, in die ich mich verliebt hatte, war nicht die Frau, die dort saß. Diese Frau dort war eine Fremde, als hätte sie an meiner Wohnungstür geklingelt und sich dann ins Wohnzimmer gesetzt. Der Gedanke hat mich so deprimiert, dass ich, ohne ein Wort zu sagen, ins Bett gegangen bin.«

Lutz lachte hämisch, dann schob er den ausgestreckten rechten Zeigefinger durch den Ring, den er mit Zeigefinger und Daumen der linken Hand gebildet hatte. »Hauptsache, ihr redet noch *so* miteinander?«

Franziska stöhnte auf. »Wir danken für deinen überaus sensiblen Diskussionsbeitrag, Lutz. Was wären wir nur ohne dich?«

»Lauter Nonnen und Mönche«, antwortete der Motorradfahrer und grinste angriffslustig in die Runde.

Dr. Chateaux hatte sich während Geralds Antwort Notizen gemacht. Nun wandte er sich ihm direkt zu. »Jeder darf in dieser Runde jeden alles fragen. Aber es gibt keinen Antwortzwang. Wollen Sie sich dazu äußern?«

Gerald schaute zu Boden und murmelte: »Wir haben auch auf diesem Gebiet ziemliche Probleme.«

»›Problem‹ ist der Name für etwas, das wir nicht als Bestandteil unseres Lebens akzeptieren wollen«, sagte der Therapeut. Und da war es wieder, dieses blitzschnelle Lächeln, mit dem er seine zitatreifen Aussprüche begleitete. »Damit isolieren wir nur das vermeintlich Negative und entwickeln Angst und Abwehr. Aber warum eigentlich? Probleme sind wie Regen – niemand mag ihn, und doch wächst nichts auf dieser Erde ohne ihn. Ohne Probleme gibt es keine persönliche Weiterentwicklung, keine Selbsterkenntnis, keinen Fortschritt.

Es wird Zeit, uns die so genannten Probleme zu Freunden zu machen, uns ihrer Dynamik zu bedienen. Sie bewusst in unser Leben zu integrieren. Warum säßen wir sonst hier?«

»Integration ist ein gutes Stichwort«, sagte Lutz, drückte seinen kräftigen Rücken tiefer in die Stuhllehne und spreizte die Beine. »Ich hatte doch beim letzten Mal von der Frau erzählt, die ich neulich kennengelernt habe. Wir haben uns letzten Freitagabend wieder getroffen. Zuerst in einer Disco, dann sind wir zu mir gefahren. Sie ist noch verdammt jung, aber schon gut dressiert. Sie weiß, worauf Männer stehen.«

Lutz' Macho-Attitüde hatte zur Folge, dass die übergewichtige Frau anfing zu weinen. Sie schluchzte auf, hielt das Taschentuch vor die Augen, dann kullerten die Tränen.

Arno nahm im selben Moment seine Brille ab und schloss die Augen. Nun sah er noch angegriffener aus als sonst. Doch das alles kümmerte Lutz offensichtlich wenig. Er erzählte, wie er seine neue Freundin in seine Wochenendbeziehung integrieren wollte. Dabei machte er mehrfach kleinere Pausen und schaute auffordernd in die Runde, aber niemand reagierte. Es schien die Übereinkunft zu herrschen, dass jede Zwischenfrage aus der Runde Lutz' prahlerische Selbstdarstellung nur verlängern würde. Franziska beobachtete Arno. Sie schien zu wissen oder zumindest zu ahnen, was in ihm vorging. Plötzlich erhob sie sich von ihrem Platz, setzte sich neben ihn und legte den Arm um seine Schulter. Das irritierte Lutz sichtbar. Er betrachtete Franziska mit einem Blick, den Gerald erschreckend fand, weil sich in ihn nicht nur Wut, sondern auch Verlorenheit mischte, die ihn unangenehm berührte. Es passte nicht zu seiner stumpfen Bierzeltphilosophie.

Tatsächlich hatte ihm Franziskas Geste den Wind aus den Segeln genommen. Er setzte seine Unterleibsprahlereien fort, aber niemand beachtete ihn. Der Schweiger schwieg. Die übergewichtige Barbara nässte das dritte Taschentuch. Gerald schaute auf Franziska und Arno und verspürte einen heftigen Stich der Eifersucht. Während der letzten halben Stunde hatten sich seine und Franziskas Blicke mehrfach gekreuzt. Außerdem hoffte er, dass sie später noch ein Glas zusammen trinken würden. Der Gedanke, dass sie möglicherweise keine Zeit haben könnte, löste augenblicklich Gefühle der Verlassenheit in ihm aus.

Noch während Gerald seinen Gedanken nachhing, räusperte sich Arno. Er setzte seine Brille wieder auf, bewegte kaum wahrnehmbar seine Schulter, was Franziska zum Anlass nahm, ihre Hand zurückzuziehen.

»Ich finde es auffällig«, sagte sie, »dass immer dann, wenn sich jemand wirklich öffnen will, ein gewisser Teilnehmer aus unserer Gruppe den Holzhammer herausholt. Das ist extrem destruktiv.«

Chateaux hob den rechten Unterarm. Der Stift zeigte in die Höhe wie der Stock eines Dirigenten. »Wir wollten in dieser Gruppe keine Urteile formulieren, sondern persönliche Empfindungen. Außerdem haben wir uns verpflichtet, einen Teilnehmer nur mit seinem Namen anzureden bzw. ihn zu bezeichnen und nicht mit distanzierenden, abwertenden Platzhaltern wie ›jemand‹ oder ›ein gewisser‹ oder was auch immer. Jeder in der Gruppe hat das Recht auf eine direkte Reaktion und Konfrontation. Franziska, möchten Sie Lutz jetzt Ihre Empfindungen über sein Gruppenverhalten mitteilen?«

Franziska biss sich auf die Lippen und schüttelte stumm den Kopf, wobei sie den Blickkontakt sowohl zum Therapeuten als auch zu Lutz vermied.

»Ich habe am Wochenende mit meiner Frau gesprochen«, begann Arno, sehr langsam, die Augen zu Boden gerichtet. »Sie war am Boden zerstört und ist es eigentlich immer noch. Sie kann nichts essen, nichts trinken. Sie liegt nur im Bett und heult. Manchmal schlägt sie mit der Faust gegen die Wand, und in solchen Momenten wäre es mir fast lieber, sie würde mich schlagen. Sie wollte immer eine Familie, mindestens zwei Kinder, ein einfaches Haus mit Garten, ein ganz normales Leben eben. Aber wenn ich mich zu dem Schritt entschließe, wäre es kein normales Leben mehr. Ich will ich selbst sein, aber warum ist der Preis dafür so hoch? Es ist schrecklich, einfach nur schrecklich.«

Arnos Stimme brach weg. Er nahm seine Brille wieder ab, rieb über die Lider. Jeder im Raum, bis auf Gerald, schien zu wissen, wovon er sprach, auch wenn niemand etwas sagte. Lediglich Lutz schüttelte den Kopf, trommelte mit den Fingerspitzen auf seine Oberschenkel und lächelte abschätzig.

»Ihre Gefühle sind sehr gut nachzuvollziehen«, sagte Chateaux leise. Gerald fiel auf, dass die Stimme des Therapeuten ebenso streng und zurechtweisend klingen konnte wie auch sanft und empathisch. Das irritierte ihn, weil er die Person hinter dieser Stimme nicht wirklich greifen konnte. Seine Stimme war wie seine Art sich zu kleiden: eine Verbindung von maskulin und feminin, von förmlich und exaltiert. »Sie haben sich zu einem Schritt entschlossen, der Ihnen inneren Frieden bringen soll – und auch wird –, aber nun werden Sie mit der Tatsache konfrontiert, dass Sie Opfer werden bringen müssen. Große, vielleicht auch sehr große Opfer. Ich kann Ihnen aus meiner therapeutischen Erfahrung versichern, dass Sie diese erste Reaktion Ihrer Frau nicht überbewerten dürfen. Sie ist so extrem, weil Ihre Frau nichts anderes sieht als die einschneidenden und einschränkenden Veränderungen, mit denen sie fertigwerden muss. Sie stellt nicht den Wert Ihrer Beziehung in Frage. Nicht nur wir brauchen Geduld und Zeit, auch unsere Partner. Wenn Sie Ihrer Frau nur ein Zehntel der Zeit gewähren, die Sie für sich selbst gebraucht haben, dann empfinden Sie die augenblickliche Situation nicht mit dieser tragischen Absolutheit.«

Chateaux räusperte sich und schaute auf die Uhr. »Oh! Ich sehe gerade, nun habe ich mit meinem Wort zum Sonntag doch tatsächlich auch das Schlusswort gesprochen. Wir haben bereits leicht überzogen. Bleiben Sie alle am Leben, zumindest bis Donnerstag.«

Er lächelte sein Blitz-Lächeln, stand auf und ging in sein Sprechzimmer.

Gerald fand sich plötzlich alleine auf dem Bürgersteig. Hans und Barbara waren, jeder für sich, Richtung Prinzregentenplatz gegangen, Franziska und Arno standen neben Arnos Wagen. Lutz wurde erwartet: Eine junge, üppige Frau in eng sitzenden Jeans und Lederjacke saß auf dem Motorrad. Sie rauchte und drehte gleichzeitig eine Zigarette, die sie Lutz reichte, nachdem er sie geküsst und dabei mit seinen Händen in ihren langen Haaren gewühlt hatte. Den Helm hängte er an diesem Abend an den Lenker. Er zündete seine Zigarette an, startete die Maschine, gab einige Male im Leerlauf Vollgas und fuhr mit seiner Eroberung davon.

Franziska umarmte Arno. Er legte, wie unter dem Gewicht tiefer Müdigkeit, seinen Kopf auf ihre Schulter. Sie streichelte über seinen Rücken und sagte etwas, das Gerald nicht verstehen konnte. Kurz darauf lösten sie sich voneinander, und Arno stieg in seinen Wagen.

Gerald überquerte die Straße und wartete, bis Arno weggefahren war.

»Kann ich dich mitnehmen, Franziska? Trinken wir noch etwas?«

Sie nickte, schien aber mit den Gedanken noch bei Arno zu sein.

Als sie sich wenige Minuten später der Gastwirtschaft näherten, sagte sie: »Hör zu, mir ist heute Abend nicht nach einer überfüllten Wirtschaft. Würdest du mich einfach nur ein Stück mitnehmen? Ich lade dich auch gerne zu mir ein, wenn du noch Zeit hast.«

Sie nannte ihre Adresse. Während der Fahrt in Richtung Ostbahnhof schwiegen sie. Gerald spürte, dass er nervös wurde. Er hatte die Vorstellung, Franziska nach der Therapiestunde nicht mehr zu sehen, kaum ertragen können. Nun fühlte er sich dem Alleinsein mit ihr kaum gewachsen. Er hatte Angst vor sich selbst, Angst vor seinen Gefühlen für sie. Auch Franziska wirkte unruhig. Nach knapp zehn Minuten hatten sie ihr Ziel erreicht. Gerald fand jedoch zunächst keinen Parkplatz in der Nähe ihres Hauses in der Sedanstraße in Haidhausen und musste einmal um den ganzen Block fahren.

Die kleine Zweizimmerwohnung lag im vierten Stock. Das verwohnt wirkende Haus mit grauer Fassade hatte keinen Aufzug. Sie gingen nebeneinander die Treppe hoch, ihre Hände berührten sich mehrmals. Als sie vor der Wohnungstür standen und Franziska den Schlüssel ins Schlüsselloch steckte, hielt sie für einen Moment inne, so als wollte sie Gerald bitten, doch besser wieder zu gehen. Aber dann öffnete sie die Tür.

Sobald Gerald sein Jackett in der Diele aufgehängt hatte, kroch der Geruch von Katzenfutter in seine Nase. Die Tür zur Küche, die zum Innenhof hin über einen winzigen Balkon verfügte, stand offen. Franziska ging hinein und schloss sie hinter sich. Dann hörte Gerald das Miauen einer Katze und Geräusche, die auf das Nachfüllen der Wasserschale und des Napfes mit Trockenfutter schließen ließen. Eigentlich war er es gewohnt, dass Bekannte mit Haustieren, deren Wohnung er zum ersten Mal betrat, dafür sorgten, dass sich der Hausgast und das Haustier beschnupperten. Nun stand er wie bestellt und nicht abgeholt in der Diele. Die Tür zum Abstellraum war halb geöffnet. Im Halbdunkel – es drang lediglich etwas Licht von der Küche und dem Wohnzimmer hinter ihm in die Diele – erkannte er die

Umrisse eines Staubsaugers und etwas, das aussah wie eine Leiter. Er trat einen Schritt näher. Es war keine Leiter, es waren zwei Krücken, aus Holz mit einem Handgriff in der Mitte und einem länglichen Lederwulst an der Spitze, den man unter die Armbeuge schob. Zuerst dachte er an ein Theaterrequisit, an alte Filme, weil kein Mensch mehr mit diesen Apparaten herumlief, doch dann musste er plötzlich an Alexanders kunstvoll gearbeitete Narbe denken. Nein, bitte nicht, flüsterte er, bitte nicht.

Franziska schloss die Küchentür rasch hinter sich.

»Meine Katze ist unheimlich scheu. Wenn sie spürt, dass ich nicht alleine bin, verkriecht sie sich in der Küche. Ich mache lieber die Tür zu, damit sie sich sicher fühlen kann. Ich habe sie aus dem Tierheim geholt – weiß der Himmel, welche Erfahrungen sie mit Menschen gemacht hat.«

Sie ging vor ihm ins Wohnzimmer, einen kleinen Raum mit zwei Fenstern zur Sedanstraße, spärlich möbliert: einfache Bücherregale an den Wänden, eine Musikanlage, aber kein Fernseher, eine Vitrine mit Gläsern und Getränken, ein runder Tisch aus Holz, ein einfarbiges Sofa mit Stoffbezug und ein schwarzer Sessel, dessen Lederbezug deutliche Kratzspuren zeigte. Eine schlichte Studentenbude, im Gegensatz zu Alexander Fadens Wohnung. Er musste, dachte Gerald, als Grafiker nebenbei so manchen Euro verdient haben.

»Du bist Biertrinker, oder? Ich habe leider keines im Haus. Ich trinke vor dem Schlafengehen gerne einen Whiskey. Magst du auch einen?«

»Eigentlich gerne. Aber ich muss noch fahren.«

»Du musst wissen, ob es dir der Abend wert ist«, sagte sie und lächelte frivol.

Gerald gab ihr durch ein Handzeichen zu verstehen, dass sie ihm einschenken konnte. Sie trug eine hellblaue, kurzärmelige Bluse, die oberen zwei Knöpfe waren geöffnet. Ihre Schultern waren in Relation zu ihrer schlanken Gestalt gut ausgebildet, wie bei einer Schwimmerin. Sie war etwas größer und graziler als Nele. Und sie bewegte sich mit einer Leichtigkeit, die er erregend fand.

Franziska schaltete das Deckenlicht im Wohnzimmer nicht an. Eine Glaskugel auf der Vitrine gab gerade so viel Helligkeit ab, dass er die Konturen ihres Gesichts klar erkennen konnte. Nichts in ihrem Gesicht war dominant, zu klein oder zu groß geraten. Es wirkte wie aus einem Guss, so wie sie selbst, dachte er. Und wieder stellte er, gleichsam gegen seinen Willen, einen Vergleich mit Nele an. Neles Gesicht war anders. Die kurzen Haare und dichten Augenbrauen verliehen ihm etwas leicht Maskulines, zumal ihr Mund eher schmal war. Deshalb hatte sie als junge Frau oft Angst gehabt, nur als Kumpeltyp wahrgenommen zu werden. Das war auch der Grund, warum sie, wie sie ihm einmal erzählte, auch viel Bestätigung von Männern gesucht hatte. Von mehr Männern, dachte er verbittert, als ihr letztlich gutgetan hatte. Und nun ist der einzige Mann, der ihr wirklich etwas zu bedeuten scheint, vier Monate alt.

»Zum Wohl!« Franziska hob ihr Glas und schaute Gerald dabei direkt in die Augen. Seltsam, dachte er in diesem Moment, bei Nele und mir ist alles zu einem

Kampf geworden, und hier scheint alles so leicht, fast schwerelos.

»Sag mal«, sagte er nach einer kurzen Pause. »Ist Lutz immer so wie in den letzten beiden Sitzungen? Ich warte nur darauf, dass er seine Hose runterzieht und uns sein Prachtstück zeigt. Außerdem habe ich den Verdacht, dass er sich absichtlich von seiner Freundin oder, genauer gesagt, von einer seiner Freundinnen abholen lässt, weil er glaubt, uns damit beeindrucken zu können.«

»Den Eindruck hatte ich heute auch.«

»Mir fehlt vielleicht die nötige Erfahrung und Distanz, aber ich kann einfach nicht von meinen Problemen erzählen, wenn so ein Typ neben mir sitzt und nur darauf wartet, andere in der Gruppe bloßzustellen. Und dazu noch mit der Vorgabe von Chateaux, dass ich meine Probleme ab heute Abend offenbar gar nicht mehr als ›Probleme‹ bezeichnen darf.«

»Vielleicht will Chateaux ja eine Art Provokateur in der Gruppe. Man darf sich in ihm nicht täuschen. Er ist ziemlich gerissen, was solche Sachen betrifft, trotz seiner honigsüßen Stimme. Ist dir schon aufgefallen, dass er nie die Kontrolle verliert, dass er seine Linie konsequent durchzieht? Er ist ein erfahrener, effektiver Therapeut, das kannst du mir glauben, und ich habe schon eine kleine Weltreise auf diesem Gebiet hinter mir. Manche denken, so eine Gruppentherapie sei eine Art Whirlpool. Man sitzt dort und wird von allen bemitleidet und getröstet, und alle haben sich lieb. So ist es eben nicht. Chateaux will die Verteidigungslinien, die jeder um seine wahre Identität legt, durchbrechen, und da kommt ihm ein Prolo-Rammbock wie Lutz gar nicht mal ungelegen.«

»Aber wenn ich mir Barbaras Reaktion anschaue …«

Sie nickte. »Ich komme da auch an meine Toleranzgrenze. Barbara trägt ja im wahrsten Sinne des Wortes schwer an ihren Problemen. Ihr Mann zwingt sie, sich täglich zu wiegen. Wenn sie nicht abgenommen hat, muss sie vor ihm niederknien, und er sagt dann so was wie: ›Böses Mädchen, du hast wieder zu viel gegessen. Du musst mehr trinken; ich habe da etwas für dich, das hat ganz wenig Kalorien und viele Proteine und Nährstoffe.‹ Dann öffnet er seinen Reißverschluss … Muss ich weitersprechen?«

»Danke. Kann es mir vorstellen.« Gerald nahm einen Schluck Whiskey. Er brannte in seiner Kehle. Normalerweise trank er nichts Hochprozentiges, weil er nicht riskieren wollte, die Selbstkontrolle zu verlieren. Nun spürte er, dass er hier und jetzt nichts dagegen hätte, wenn genau das geschähe.

»Hatte eigentlich – wie hieß er noch gleich? – dieser Alexander Faden auch Schwierigkeiten mit Lutz?«

Sofort veränderte sich ihr Gesichtsausdruck. Ein tiefer Ernst legte sich über ihre Züge.

»Alexander«, sagte sie langsam, »hatte so viele Schwierigkeiten mit sich selbst und seinem unmittelbaren Umfeld, dass ein Metzgertyp wie Lutz nur eine Randerscheinung war. Er litt unter schweren Depressionen, hatte sich völlig isoliert – bis zur Operation. Danach wurde er ein anderer Mensch. Als ob man einen Käfig aufmacht und plötzlich eine ganze Schar bunter Vögel herausfliegt, so hat er es einmal genannt.«

»Ich habe in den letzten Tagen etwas über diese Krankheit gelesen, von der du mir erzählt hast.«

»Dann wirst du auch gelesen haben, dass letztlich nur eine Operation Heilung, um nicht zu sagen Erlösung bringt. Alexander war am Ziel, nach vielen Jahren endlich am Ziel.«

Gerald gab sich nicht überzeugt. »Ich weiß nicht. Wenn man sich alleine die beruflichen und sozialen Nachteile überlegt. Hast du nicht erwähnt, dass er Grafik-Design studierte?« Er stockte, weil er nicht mehr sicher war, ob sie oder Arno es tatsächlich in der Kneipe erwähnt hatten. Aber Franziska wirkte nicht irritiert, also fuhr er rasch fort. »Wie geht das, mit nur einem Arm? Wie kann man da gut zeichnen, Objekte und Modelle basteln? Wie fährt man Auto? Wie wickelt man ein Baby?«

Sie lächelte mit der Wehmut einer Person, die in ihrer Gedankenwelt sehr weit entfernt ist. »Natürlich. Das sind Fragen, vollkommen berechtigte Fragen, aber es sind Fragen, die *du* dir stellst. Es sind die Fragen eines Außenstehenden. Ich weiß nicht, was du gelesen hast, aber wer an BIID erkrankt ist, empfindet das Leben *vor* der Operation als Qual. Die Alltagsprobleme danach mögen dir gravierend erscheinen, aber glaub mir, selbst für Alexander, der ein begnadeter Grafiker war, waren sie nicht einmal der Hauch eines Problems.«

»Du siehst also keinen Grund für einen Selbstmord?« Er spürte, wie sich seine Stimme gegen seinen Willen veränderte, distanzierter und professioneller klang.

Ihre Miene verdüsterte sich. »Glaub mir, ich kannte ihn sehr gut. Nie im Leben hat er sich umgebracht, und vor allem nicht auf diese Weise und zu diesem Zeitpunkt. Er hätte ganz sicher mit mir gesprochen. Wir standen uns sehr nahe…« Sie führte den Satz nicht zu Ende.

»Hatte er denn Feinde? Gab es irgendwelche Auseinandersetzungen in seinem privaten Umfeld?«

»Feinde? Umfeld? Wovon sprichst du? Alexander lebte vollkommen isoliert. Er hatte weder Freunde noch Feinde. Er war zwar Student, aber lebte in keinem *Umfeld*, wie du es genannt hast.«

Beide schwiegen. Von der Straße drangen gelegentlich undeutliche Verkehrsgeräusche in die Wohnung. In der zunehmenden Dunkelheit fühlte Gerald sich ihr noch näher. Sie saßen dicht nebeneinander. Als sie beide im selben Moment zu ihren Gläsern griffen, musste sie lächeln, aber sie wich seinem Blick aus. Gerald wollte sie berühren, sie küssen. Die Zeit, in der er und Nele an den verrücktesten Orten Zärtlichkeiten ausgetauscht hatten, in der Nele, wenn sie sich zum Beispiel allein in einem Aufzug befanden, spielerisch den Reißverschluss seiner Hose geöffnet und seinen Schwanz gestreichelt hatte, schien ihm unendlich lange her; schlimmer noch, er glaubte nicht mehr, dass sie jemals wiederkehren würde. Er war ausgehungert, verunsichert, und hier saß unmittelbar neben ihm eine Frau, die er anziehend fand und begehrenswert. Warum probierte er es nicht wenigstens? Was hatte er schon zu verlieren?

Gerald konnte Franziskas Atemzüge hören. Nachdem

sie eine Weile schweigend nebeneinandergesessen hatten, stellte sie schließlich ihr Glas, ohne daraus getrunken zu haben, auf den Tisch zurück und sagte: »Nimm es mir bitte nicht übel, aber ich bin müde, und morgen ist ein anstrengender Tag an der Uni.«

Enttäuscht erhob er sich.

»Ja, also …«, begann er langsam.

Sie hob ihre rechte Hand und streichelte kurz über seine Wange, als müsste sie sich in der Dunkelheit orientieren. Dann küsste sie ihn direkt auf den Mund. Sie hielt ihre Lippen geschlossen, aber es war kein flüchtiger Abschiedsallerweltskuss. Sie ließ ihm die Zeit, um den Kuss zu erwidern. Doch in dem Moment, als er die Lippen öffnete, löste sie sich von ihm.

»Es wäre nicht richtig«, sagte sie leise.

Gerald wollte antworten, aber sie legte ihm die Fingerspitzen auf den Mund. Dann öffnete sie die Wohnungstür.

8

»Weißt du was?«, sagte Batzko, am Fenster stehend, den Blick auf den Straßenverkehr gerichtet, »alles Gute im Leben hat mit dem Körper zu tun.«

Gerald sah Batzkos Rücken, ein klar gezeichnetes V. Er trug ein kanarienvogelgelbes, kurzärmeliges Hemd, auf Taille geschnitten. Ein bewusst gewählter, wirkungsvoller Farbkontrast zu seinen schwarzen Haaren und dem Dreitagebart. Angesichts seiner muskulösen Arme hätte man denken können, er öffne gleich das Fenster und flöge mit der Kraft und Leichtigkeit eines Adlers in den Himmel.

»Nenne mir irgendetwas«, fuhr er fort, »was du genießen kannst und was nichts mit den Sinnen zu tun hat. Wir vögeln, wir essen, wir trinken, wir hören Musik, wir schauen aufs Meer. Alles gut, alles wunderbar. Reicht vollkommen. Mit dem Kopf fangen die Probleme an. Wir entwickeln Theorien, die nicht funktionieren. Wir machen Pläne, die schiefgehen. Der Kopf ist immer im Stress, will alles kapieren, alles voraussehen, alles im Griff haben. Wozu eigentlich? »

Gerald sah von der Zeitung nicht auf. »Tu mir bitte

einen Gefallen: Setzt dich hin und halt die Klappe, ja? Du nervst.«

Batzko drehte sich um, hob herausfordernd die Augenbrauen und verschränkte die Arme vor der Brust. Gleich spannt er seine Muskeln zur Demonstration an, dachte Gerald, wie dieser Lutz. Dann stehe ich auf und knalle ihm eine.

»Sex. Essen. Trinken. Sport. Die ganz einfachen Dinge. Wir haben vergessen, sie zu genießen. Der Körper ist für die meisten doch nur noch Gerüst, damit der Kopf nicht runterrollt. Ich muss nur dich angucken, um zu wissen, dass damit das Elend beginnt. Nimm die Frauen. Vor dem Bett und nach dem Bett gibt es nur Stress und Probleme. Und warum? Weil wir uns einreden, eine *Beziehung* führen zu müssen (er verzog das Gesicht zu einer Grimasse), weil wir uns einbilden, dass wir uns, wenn wir uns gegenseitig die Ohren vollsäuseln, verstanden fühlen. Das ist doch Scheiße, oder etwa nicht? Soll man für eine Frau Therapeut, Vater-, Mutter- und Brudereersatz zugleich sein? Ist doch Bullshit. Neulich erzählte mir eine im Fitnesscenter von der Beziehungsarbeit, die sie und ihr Mann leisten, um ihre Ehe zu retten. *Arbeit* – da ist doch schon alles verloren, wenn ich dieses Wort in den Mund nehme. Arbeit ist neun bis fünf, ist Büro, ist hier und jetzt. Man sollte sich vielmehr darauf konzentrieren, dass es zwischen den Laken klappt, und den Rest laufen lassen. Glaub mir, es ginge uns allen besser. Nicht fragen, nicht streiten, keine Verbotsschilder aufstellen – genieße die Nacht und lass am Tag passieren, was immer passieren soll.«

Er setzte sich wieder an den Schreibtisch. Das helle Sommerlicht ließ an diesem bislang heißesten Tag des Jahres einzelne Staubschichten auf den Aktenstößen erkennen. Gerald, der im Büro normalerweise nichts anderes als Kaffee zu sich nahm, hatte bereits einen halben Liter Wasser getrunken. Batzko trank aus der leuchtend grünen Metallflasche seines Mountainbikes irgendein isotonisches Sportgetränk.

Er wirkte enttäuscht, dass Gerald nicht mit ihm philosophieren wollte, schließlich kam es nicht oft vor, dass er, Batzko, erstens einen Gedanken formulierte und, zweitens, Gerald daran teilhaben ließ. Missmutig öffnete er den Schnellhefter, der auf dem Stapel ganz oben lag.

»Schlägerei in der Kneipe an der Mozartstraße am letzten Sonntagabend. Natürlich einer Frau wegen. Logo«, sagte er wie zu sich selbst. »Der Täter, oder sagen wir besser, der, der zuerst zugeschlagen hat, ist meine Kampfklasse. Im Krankenhaus dachte ich, ich hätte ihn schon mal irgendwo gesehen, beim Boxen oder im Fitnessclub, aber ich muss mich wohl getäuscht haben. Apropos Fitnessclub, du schuldest mir noch was, weil ich dich in der Morgenbesprechung neulich entschuldigt habe.«

Gerald hatte seit Tagen darauf gewartet, dass Batzko ihm mit dem uneingelösten Versprechen auf den Geist gehen würde. Nun tat er so, als hätte er gar nicht zugehört. Es nutzte nichts.

»Es wird dir gefallen, glaub mir. Du läufst ein wenig auf dem Band, du stemmst Gewichte, du setzt dich an die Bar. Du redest ein wenig. Du vögelst.«

»Redest du von einem Fitnessclub oder einem Swingertreff?«

Batzko grinste selbstzufrieden.

»An der Bar sortierst du, was du willst, was geht und was nicht. Du musst natürlich den richtigen Club auswählen. Kieser kannst du vergessen, da gehen in der Mittagspause Manager und Bankangestellte hin, die ihren ersten Bandscheibenvorfall hinter sich haben. So sexy eingerichtet wie eine Bundeswehrkaserne. Da gibt es nicht einmal ein Bistro oder einen Getränkeautomaten. Die sind so puristisch, dagegen ist die Antarktis ein Blumenmeer.«

»Können wir es nicht auf eine Kneipe reduzieren? Ohne Schwitzen vorher?«

Batzko trommelte mit den Fingern auf der Akte und schob den Oberkörper nach vorne. »Du schuldest mir einen Gefallen, und du bist einen ganzen Abend in meiner Hand, so einfach ist das. Hast du Angst, dich zu blamieren? Oder Angst vor den Frauen? Nicht alle sind so prüde wie deine. Glaub mir, es ist total relaxt. Manche suchen nur ein wenig Abwechslung bei einem Flirt, andere so etwas wie eine *Beziehung*. (Er drehte den Kopf zur Seite, als müsste er sich übergeben.) Diese beiden Kategorien kommen für uns natürlich nicht in Frage. Aber da gibt es andere, die die geilen Codes aussenden: Der Mann ständig auf Montage oder hat selbst was nebenbei laufen. Oder er hat es seit Jahren nicht mehr auf die andere Seite des Ehebettes geschafft. Glaub mir, gerade das kommt häufiger vor, als man denkt. Du musst nur die Antennen ausfahren, und die Luft knistert vor

Schwingungen. Und dir, Kollege, dir würden so einige Schwingungen guttun.«

Gerald schaute aus dem Fenster. Eine Müdigkeitswelle spülte durch seinen Körper. Er war zweimal aufgewacht während der letzten Nacht, als Nele das Baby anlegte. Oft nahm er es nur im Unterbewusstsein wahr, manchmal wachte er kurz auf, um sofort wieder einzuschlafen, nachdem er über Severins Kopf gestreichelt und Neles volle Brüste betrachtet hatte. Nur in der vergangenen Nacht hatte er lange nicht wieder einschlafen können. Er hatte sich auf die andere Seite gedreht und an Franziska gedacht. An den Kuss, und wie nahe seine Hände an ihrem Körper gewesen waren, bevor sie sich von ihm gelöst hatte.

Dann besser heute, dachte Gerald, wahrscheinlich hole ich mir einen mörderischen Muskelkater ab; den kann ich morgen auskurieren, Gruppentherapie ist erst übermorgen.

»Okay. Aber nur, wenn damit das Thema für den Rest des Tages beerdigt ist. Wann und wo?«

Batzko hob beide Daumen zu einer Bestätigungsgeste. Dann holte er eine Visitenkarte aus seiner Brieftasche.

»Nicht dass du denkst, ich würde für das Anwerben eine Prämie kriegen. Der Laden ist wirklich gut. Treffen wir uns um sieben, spätestens halb acht. Es muss schließlich Zeit bleiben fürs Après-Ski.«

Die Karte vollführte eine Punktlandung auf Geralds Akte.

»Wenn du dich drückst«, sagte Batzko, jede einzelne

Silbe artikulierend, den Oberkörper nach vorne geschoben, »trete ich dir in den Arsch, aber so richtig.«

Gerald erwähnte beim Abendessen die Verabredung mit Batzko. Severin saß in seiner Babywippe auf dem Tisch und warf in einer Endlosschleife einen Plastikring zwischen die Lebensmittel oder auf Geralds und Neles Teller. Er jauchzte mit jedem Treffer und schien sich besonders zu freuen, wenn der Bombenabwurf in der Butterschale oder der Wurstdose landete und der Ring in der Spüle gesäubert werden musste.

»An zwei Abenden hast du neuerdings etwas Dienstliches«, bemerkte Nele mit einem sarkastischen Unterton, während sie sich Severin zuwandte und den Ring auf seinen Bauch legte. »Heute Abend gehst du mit Batzko zum Workout, übermorgen bist du auf irgendeinem Geheimtreffen. Wie wär's, wenn du ein Foto von dir an die Kühlschranktür heftest? Dann spielen wir Kleinfamilie, wie das früher mal war: Mutter, Kind und ein Foto vom Papa.«

Gerald biss sich auf die Lippen. Er war wütend und deprimiert zugleich, weil alles, was er tat oder sagte, unweigerlich schlechte Stimmung und eine Grundsatzdiskussion auslöste. Es ging schon längst nicht mehr um sie als Paar; es ging nur noch darum, wer von ihnen welche Rechte und welche Pflichten hatte.

Sie beendeten schweigend das Abendessen. Gerald kümmerte sich um den Abwasch, Nele ging mit dem Baby ins Badezimmer. Um halb sieben hörte er Severins Planschen aus der Badewanne. Gerald machte die

Spülmaschine an und huschte an der offenen Badezimmertür vorbei ins Schlafzimmer. Ihm war eingefallen, dass er besser seine Sporttasche packte, bevor Nele ihren Sohn in den Schlaf singen würde. Er musste drei Schrankflügel öffnen, bis er sie endlich fand, begraben unter Winterpullovern und Socken. Erst jetzt wurde ihm bewusst, wie lange er nicht mehr Sport gemacht hatte. Er war nicht einmal im Schwimmbad gewesen, obwohl er sich diese Auszeit früher immer gegönnt hatte. Kein Klarinettenspiel mehr, kein Unterricht in der Musikschule, keine zwanzig Bahnen zweimal die Woche – seine persönlichen Aktivitäten waren so tief verschüttet wie die Sporttasche im Schrank. Und in diesem Moment spürte er eine Art Dankbarkeit für die Gruppentherapie, weil sie ihm das bewusst gemacht hatte. Eigentlich unfassbar, dachte er, dass ich unter diesen mir unbekannten Menschen offener über mich selbst sprechen kann als mit anderen, mir vertrauten Menschen. Ganz schön paradox, dachte er noch – und sah, wie zur Bestätigung, Chateaux' schnelles Grinsen vor seinem geistigen Auge.

Er schaffte es gerade noch, die gepackte Tasche in den Flur zu stellen, als Nele mit Severin im Arm aus dem Badezimmer kam. Gerald setzte sich in die Küche und holte eine Flasche alkoholfreies Bier aus dem Kühlschrank. Nele und er hatten vor einigen Tagen entschieden, Severin nicht mehr gemeinsam ins Bett zu bringen. Die Anwesenheit beider Eltern, die mit ihm sprachen, ihn küssten und streichelten, schien kontraproduktiv für den angestrebten Zweck. Jetzt erschien es ihm fast wie ein Wunder, dass sie in einem Punkt eine gemeinsame Meinung vertraten.

Gerald trank einen Schluck und betrachtete seine Arme. Sie sahen dünn aus, form- und kraftlos. Würde Batzko gleich am ersten Tag den großen Zampano geben? Sich selbst das Gewicht dreier Eisenbahnwaggons aufladen, unter den Blicken und dem Beifall der Frauen? Und ihm, Gerald, so viel draufpacken, dass er die Stange um keinen Millimeter würde bewegen können und so hilflos aussähe wie eine Schildkröte, die auf ihrem Panzer liegt?

Als er die Flasche zur Hälfte geleert hatte, betrat Nele die Küche. Sie sah abgekämpft aus. Die kurzen Haare waren zerstrubbelt (Sevi hatte Friseur gespielt), ihre Augen gerötet, die Haut am Hals fleckig, wie es ihr passierte, wenn sie unter Stress stand oder eine Erkältung ausbrütete.

Sie trank im Stehen einen Schluck aus seiner Flasche und sagte dann tonlos und wie von weit her: »Du musst wissen, was du tust. Ich bin wohl kein inspirierender Anblick in letzter Zeit.«

Bevor er antworten konnte, verließ sie die Küche und ging ins Badezimmer. Gerald fühlte sich schuldig. Verwirrt und schuldig. Hatte sie sich ihm nicht entzogen, und nicht er ihr? Musste er eigentlich die alleinige Verantwortung übernehmen für alles, was zwischen ihnen passierte? »Verdammt, es reicht«, sagte er zu sich selbst, trank die Flasche aus und stellte sie in die Spüle.

Als er im Flur stand, fiel ihm ein, dass er die Handtücher vergessen hatte. In zwei Schritten war er im

Badezimmer. Nele stand vor dem Spiegel, nackt. In der linken Hand hielt sie eine geöffnete Cremedose, die Kuppen des Zeige- und Mittelfingers waren mit weißer Creme bedeckt. Abrupt wendete sie sich Gerald zu. Ihr Blick verriet Unsicherheit, geradezu Panik. Mit dem linken Arm versuchte sie, ihre Brüste zu bedecken, unter deren Oberfläche bläulich-rote Linien durchschimmerten, als hätte jemand ein Netz aus Adern unter die Haut gelegt. Die Schwangerschaftsstreifen lagen wie Maserungen unter ihren Brüsten, ihrem rundlichen Bauch, an den fülliger gewordenen Hüften und Oberschenkeln.

Sie drehte ihr Gesicht zur Seite und sagte wütend: »Kannst du nicht anklopfen?«

Er stand unmittelbar neben ihr, wagte aber nicht, sie zu berühren. Er setzte sich auf den Rand der Badewanne. Eine Mischung aus Mitgefühl, Trauer und einem Verlangen nach körperlicher Nähe überwältigte ihn plötzlich. Er legte die Hände vorsichtig um ihre Hüften, und durch einen leichten Druck konnte er ihren Körper, der ihm keinerlei Widerstand bot, so weit drehen, dass er seine Lippen auf ihren Bauchnabel legen konnte.

»Ich will dich. Ich will mit dir schlafen«, flüsterte er, den Mund an ihrer Haut.

Er fühlte, wie sie verkrampfte. Ein Geräusch verriet ihm, dass sie die Cremedose wegstellte. Er spürte ihre Hände auf seinem Kopf, aber sie drückten ihn weder an ihren Körper noch von ihm weg.

»Willst du das wirklich?«, fragte sie. »Obwohl ich aussehe wie eine Tonne und diese Krampfadern wohl niemals mehr weggehen werden? Ich kann mich selbst nicht mehr sehen. Meine Brüste sind nicht mehr so fest wie früher. Sie sind schlaffe Milchtüten. Meine Haut reißt von innen. Nie mehr kriege ich mein altes Gewicht wieder. Nicht einmal mein Gesicht. Alles ist anders. Ich kann meinen eigenen Körper nicht ertragen. Ich kann ihn nicht ansehen, ich hasse ihn. Du kannst mich nicht wirklich wollen. Du lügst.«

Ihre Stimme brach bei diesen letzten Sätzen weg. Sie kämpfte mit den Tränen.

Er schüttelte stumm den Kopf, er konnte nicht sprechen. Er küsste ihren Bauchnabel, mit geschlossenen Augen, weil er die Dehnungsstreifen nicht sehen wollte, die ihn tatsächlich mehr irritierten, als er zugab. Dass sie nicht einfach so mit der Zeit verschwanden, wollte und konnte er sich nicht eingestehen.

Gerald näherte sich mit seinen Küssen ihrer Scham. Ihre Hände lagen weiterhin auf seinem Kopf, mit ihren Fingerspitzen fuhr sie langsam durch sein Haar. Stoß mich nicht zurück, betete er lautlos, lass es einfach geschehen. Er küsste sie intensiver, fordernder, und sie verlor langsam die Anspannung. Sie stöhnte kurz auf; doch es klang mehr wie ein Seufzen, wenngleich er glaubte, darin die aufbrechende Lust zu hören. Ihm wurde bewusst, wie lange er sich danach gesehnt hatte. Seine Hände umfassten und streichelten ihren Po, tasteten nach der Linie in der Mitte – da klingelte das Telefon. Nie zuvor war ihm das Geräusch so laut und hässlich erschienen.

»Lass es klingeln«, sagte er, »es wird schon irgendwann aufhören.« Seine Erektion war so stark, dass er nicht glaubte, auch nur einen einzigen Schritt machen zu können.

»Aber Sevi wird wach«, antwortete sie. Dann küsste sie ihn und flüsterte in sein Ohr: »Lauf nicht weg, Liebster. Und zieh dich schon mal aus, aber nicht alles. Lass mir noch etwas.«

Sie entzog sich ihm, öffnete die Tür und ging in den Flur. Gerald war sich sicher, dass seine Mutter der Störenfried war, da sie das Talent besaß, immer genau dann anzurufen, wenn es nicht passte. Er hörte, wie Nele sich genervt mit ihrem Namen meldete. Dann herrschte Stille. Weder sagte sie etwas, noch legte sie den Hörer auf. Gerald hatte die Hose schon halb ausgezogen, als er spürte, dass etwas nicht in Ordnung sein konnte. Die Stille dauerte an, vielleicht waren es nur Sekunden, aber es war, gemessen an dieser Situation, einfach zu lang. Er zog die Hose wieder hoch und lief in die Diele. Nele hielt den Telefonhörer so weit weg von sich, dass er zu schweben schien. Mit dem Rücken lehnte sie nackt an der Wand und wirkte fürchterlich verwundbar.

»Batzko«, sagte sie tonlos, ohne ihn anzuschauen.

Er nahm den Hörer, während eine maßlose Wut auf seinen Kollegen seine Kehle zuschnürte. Es konnte doch noch nicht so spät sein – verdammter Batzko, verdammtes Fitness-Center.

»Ja?« Mehr brachte er nicht heraus.

»Gerald? Entschuldige bitte, wenn ich dich störe. Ich habe deinen Namen im Telefonbuch gefunden. Kann ich dich heute Abend sprechen? Es ist wirklich wichtig. Kannst du zu mir kommen?«

Franziska. Mit einem Mal begriff Gerald die Situation. Er hörte sich atmen und nahm am Rande seines Bewusstseins wahr, wie Nele hinter seinem Rücken ins Badezimmer zurückging und den Schlüssel im Schloss umdrehte.

Dann machte sich das Gefühl völliger Kraftlosigkeit in ihm breit. Schlimmer hätte es nicht kommen können – Nele würde auch seine »dienstlichen Gründe« für die Abwesenheiten an den Abenden zuvor mit dieser Frauenstimme in Verbindung bringen. Seit Monaten waren sie sich nicht mehr so nahe gewesen; sie hätten endlich wieder miteinander geschlafen, dann geredet, Stunde um Stunde geredet, erneut miteinander geschlafen, die Missverständnisse und Verletzungen der letzten Monate vergeben und vergessen. Doch der Moment, der ihre Krise hätte beenden können, war dahin, und die Situation hatte nun etwas Endgültiges.

»Gerald? Hörst du mich? Ist etwas?«

Erst jetzt realisierte er, dass er den Telefonhörer noch in der Hand hielt.

»Nein, nein ... Es ist alles okay«, sagte er, »dein Anruf kam nur etwas unvorbereitet. Wenn es wirklich wichtig ist, kann ich auf einen Sprung vorbeikommen.«

»Bist du sicher? Du hörst dich so seltsam an. Wenn es ungelegen ist ...«

»Nein. Ich fahre gleich los.«

Er legte auf. Was konnte er tun? Gegen die Badezimmertür hämmern und Severin wecken? Nele hatte sich den perfekten Rückzugsort ausgesucht. Gerald legte das Ohr an die Tür, konnte aber nichts hören. Wenn sie sich gestritten hatten, früher als kinderloses Paar, war Nele ins Bad geflüchtet, hatte den Schlüssel umgedreht, das Wasser einlaufen lassen, zwei Stunden lang gebadet und dabei Musik gehört. Nun war es totenstill, kein plätscherndes Wasser, keine Musik.

Gerald zog seine Jacke an und schloss die Wohnungstür leise hinter sich. Die Sporttasche im Flur ließ er stehen; sie hatte sich zu früh gefreut.

Während der Fahrt bekam er plötzlich großen Durst. Seine Lippen fühlten sich spröde an, die Kehle trocken. Das war *sein* Stress-Syndrom. Er überlegte, ob er an irgendeiner Kneipe anhalten und ein Bier trinken sollte. Oder mehr als nur eins. Sich betrinken und geschehen lassen, was geschehen sollte. Absurderweise hatte er immer noch eine mächtige Erektion, eine Sieben-Keuschheits-Monate-Erektion, und streng genommen konnte er nicht einmal entscheiden, ob sie der Frau galt, bei der er gerade gewesen war, oder jener, zu der er gerade fuhr.

Er spannte seine Armmuskeln und setzte sich kerzengrade hin. Mühsam versuchte er, sich an seine Pflicht zu erinnern: Er war Kommissar Gerald van Loren, unterwegs in Sachen Alexander Faden, an dessen vermeintlichen Selbstmord er weniger denn je glaubte. Franziska hatte Alexander am besten gekannt, und bestimmt würde er gleich noch mehr über ihn erfahren, da war er sich sicher. Alles andere durfte nicht zählen. Und wenn er in ihrem Badezimmer seinen Steifen unter fließendes kaltes Wasser halten musste.

Sie öffnete ihm die Tür und bewahrte, als er eintrat, einen Abstand, der signalisierte, dass ihr an keiner Umarmung, keinem Begrüßungskuss gelegen war. Sie war auch strenger angezogen; sie trug trotz der sommerlichen Temperaturen eine lange Hose und ein legeres Sweatshirt mit Rollkragen, was Gerald gerade wegen des schwülen Sommerwetters merkwürdig fand.

»Magst du einen Whiskey?«

»Whiskey? Ja, gern. Warum nicht?«

Die Küchentür war verschlossen. Von der Katze war kein Mucks zu hören.

Gerald setzte sich neben Franziska auf die Couch, in einem Abstand, der eigentlich keiner war. Sie reichte ihm sein Glas und nutzte diese Bewegung, um etwas von ihm wegzurücken. Er fühlte Wut in sich aufsteigen: Ihr Anruf hatte die Chance zu einer Versöhnung mit Nele zunichtegemacht, hatte ihn dazu gebracht, Batzko zu versetzen, und nun saß er hier und wurde auf Distanz gebracht, als wäre er ihr Steuerberater. Warum zum Teufel hatte sie ihn überhaupt angerufen?

»Zum Wohl«, sagte sie in einem förmlichen Tonfall und nahm einen kleinen Schluck. Die Anspannung war ihr deutlich anzumerken. Gerald nickte ihr zu. Das Zimmer kam ihm irgendwie verändert vor, ohne dass er diesen Eindruck hätte konkretisieren können.

»Gerald, ich nehme Menschen sehr intuitiv wahr«, sagte sie plötzlich, »und ich habe dich vom ersten Moment an sympathisch gefunden. Normalerweise brauche ich ziemlich lange, bis ich jemandem vertraue, aber bei dir ist das irgendwie anders. Man spürt einfach, dass du Menschen nicht vorsätzlich verletzt. Ich glaube, das ist für mich die wichtigste Eigenschaft überhaupt.«

Sie machte eine Pause, als suchte sie den Einstieg in das eigentliche Thema. Das Glas hielt sie noch in den Händen. Sie trank einen winzigen Schluck und stellte es dann ab.

»Ich weiß nicht, welche Gedanken du dir über unsere Gesprächsgruppe bei Chateaux machst. Aber vermutlich wirst du es bereits geahnt haben: Ich habe BIID, Arno hat BIID, wie auch Alexander BIID hatte. Jetzt verstehst du vielleicht auch, warum Arno am letzten Abend so in sich gekehrt war. Er hat sich endlich entschlossen, sich operieren zu lassen, obwohl der Zeitpunkt für ihn alles andere als günstig ist. Aber das soll er dir, wenn überhaupt, selbst erzählen. Der Grund, warum ich dich heute angerufen habe, hat nur mit mir zu tun. Arno hat im Gegensatz zu mir keine finanziellen Schwierigkeiten, sich die Operation zu finanzieren. Ich schon. Auch ich möchte mich operieren lassen. Mir fehlt eben nur das Geld dafür.«

Gerald empfand urplötzlich eine Leere in seinem Magen. Ihm wurde schlagartig bewusst, dass er von Franziska mehr gewollt hatte, als nur neben ihr auf der Couch zu sitzen und ihr Ansprechpartner zu sein. Er hatte sich in sie verliebt. Nun fühlte er sich ausgenutzt. War Geld also der eigentliche Grund gewesen, warum sie ihn gestern Abend eingeladen hatte? Und hatte sie ihn nur angemacht, damit er später ihren Wahnsinn finanzieren würde?

»Nun, schau nicht so entsetzt. Es ist doch meine Sache, oder?«

»Und mein Geld«, gab er patzig zurück.

Sie lachte auf. »Du hast mich missverstanden. Ich will keinen Cent von dir.«

»Ich verstehe kein Wort«, sagte er, und sein Blick schweifte über ihren Körper, als wolle er erkennen, wo sie eine Amputation vornehmen lassen wollte.

»Du bist doch Beamter, oder?«

Er nickte zögerlich.

»Schau, ich bin Studentin. Ich habe keinerlei Sicherheiten. Meine Eltern will ich in diese Geschichte nicht hineinziehen. Ich brauche einfach jemanden, der für mich bei der Bank für den Kredit bürgt. Es geht nur um diese eine Unterschrift. Ich zahle den Kredit monatlich zurück. Das schaffe ich alleine durch die Nachhilfestunden, die ich gebe, und durch meine Ferienjobs. Wir werden unter uns einen Vertrag aufsetzen, der dich absichert, falls mir etwas passieren sollte.«

Alexander Faden ist etwas passiert, dachte er, obwohl es noch keinen Beleg für einen Zusammenhang mit der Krankheit und der Operation gab. Es war zu diesem Zeitpunkt einfach zu früh, einen Zusammenhang zwischen ihr und Alexander herzustellen. Er tat es dennoch, weil er Sorge hatte, Franziska könnte etwas zustoßen.

»Ich verstehe nicht ganz, Franziska. Was ist mit der Krankenversicherung?«, fragte er, obwohl er nach dem

Gespräch mit Dr. Wembler die Antwort bereits kannte. Aber das durfte sie nicht wissen. Noch nicht, jedenfalls.

»Die zahlen keinen Cent. Solange BIID nicht offiziell als schwere psychische Erkrankung anerkannt ist, betrachten sie es wie eine Nasenkorrektur oder eine Brustvergrößerung. Der Körper als private Spielwiese, als wäre es mein Freizeitvergnügen. Mehr fällt denen dazu nicht ein.«

»Wie viel Geld wirst du brauchen?«

»Alles in allem ungefähr zwanzigtausend.«

»Oh. Das ist nicht gerade wenig.«

»Ja. Es liegt im Wesentlichen daran, dass wir in Deutschland keinen Arzt gefunden haben. Ich muss nach Belgien ausweichen und dort alles bar bezahlen, die Fahrt, den Klinikaufenthalt, die OP, jede Spritze, jeden Wattetupfer.«

»Wen meinst du mit ›wir‹«?

»Chateaux natürlich.«

Er hätte mit dieser Antwort rechnen können. Dennoch war er so perplex, dass er erst einmal einen Schluck trinken musste. Innerlich hatte er den Schalter bereits auf Kriminalkommissar Gerald van Loren umgelegt. Nun musste er aufpassen, dass er sich nicht vorzeitig verriet.

»Jetzt verstehe ich nur noch Bahnhof. Was hat Chateaux denn damit zu tun? Ist er ein Spezialist für diese Fälle? Vermittelt er euch an einen Arzt im Ausland? Hat er vielleicht selbst BIID?«

Sie lachte. »Es soll noch Menschen geben, die nicht dieses Krankheitsbild in sich tragen. Aber es ist richtig: Chateaux stellt die Weichen für eine operative Behandlung. Ich gebe ihm das Geld, und er kümmert sich um alles Weitere. Ich brauche nur noch Münzen für den Kaffeeautomaten in der Krankenhauskantine.«

»War es auch so bei Alexander Faden, und wird es bei Arno so sein?«

»Exakt.«

Gerald holte tief Luft. Warum offerierte Chateaux diese Art von Dienstleistung? Hieß das nicht, dass er seiner eigenen Kompetenz als Psychotherapeut nicht ausreichend vertraute? Oder war vielleicht Geld das eigentliche Motiv? Wenn die Operation ganz privat finanziert wurde, dann wäre wohl auch sein Anteil als Vermittler quasi unter dem Tisch bezahlt. Kommt man so zu einem Swimmingpool im Garten? Er griff zu seinem Glas und leerte es in einem Zug. Er beschloss, diese Fragen Chateaux selbst zu stellen; Franziska würde vielleicht Verdacht schöpfen, wenn er zu sehr nachbohrte.

»Das muss ich erst einmal verarbeiten«, sagte er. »Ich denke über die Bürgschaft nach, das verspreche ich dir. Ich muss Verschiedenes berücksichtigen. Du weißt, wir haben ein Kind. Vielleicht brauchen wir eine größere Wohnung, vielleicht kaufen wir selbst etwas. Aber erst einmal interessiert mich …«

»… wie das so ist mit BIID?«

Gerald nickte.

Ohne dass sie sich dessen bewusst zu sein schien, berührte sie mit ihrer linken Hand ihren linken Unterschenkel.

»Durch die Therapie bei Chateaux habe ich erkannt,

dass es schon in meiner Kindheit begonnen hat. Immer wieder habe ich mir das linke Bein irgendwo angestoßen, und es hat mir ein seltsames Vergnügen bereitet, die kleinen Verletzungen zu behandeln, ein Pflaster draufzulegen und dann insgeheim an der Wunde zu arbeiten, damit sie sich nicht schließt. Jeder kleinste Kratzer war für mich wie eine Trophäe. Als ich älter wurde, habe ich mein Verlangen nach Verletzungen getarnt, indem ich eine Art von demonstrativer Ungeschicklichkeit entwickelte und mich auch an anderen Stellen gestoßen habe.«

»Willst du damit sagen, dass nur die Wunden am linken Bein für dich …«

»Ja. Das gehört eben auch zu BIID. Es geht immer nur um einen einzigen Körperteil oder um eine einzige Zone. Mir ist der Gedanke, meine Hände zu verletzen oder durch einen Unfall einen Finger zu verlieren, unerträglich. Es ist übrigens nicht das ganze linke Bein, es ist nur der Unterschenkel. Mit den Jahren habe ich ihm immer schwerere Schäden zugefügt. Den Ärzten gegenüber habe ich so getan, als hätte ich mir beim Sport die Verletzungen zugezogen. Muskelfaserriss, Sehnenentzündung, Knöchelverstauchung, Wadenbeinprellung, Achillessehnenruptur, Sprunggelenkverletzungen – ich habe das volle Programm durchgemacht. Ich habe alle hinters Licht geführt, meine Eltern, meine Geschwister, die Ärzte, die Klassenkameraden. Es ist schrecklich, das zu tun, aber noch schlimmer ist, dass man niemandem den wahren Grund erzählen kann.«

»Wann hast du erkannt, dass es BIID ist?«

»Ziemlich spät. Eigentlich erst durch Alexander und die Therapiegruppe. Offen gestanden wusste ich bis zu diesem Zeitpunkt nicht einmal, dass es dieses Phänomen gibt. Und dann ist da noch eine zweite Sache bei mir, die die BIID-Problematik lange Zeit überlagert hat.«

Sie hielt inne, trank den letzten Schluck aus ihrem Glas, stand auf und ging in die Küche. Gerald hörte durch die geschlossene Tür, wie sie mit der Katze sprach. Als sie wieder zurückkam, nahm sie die Flasche Whiskey von der Anrichte und goss Gerald und sich erneut nach. Sie wirkte nun viel entspannter und gelöster. Gerald spürte den Impuls, sie zu berühren, unterdrückte ihn aber.

»Als Kind habe ich mich wahnsinnig gerne um verletzte oder kranke Tiere gekümmert. Ich war glücklich, wenn ich eine verletzte Katze oder einen Vogel, dem ein Bein fehlte, zum Arzt bringen konnte. Das tun zwar viele kleine Mädchen, aber bei mir hat es nicht aufgehört. Verletzungen, Verstümmelungen, Verwachsungen – das hat mich einfach angezogen. Ich finde äußere Verletzungen, Unfertigkeiten, Handicaps anziehend, irgendwie menschlich. Mir ist der perfekte Mensch ein Graus, Typen wie Lutz, die aus sich eine perfekte, unverwundbare Leistungsmaschine machen wollen, stoßen mich ab. Wenn ich es in einem Satz sagen soll: Ich glaube, dass nur der verletzte Mensch, äußerlich oder innerlich, bei sich selbst ist. Ich finde schön und auch erotisch, was wir *nicht* können, nicht das, was wir können. Verstehst du? Ich finde, dass unsere Grenzen und

Beschränktheiten uns erst zu Menschen machen, nicht unsere Leistung. Wir alle machen uns doch das Leben zur Hölle, indem wir nicht das akzeptieren, was wir sind, sondern es ausspielen gegen das, was wir sein wollen. Schneller, höher, weiter – das ist in meinen Augen die Haltung, die uns das Leben unerträglich macht. Nur der verletzte Mensch, der sich seiner Endlichkeit und Verwundbarkeit bewusst wird, ist ein wahrer und schöner Mensch. So jedenfalls denke ich darüber.«

»War das bei Alexander Faden ähnlich?«

Sie zögerte.

»Alexander hatte kein Helfersyndrom, aber davon abgesehen war er mein Zwilling. Vor seiner Operation haben wir uns ganze Wochenenden in seiner Wohnung eingeschlossen, er mit abgebundenem Arm, ich auf Krücken. Pretending nennt man das in Insiderkreisen. Es klingt grotesk, ich weiß. Zwei Menschen, die sich etwas nehmen, und sich zum ersten Mal in ihrem Leben als ›ganz‹ empfinden. Wir haben unsere Körper gefühlt, wir haben *uns* gefühlt. Endlich haben wir BIID nicht als Krankheit bekämpft, sondern als Teil von uns selbst bejaht.«

Gerald erinnerte sich an die Aussage von Frau Kattowitz, der Nachbarin; sie sprach von einer jungen Frau, die mehrmals übers Wochenende in Alexander Fadens Wohnung geblieben war.

»Ist das der Grund, warum du nicht an einen Selbstmord glaubst?«

Sie schüttelte langsam den Kopf, und ihre Stimme senkte sich. »Alexander war endlich dort, wo er hinwollte. Der Alltag mag nach einer Amputation vielleicht schwieriger zu bewältigen sein, aber die Schwierigkeiten sind nichts im Vergleich mit der Hölle, die er vor der Operation durchstehen musste.«

»Könnte es sein, dass Alexander Faden Probleme hatte, von denen du nichts mitbekommen hast? Vielleicht war er ja unglücklich verliebt, hatte Probleme mit dem Studium oder seiner Familie.«

Sie sprach so langsam, wie man mit einem Kind spricht, das selbst die einfachste Rechenaufgabe nicht versteht. »Es gibt nichts, wirklich rein gar nichts in Alexanders Leben, das ich nicht gekannt hätte. Deshalb bin ich mir absolut sicher, dass er keinen Selbstmord begangen hat. Stell dir vor, ich habe mich sogar bei der Polizei erkundigt, ob sie wegen eines Gewaltdelikts ermitteln.«

»Und? Wie haben die reagiert?«

»Ich bin mehrmals durchgestellt worden, bis ich schließlich bei einem Kommissar Batzko gelandet bin.

»Batzko?«

»Ja. Genau.« Sie schaute ihn überrascht an. »Kennst du ihn etwa?«

Gerald spürte, wie er rot wurde.

»Ein wenig«, sagte er hastig. »Ich habe vor kurzem doch ein Controlling-Seminar bei der Polizei durchgeführt, und da war er an ein paar Sitzungen beteiligt. Ein eher rauer Bursche, war zumindest mein Eindruck.«

»Ja. Einer von der dominanten Sorte.« In ihrer Stimme lag kein Argwohn. »Er hat nur gesagt, dass aus polizeilicher Sicht keine Hinweise auf ein Verbrechen vorlägen und der Fall daher abgeschlossen ist. Es sei denn, ich hätte einen ganz konkreten Verdacht. Den ich natürlich nicht hatte.«

»Hast du eigentlich Alexander Fadens Familie kennengelernt?«

»Nein. Er hatte nur losen Kontakt zu ihnen, zumindest seit er studierte. Ich kannte auch seine Kommilitonen nicht. Freunde hatte er nicht. Unsere Erkrankung hat letztlich zwischen uns beiden eine ebenso große Nähe ermöglicht, wie sie die Distanz zu anderen erhöht hat.«

Nach diesem Satz fielen beide in ein langes Schweigen. Sie hatte über Alexander Faden gesagt, was sie hatte sagen können. Und Gerald hatte um Bedenkzeit in Bezug auf das Geld gebeten. Gern hätte er ihr gestanden, was er für sie empfand, aber sein Hals war wie zugeschnürt. Also legte er einfach seine rechte Hand auf ihre linke, die auf ihrem Oberschenkel lag. Sie schien nicht überrascht. Aus dem Treppenhaus drangen Geräusche in die Wohnung. Eine Tür wurde geöffnet, man hörte Stimmen, Lachen. Dann Schritte auf der Treppe.

»Bist du deshalb gekommen?«, fragte sie nach einer Weile, in der beide den direkten Blickkontakt vermieden.

Ja, sagte er zu sich selbst. Weil ich mit dir schlafen will. Weil ich große Lust auf dich habe und explodiere, wenn ich nicht zumindest versuche, mit dir zu schlafen.

»Vielleicht«, sagte er. »Ich weiß es nicht. Offen gestanden ist mein Leben, vielmehr mein Gefühlsleben, seit einiger Zeit ziemlich durcheinander.«

»Willkommen im Club. Ist es deine komplizierte Beziehung, von der du in den Therapiestunden berichtet hast?«

Er streichelte über ihren Oberschenkel und tastete sich langsam höher. Er fühlte sich ungeschickt, geradezu lächerlich, aber Franziska kam ihm entgegen und zog seinen Kopf langsam auf ihren Schoß. Dann streichelte sie über seine Stirn und Haare.

»Erzähl mir mehr über dich, Gerald.«

Er fühlte sich gefangen in seiner Position.

»Was willst du wissen?«

»Alles natürlich. Wenn du nicht weißt, wo du anfangen sollst, fang einfach bei deiner Kindheit an. Wie bist du aufgewachsen? Wer sind deine Eltern?«

Er schloss die Augen.

»Ich bin mehr oder weniger mit meiner Mutter aufgewachsen. Mein Vater war – das heißt, vielleicht ist er es noch – Übersetzer und Dolmetscher ...«

»Was heißt das: vielleicht?«

»Er hat auf internationalen Messen und Kongressen gedolmetscht. Oder Unternehmer und Politiker auf ihren Auslandsreisen begleitet. Er war also ziemlich oft von zu Hause weg. Einmal hatte er sich in seinem Abflugtermin getäuscht und musste in aller Eile seine Unterlagen in seinem Arbeitszimmer zusammensuchen. Als meine Mutter am Abend Ordnung schaffen wollte, ist ihr sein Notizbuch in die Hände gefallen, eine Art Protokoll seiner diversen Reisen mit Anmerkungen über Hotels, Restaurants, Menschen etc., mit denen er zu tun hatte. Und eine Liste der Frauen, mit denen er während einer Reise oder eines Kongresses geschlafen hatte. Mit Namen, Telefonnummer und einer Rubrik, in der er Kreuze machte, mal eines, mal vier oder fünf. Vielleicht meinte das die Anzahl oder Qualität ihrer sexuellen Begegnungen. Ich weiß es nicht.«

»Gott, das ist ja schrecklich.«

»Sie hatte ein paar Tage Zeit, den Schock zu verdauen, bis er von seiner Geschäftsreise zurückkam. Mir hat sie natürlich nichts gesagt, aber ich ahnte damals instinktiv, dass etwas nicht stimmte. Sie war viel trauriger als sonst. Und es gab kaum eine Nacht, in der ich sie nicht weinen hörte. Als er schließlich zurückkam, gegen Abend, hat sie sich zusammengerissen und ihre Traurigkeit versteckt. Wir haben gemeinsam gegessen; es war fast so wie immer. Mein Vater hatte mir und ihr ein Geschenk mitgebracht, auch wie immer. Aber ich spürte diese merkwürdige Stimmung, diese unglaubliche Beherrschtheit meiner Mutter, die mir Angst machte. Ich weiß noch, dass ich mich früh in mein Zimmer zurückgezogen und so getan habe, als ob ich schlafen würde, aber in Wahrheit konnte ich kein Auge zumachen, weil ich ahnte, dass etwas in der Luft lag.«

»Hast du die Auseinandersetzung mitgehört?«

»Ja und nein. Das heißt, ich habe gehört, wie sie sich gestritten haben, aber ich habe nicht genau verstanden, was sie sich einander an den Kopf geworfen haben. Meine Mutter hat mir später von diesem Streit erzählt. Interessanterweise habe ich da behauptet, ihn mitgehört zu haben, obwohl ich in jener Nacht streng genommen kein Wort verstanden habe.«

»Du hast also intuitiv verstanden, was du gar nicht verstehen konntest, im akustischen Sinne, meine ich.«

»Ja, das ist etwas kompliziert ausgedrückt, trifft es aber. Meine Mutter hat mir später erzählt, dass sie ihm das Notizbuch präsentiert hat und dass mein Vater, statt sich zu entschuldigen oder um Verzeihung zu bitten, lediglich zum Gegenangriff übergegangen sei. Er stellte sich auf den Standpunkt, dass diese Liebeleien offensichtlich kein Problem gewesen waren, solange meine Mutter nichts davon geahnt hatte. Also solle sie doch einfach diese Liste aus ihrem Bewusstsein streichen und so tun, als hätte sie nicht gesehen, was sie gesehen hat.«

»Eine reichlich bequeme Lösung. Für ihn, meine ich.«

»Meine Mutter konnte nicht begreifen, was sie da hörte. Es hat sie wohl mehr verletzt als die Sache selbst. Sie war völlig außer sich. Er behauptete, dass keine dieser Bettgeschichten außerhalb der Kongresse weitergegangen wäre. So, als wäre es ein natürlicher Bestandteil des Gesamtpakets aus Arbeit, Frühstücksbuffet, Fitnessstudio im Hotel und abendliches Abhängen an der Bar. Eine Art Stressabbau zwischen den Laken.«

»Krass.«

»Meine Mutter hat geweint, getobt und ihn attackiert. Aber er ist keinen Zentimeter von seiner Position abgewichen. Vorher hatten sie sich praktisch nie gestritten, und nun war alles anders. Jedenfalls packte mein Vater irgendwann in jener Nacht seine Sachen und verließ die Wohnung. Ich habe ihn seitdem nicht mehr gesehen und nie mehr etwas von ihm gehört.«

»Mein Gott. Wie alt warst du damals?«

»Sechs Jahre, drei Monate, siebzehn Tage.«

Gerald legte die Hand vors Gesicht, weil er spürte, dass ihm Tränen in die Augen schossen. Er hatte weit über ein Jahr gebraucht, bevor er es Nele erzählt hatte, und nun sprach er darüber mit einer Frau, die er gerade erst kennengelernt hatte.

Franziska bewegte die Kuppe ihres Zeigefingers sanft über seine Lippen, als wollte sie ihm für das Vertrauen danken, das er ihr geschenkt hatte.

»Es muss schrecklich für dich gewesen sein und dich fürchterlich verunsichert haben. Hast du danach überhaupt jemandem vertrauen können?«

»Meine Mutter hat alles getan, um mich den Verlust meines Vaters möglichst wenig spüren zu lassen. Sie war immer für mich da. Ich war auch nicht unglücklich in meiner Kindheit. Die Probleme begannen erst später, als es darum ging, sich auf jemanden einzulassen.«

»Wie meinst du das? In Bezug auf Freundinnen?«

Er nickte. »Es war harmlos, solange es nur um unverbindliche Flirts ging. Erst als ich mich verliebte und eine ernsthafte Beziehung begann, spürte ich immer diese ohnmächtige Angst, verlassen zu werden, ganz plötzlich und ohne Erklärung. Natürlich wurde ich schon verlassen, wie es eben jedem passiert, aber jedes Mal brach die Welt für mich zusammen. Was für die Mädchen manchmal nur eine schlichte Mitteilung war, ein Brief von zwei Zeilen oder wenige Sätze am Telefon, war für mich stets eine Katastrophe. Umgekehrt war ich unfähig, eine Beziehung zu beenden. Auch wenn ich mich todunglücklich fühlte, konnte ich nicht Schluss machen. Ich konnte es einfach nicht.«

Sie streichelte über seine Wangen. Er hielt die Augen weiter fest geschlossen. Es war ein einziger kläglicher Versuch, die Kontrolle nicht restlos zu verlieren.

»Willst du damit sagen, du hast eine Art Trennungstrauma, weil du als Kind erfahren hast, wie grausam Trennungen sein können? Und deshalb kannst du niemanden verlassen? Du hast also eher durch dein Verhalten deine Freundin provoziert, damit sie dich verlässt. Richtig?«

Er nickte, weil er zu überrascht war, um zu antworten. Überrascht, weil Franziska das ausgesprochen hatte, was er viele Jahre lang nicht erkannt hatte oder nicht hatte erkennen wollen.

»Gerald van Loren«, sagte sie. »Armer Gerald. Und dennoch hast du heute Abend deine Frau und deinen Sohn verlassen und bist zu mir gekommen«, sagte sie und hörte auf, ihn zu streicheln. »Du musst ziemlich verzweifelt sein. Und du musst ganz schön viel für mich übrighaben.«

Er biss sich auf die Lippen und nickte. Er hätte sagen können, dass er tatsächlich noch nie eine Freundin betrogen oder verlassen hatte, dass er aber kurz davor stand, es zu tun, weil er es satthatte, jeden Abend mit Nele zu streiten, und weil er es satthatte, seit Monaten keinen Sex mehr zu haben. Und dass er in sie, Franziska, verliebt war.

Aber das alles sagte er nicht. Er legte nur seine rechte Hand sanft in ihren Nacken, zog ihren Kopf zu sich herab und küsste sie.

Batzko saß vorne, in der Nähe des Polizeipräsidenten, wie üblich. Gerald, der als einer der Letzten eintrudelte, musste mit einem Platz am anderen Ende des großen Tisches im Besprechungszimmer vorliebnehmen. Er wich einem direkten Blickkontakt mit seinem Partner möglichst aus, konnte aber – während die Kollegen aus den Kommissariaten ihren Kurzbericht ablieferten und die Pressesprecherin Tanja Hillenbrand ihre Notizen machte – erleichtert feststellen, dass Batzko gar nicht in seine Richtung schaute. Er starrte auf seine Aufzeichnungen und hob nur den Kopf, wenn Dr. Vordermayer, der Polizeipräsident, das Wort ergriff. Gerald war davon ausgegangen, dass Batzko ihn mit seinen Blicken umbringen würde. Aber dem war nicht so. Batzko ignorierte ihn einfach.

Die Besprechung verlief unspektakulär und kurz. Batzko resümierte die Fälle, die sie für die Staatsanwaltschaft abgeschlossen hatten, und erhielt dafür ein knappes Nicken von Dr. Vordermayer. Bald danach löste sich die Runde auf. Batzko ging absichtlich langsam aus dem Besprechungszimmer. Gerald machte einen Abstecher in die Flurküche. Als er mit seiner Kaffeetasse das Büro betrat, hob Batzko kurz die Hand, als hätten sie sich in diesem Moment zum ersten Mal gesehen.

»Hör zu«, begann er und räusperte sich, »ich hatte den Autoschlüssel schon in der Hand, als meine Ex anrief. Unser Sohn, der älteste, ist mit dem Fahrrad gestürzt und kam mit dem Notarzt ins Krankenhaus. Meine Ex kellnert ja an zwei Abenden die Woche, also bin ich in die Klinik gefahren.«

»Und? War es schlimm?«

»Nö, lief glatt. Kaum Verkehr, kaum rote Ampeln«, grinste Batzko.

»Idiot.«

Batzko schaltete seinen Computer an und schlug die Tageszeitung auf. »Sah zunächst schlimmer aus, als es war. Gehirnerschütterung, Hautabschürfungen im Gesicht. Aber der rechte Unterarm ist an zwei Stellen gebrochen. Vier Wochen Plastikschiene. Mindestens. Und mein Sohn, dieser Obertrottel, jubelt, weil er die Mathematikarbeit heute nicht mitschreiben muss. Dass er alles noch einmal pauken muss, wenn es ans Nachschreiben geht, hat er einfach nicht auf dem Schirm.«

»Ganz der Vater eben.«

»Du sagst es. Ich habe übrigens versucht, dich auf dem Handy zu erreichen.«

Gerald beschloss spontan, die Steilvorlage zu nutzen.

»Da lag ich sicher schon unter Tonnen von Eisen.«

»Dass ich nicht lache. Deine Oberarme sind dünner als Salzstangen. Außerdem siehst du heute Morgen wieder aus wie ein Teller Hafergrütze.«

Batzkos Oberarmmuskeln, die von einem bunten Kurzarm-Sommerhemd nur knapp bedeckt wurden, zuckten dekorativ, während er seine Predigt hielt. Vielleicht war Batzko dieser Automatismus nicht einmal bewusst.

»Über das Verhältnis von Babys und fehlendem Nachtschlaf müssen wir nicht mehr sprechen, oder?«

»Über das Verhältnis von chronisch schlechter Laune und fehlendem Sex auch nicht, oder?«

Gerald winkte demonstrativ ab, trank einen Schluck Kaffee und überflog die Online-Ausgaben mehrerer Zeitungen. Dann arbeiteten sie eine gute Stunde wortlos vor sich hin, bis Batzkos Telefon klingelte. Das Gespräch war nur kurz, Batzko sagte zwei Mal »okay« und am Ende »Wir sind schon unterwegs.«

Gerald stand auf, griff nach seinem Dienstausweis und zog die Jacke an. Batzko stand schon im Türrahmen.

»Eine männliche Leiche mit unübersehbaren Spuren von Gewaltanwendung in der Innenstadt. Die Spurensicherung ist bereits informiert.«

Keine zehn Minuten später parkten die Kommissare ihren Wagen am Isartor. Die Tat hatte sich in einem Geschäftshaus am Schnittpunkt zwischen dem Thomas-Wimmer-Ring und dem Tal ereignet. Im Erdgeschoss befand sich eine Zeitarbeitsfirma.

Batzko und Gerald stiegen die breite Treppe in den ersten Stock hoch. Sie passierten die Büros von Steuerkanzleien, einer kleinen Galerie und noch unvermieteten Büroflächen. Im hinteren Bereich drängten mehrere Polizisten gerade eine Horde Gaffer zurück. Ein weiterer Polizeibeamter spannte das rot-weiße Flatterband weiträumig um den Eingang zum letzten Büro auf der rechten Seite.

»Batzko?« Ein Polizist trennte sich von seinem Gesprächspartner, einem gut gekleideten Mann mittleren Alters, der fortwährend den Kopf schüttelte, und kam auf die beiden Kommissare zu. »Ich habe dich angerufen.«

»Okay. Wie ist der aktuelle Stand?«

»Entdeckt hat die Leiche der Hausmeister, der sich in dem Büro einen defekten Lichtschalter ansehen wollte.«

»Wo ist er? Kann man mit ihm sprechen?«

Der Polizist schüttelte den Kopf und bedeutete mit einer Geste, dass sich der arme Kerl nach einer heftigen Übelkeitsattacke auf die Toilette zurückgezogen hatte. Gerald kannte den Kollegen nur vom Sehen; dass dieser sich direkt an Batzko wandte, der keine Betriebssportmeisterschaft, keinen Betriebsausflug, keine Geburtstagsfeier und keine halbwegs attraktive Kollegin ausließ, war nicht verwunderlich.

»Gibt es Zeugen?«

»Wir haben gerade erst mit den Befragungen begonnen. Eine Sekretärin, die sich vor circa einer halben Stunde in der Espressobar nebenan eine Latte macchiato geholt hat, will auf dem Gang einen uniformierten Paketauslieferer gesehen haben. Mehr haben wir allerdings noch nicht in Erfahrung bringen können. Bislang. In diesem Teil des Gebäudes ist nicht so viel los wie auf der anderen Seite, wo alle Büroeinheiten vermietet sind. Aber Steuerberater und Anwälte haben nicht den Kundenstrom von McDonalds, schätze ich mal.«

»Wer ist überhaupt der Tote?«

»Der Inhaber einer kleinen Firma, die erst vor ein paar Wochen hier die Büroräume gemietet hat. Irgendwas mit Computern oder auch der Börse, frag mich was Leichteres. Der Hausmeister hat ihn sofort erkannt und mir auch den Namen gesagt: Reuther … – Scheiße, den Vornamen weiß ich nicht mehr. Irgendwas mit A.

Er hatte häufiger mit ihm zu tun, weil er das Büro vor kurzem erst bezogen hat und allein dort arbeitete. Es muss ein echt netter Typ gewesen sein, freundlich, ruhig, nie von oben herab wie so viele andere hier, meinte der Hausmeister. Deshalb ist ihm die Sache auch so auf den Magen geschlagen, im wahrsten Sinne des Wortes.«

Zwei Sanitäter verließen in diesem Moment das Büro. Batzko nickte dem Polizisten flüchtig zu und zog Gerald mit sich. Er holte seinen Dienstausweis aus der Hosentasche, in drei Schritten hatte er die Sanitäter erreicht.

»Wie sieht es da drinnen aus?«

»So, dass wir nicht mehr gebraucht werden«, sagte der jüngere der beiden und wechselte die schwarze Diensttasche von der rechten in die linke Hand.

»Handelt es sich nur um einen Toten? Keine weiteren Personen? Keine Verletzten?«

Der Sanitäter schüttelte den Kopf. »Reicht doch, oder?«

»Was lässt sich über die Todesursache sagen?«

»Befindet sich noch in der Brust des Toten. Es handelt sich um so eine Art Zettelspieß, wie man sie auf Schreibtischen findet. Nur steckt er jetzt im Herz des Toten. Näheres kann sicher der Doc sagen, er ist noch am Tatort. Sorry, aber wir müssen jetzt wirklich los.«

Batzko und Gerald gingen weiter bis zur Absperrung. Die breite Eingangstür aus undurchsichtigem Milchglas stand offen. Im Eingangsbereich befanden sich drei Schreibtische, Zimmerpflanzen, zwei Raumteiler, die zugleich als Pinnwände fungierten, ein Kaffeeautomat und ein Wasserspender. Kollegen von der Spurensicherung in ihren weißen Anzügen und Kappen fotografierten und verteilten Positionsmarkierungen auf den Teppich. Nun zeigte sich auch der Notarzt, der offensichtlich hinter dem Schreibtisch gekniet hatte. Er zog seine Handschuhe aus, schaute auf die Uhr und holte sein Handy aus der Arzttasche. Gerald konnte von seiner Position lediglich Schuhe und Unterschenkel des Toten sehen.

Batzko machte sich durch einen kurzen Pfiff bemerkbar. Brenner reagierte als Erster. Der schwer übergewichtige Leiter der Abteilung, der in dem weißen Anzug aussah wie ein Eisbär mit Vollbart, grinste über die ganze Breite seines Gesichts und winkte in weit ausholenden Bewegungen, so als stünde er an Deck eines Schiffes und Batzko am weit entfernten Ufer. Durch entsprechende Handzeichen machte er deutlich, dass sie noch circa eine Stunde zu tun hätten und er Batzko dann anrufen würde.

Gerald wurde urplötzlich von einer merkwürdigen, unheimlichen Vorahnung ergriffen. Er dachte an Franziska, an die Gruppentherapie, an Arno und die Tatsache, dass dieser gerade erst seine Firma gegründet hatte. Nun begann es in seinem Kopf zu rauschen, das Schlucken bereitete ihm Schwierigkeiten. Wie in Trance stieg er langsam über das Flatterband und näherte sich dem Eingang, bis er das rechteckige Messingschild neben der Tür lesen konnte: *Intersafe. Internet Security Solutions.* Und darunter, in kleinerer Schrift: *Geschäftsführer: Arno Reuther.*

Gerald schaute erneut in den Büroraum, als hoffte er,

der Herrenschuh wäre kein Herrenschuh, die dunkle Anzughose keine Anzughose und der Tote nicht der sympathische Patient aus Chateaux's Runde und Franziskas enger Freund. Der engste Freund, nach Alexander Faden. Er machte zwei Schritte, bis er das Gesicht des Toten erkennen konnte. Dann verharrte er regungslos, und Batzkos freche Stimme ertönte in seinem Rücken: »Was ist los, Alter? War der Büroschlaf heute Morgen nicht ausreichend?«

Gerald reagierte nicht. Wenn er sich jetzt umdrehte, würde er Batzko eine knallen. Also wartete er eine gefühlte halbe Minute und ging dann zurück zur Absperrung. Zu seiner Überraschung hob Batzko das Flatterband in die Höhe und gab ihm den Vortritt. »Scheiße, Mann. Du siehst aus, als müsstest du gleich neben dem Hausmeister in die Kloschüssel kotzen.«

Ohne Batzko ins Gesicht zu schauen, antwortete Gerald: »Lass uns schnell weg hier! Ich geb einen Kaffee aus. Bis die Spurenermittlung fertig ist, lassen wir die Jungs von der Streife die Befragungen durchführen.«

Die Espressobar im Tal war gut besucht. Gerald suchte nach einem ruhigen Platz in der Ecke, etwas abgeschirmt durch eine hohe Grünpflanze. Der Geräuschpegel, ein diffuses Gemisch aus Hintergrundmusik, dem Aufzug, der Klimaanlage und den Gesprächen der Gäste, war hoch. Aber vermutlich hätte Gerald in der Stimmung, in der er sich befand, jeden Geräuschpegel oberhalb eines Friedhofs um Mitternacht als zu laut empfunden.

Batzko bestellte einen Cappuccino. Seitdem er einen Anfängerkurs Italienisch an der Volkshochschule zumindest zur Hälfte absolviert hatte, orderte er ganz insidermäßig einen Cappuccio, wenn die Kellnerin jung und hübsch war. Gerald rührte in seinem Espresso. Er wusste nicht, warum er ihn überhaupt bestellt hatte, ihm war eigentlich schon flau genug.

Schließlich begann er mit seinem langen Bericht über Alexander Faden, den Hausmeister, Frau Kattowitz, die mehr von Alexander wusste, als sie zugeben wollte, über Chateaux's Therapiestunden und über die BIID-Erkrankung von Franziska und Arno Reuther. Er verschwieg lediglich den Besuch bei Franziska vom Vorabend. Batzko musste nicht wissen, dass er einige Stunden im Bett einer Person zugebracht hatte, die im Rahmen der Ermittlungen befragt werden würde. Das bedeutete auch, dass er Franziska reinen Wein einschenken musste, bevor er und Batzko mit dem Dienstausweis in der Hand an ihrer Tür klingeln würden. Mein Gott, dachte er, wie wird sie es wohl aufnehmen, dass ich als Polizist in der Therapiestunde war und als Privatmann in ihrem Bett?

Batzko hatte zugehört, ohne ihn zu unterbrechen und ohne eine besondere Regung zu zeigen. »Scheiße, Mann.« Er schüttelte mehrmals den Kopf und wies mit dem Zeigefinger auf Gerald, als wollte er ihn aufspießen. »Eigentlich sollte ich dir jetzt ein paar auf die Nase geben. Ich sitze mit dir seit gefühlten zweihundert Jahren im selben Büro, ich habe mit dir unter dem Strich mehr Zeit verbracht als mit all meinen Weibern zusammen, und zum Dank führst du verdeckte Ermittlungen durch und lügst mir ins Gesicht. Nenn mir einen Grund, warum ich dir nicht die Visage polieren sollte«, sagte er verärgert.

»Du warst es doch, der den Todesfall Alexander Faden vom Tisch gewischt hat wie Zigarettenasche. Du, die Kollegen am Tatort und die Spurensicherung. Hatte ich eine Alternative mit euch Stümpern? Du hättest mir doch nur geraten, eine stationäre Schlaftherapie zu machen.«

»Würde ich dir auch jetzt empfehlen. Ich würde dir sogar die nette italienische Maus hier dazugeben, damit du angenehm aufwachst.«

»Und noch etwas: Halte dich endlich aus meinen Familienangelegenheiten raus. Jetzt, hier und für immer.«

»Weich nicht vom Thema ab!« Batzko griff in die Schale mit Zucker, nahm zwei Würfel heraus und warf sie Gerald vor die Brust. »Du hast einen Solotrip unternommen. Das ist unprofessionell. Das ist eine Sauerei mir gegenüber. Das ist durch nichts zu rechtfertigen.«

Gerald sprang auf. »Hast du noch alle Tassen im Schrank? Wer glaubst du eigentlich, wer du bist? Mein Vorgesetzter?«

Auch Batzko sprang auf. Sie standen nur wenige Zentimeter voneinander entfernt, heftig atmend. Gerald auf der Höhe von Batzkos mächtigem Adamsapfel. Wahrscheinlich trainiert er den auch, dachte er.

In diesem Moment klingelte Batzkos Handy. Brenner.

Der Spurenermittler lehnte innerhalb des abgesperrten Bereichs am Treppengeländer. Er hatte den Haarschutz abgenommen, den Reißverschluss seines Einteilers bis zum Bauchnabel heruntergezogen. Er schwitzte, als wäre er in diesem Aufzug eine halbe Stunde in der Sauna gewesen. Und er rauchte, einen halben Meter neben einem »Rauchen verboten«-Schild. Aber niemand, nicht einmal Batzko, hätte gewagt, ihn in diesem Moment darauf hinzuweisen. Nicht, bevor Brenner im Vollstress seine drei Glimmstängel hintereinander verfrühstückt hatte.

»Wenn nicht der hässliche Dorn in seiner Brust stecken würde, sähe es aus wie ein Infarkt«, begann er. Die Schweißperlen in seinem Vollbart funkelten im Neonlicht. »Keine Kampfspuren, kein Blut, keine Hautreste unter den Fingernägeln, nichts von dem, was ich euch Jungs gerne auf dem Tablett servieren würde. Vielleicht finden wir Fingerabdrücke auf der Brieftasche des Ermordeten. Sie lag auf dem Schreibtisch, mit Papieren, Ausweisen, Kreditkarten und Hartgeld. Geldscheine fehlten.«

»Also könnte es Raubmord gewesen sein?«

Brenner holte eine Metalldose aus seiner Hosentasche und drückte den Zigarettenstummel darin aus.

»Ja. Nein. Vielleicht.« Er schüttelte den Kopf und griff eine neue Zigarette aus der Packung.

»Das Schönste ist doch immer die Zigarette danach, nicht wahr?« Er lächelte seine Kollegen an und wurde dann sofort wieder ernst. »Möglich, aber eher nein, sagt mein Bauch. Wie passt das zweite Glas Wasser dazu?

Und warum nur das Bargeld und keine Kreditkarten? Und dann das doch ziemlich bizarre Tatwerkzeug! Das alles sieht in meinen Augen nicht nach einer kühlen Planung aus. Eher nach einer Tat im Affekt.«

»Wie sieht es in den Räumen hinter dem Eingangsbereich aus? Da müssten sich doch eine Toilette, eine Kochnische und vielleicht noch weitere Arbeitsräume befinden. Kann der Täter etwas Bestimmtes gesucht haben?«

Brenner schüttelte langsam den Kopf. »Der Schreibtisch, an dem das Opfer saß, war aufgeräumt. Der PC eingeschaltet, der Kaffeebecher und ein Wasserglas jeweils halb leer. Die haben wir mitgenommen. Alle Schubladen waren geschlossen. Ich habe auch kein Indiz dafür, dass der Täter die hinteren Räume überhaupt betreten hat. Konkret gibt es da noch zwei Toiletten, eine Abstellkammer, eine Kochnische, und einen weiteren, noch unmöblierten Raum. Alles blitzblank und in bester Ordnung.«

»Du hast schon einmal optimistischere Ansagen gemacht«, sagte Batzko.

»Ich möchte eben die Arbeitsplätze meiner Kollegen sichern«, antwortete Brenner trocken. »Waltet eures Amtes und geht hinein. Aber mit Handschuhen und Überzügen für die Schuhe, sonst lasse ich euch in den Rücken schießen, kapiert?«

Gerald und Batzko ließen sich die Utensilien geben und betraten den Büroraum. Gerald spürte den spezifischen Geruch von frisch renovierten Räumen, ein Geruch nach Farbe und Plastik. Tatsächlich sahen die beiden anderen Schreibtische nicht so aus, als hätte schon jemand an ihnen gearbeitet. Sie verfügten jeweils über einen PC, eine Schreibunterlage, einen Kalender und Schreibutensilien, aber alles wirkte so neu und gleichzeitig leblos wie in einem Möbelhaus. Ganz im Gegensatz zum Arbeitsplatz von Arno Reuther. Der Computer war eingeschaltet, hatte sich aber in der nichtaktiven Zeit automatisch abgemeldet. Für eine Neuanmeldung war ein Passwort nötig, das die Kommissare wohl erst in ein paar Tagen von ihren Kollegen bekommen würden. Gerald drehte die Tastatur um – er selbst hatte sein Passwort stets auf einem Zettel auf der Unterseite notiert. Arno Reuther leider nicht. Neben dem Bildschirm stand eine Schale mit Süßigkeiten, daneben ein Notizblock, einige PC-Handbücher und ein Taschenkalender. Für diesen Tag gab es nur einen einzigen Eintrag: *neun Uhr: Steinhaus, hier.*

»Also vor dem Mord«, sagte Batzko. Er nahm ein paar Visitenkarten aus einem kleinen Karton auf dem Schreibtisch und öffnete anschließend die Schubladen, die auf den ersten Blick nur den zu erwartenden Inhalt präsentierten: Korrespondenz in Hängeordnern, EDV-Fachbücher, Prospekte, diverse Bücher und Artikel zum Aufbau einer Firma etc.

»Hat Brenner nicht gesagt, dass eine Kaffeetasse und ein Wasserglas auf dem Schreibtisch gestanden haben? Wenn wir Glück haben, befinden sich auf einem der beiden die Fingerabdrücke von Herrn oder Frau Steinhaus.«

»Ja. Wenn wir Glück haben«, entgegnete Batzko.

Abschließend warfen sie noch einen raschen Blick

in die abgetrennten Räume und konnten Brenners Einschätzung nur bestätigen.

»Gehen wir!«, befahl Batzko.

»Warte. Es gab doch diesen Zeugen, der einen Paketauslieferer in diesem Gebäudeteil gesehen haben will. Schauen wir uns die Papierkörbe etwas genauer an.«

Sie kontrollierten die Abfalleimer in der Küche, in den Toiletten und im Eingangsbereich, aber alle waren leer. Nur der Papierkorb an Reuthers Schreibtisch enthielt Werbesendungen, Prospekte und Bonbonpapier, aber keinen Karton, keine Verpackungsmaterialien, keine Empfangsbestätigung, die darauf schließen ließen, dass an diesem Morgen ein Paket abgegeben worden war.

»Er kann natürlich auch etwas aufgegeben haben«, sagte Gerald.

»Logo«, antwortete Batzko.

»Seit ungefähr zehn Jahren versprichst du mir, auf dieses Logo-Gequatsche zu verzichten. Ich schlage vor, du wirfst für jedes Mal, bei dem dir ›Logo‹ rausrutscht, einen Euro in ein Sparschwein. Dann kann ich mich bald zur Ruhe setzen.«

»Logo«, sagte Batzko und fuhr den Stinkefinger aus.

Im Foyer suchte Batzko den Kollegen, der ihn im Präsidium angerufen hatte. Mittlerweile hatte sich das Interesse der Schaulustigen etwas gelegt, weil die Spurensicherung und der Notarzt den Tatort verlassen hatten. Gerald sah durch die Glasfront auf die Straße; einige Passanten unterhielten sich mit den Kollegen, die neben ihren Streifenwagen standen. Die Hitze hatte an diesem Tag noch zugelegt und trieb Schweißringe unter die Achseln der Polizisten, die den Eingang absperrten.

»Punkt eins: Das ist die Visitenkarte mit der Adresse«, sagte Batzko zu dem Kollegen, der ihn angerufen hatte. »Schick zwei Leute zu der Witwe und bereite sie darauf vor, dass wir in circa zwei Stunden ein paar Takte mit ihr reden müssen. Punkt zwei: Klopft an jede Tür auf dieser Etage und im Erdgeschoss und fragt, ob ein Paket aufgegeben oder abgegeben worden ist. Punkt drei: Auch im Negativfall lässt du alle Paketdienste anrufen und fragen, ob unter dieser Adresse ein Auftrag vorliegt. Punkt vier: Wenn sich der Hausmeister ausgekotzt hat, fragst du ihn, ob er einen gewissen Steinhaus kennt, der – oder die – laut Kalender heute Morgen um neun Uhr einen Termin im Büro des Ermordeten hatte. Punkt fünf: Frage ihn auch, wann der Putzdienst kommt. Es sieht zwar nicht so aus, als wäre er heute schon da gewesen, aber man kann nie wissen. Punkt sechs: Van Loren und ich fahren jetzt zurück ins Präsidium. Alles Weitere dann dort.«

Der Kollege kniff kurz die Augen zusammen und wiederholte die Schlagworte. »Witwe, Hausmeister, Paketdienst.«

Im Präsidium versorgten sie Tanja Hillenbrand, die Pressereferentin, mit den wenigen Informationen, die sie hatten, ohne jedoch den möglichen Zusammenhang mit dem vermeintlichen Selbstmord Alexander Fadens und Reuthers BIID-Erkrankung zu erwähnen.

Während des Gesprächs klingelte mehrfach ihr Telefon. Die Kollegen von der schreibenden Zunft wollten die Online-Ausgaben ihrer Zeitungen mit der Eilmeldung des Verbrechens füttern. Und Hillenbrand gab ihnen den Stoff.

Anschließend holten Batzko und er sich in der Kantine belegte Semmeln und zogen sich in ihr Büro zurück. Gerald kannte niemanden, der eine so simple und zugleich positive Beziehung zum Essen hatte wie Batzko. Für ihn bedeutete Essen nicht mehr als die Zuführung von Nahrungsbestandteilen. Die konkrete Form, ob heiß oder kalt, frisch oder vom Vortag, ob Fleisch oder Fisch oder Eier, war ihm komplett gleichgültig, und immer aß er alles mit demselben Appetit. Das Einzige, worauf er achtete, war das ausgewogene Verhältnis von Proteinen und Ballaststoffen. In der ersten Phase seines Bodybuilding-Programms hatte er stets eine Dose mit einem weißlichen Pulver in seinem Schreibtisch gebunkert, aus der er mehrmals täglich einen Drink mit Wasser oder Milch mixte. Als aber hässliche Pickel auf seiner Stirn und unter seinem Bart wucherten, hatte er damit aufgehört.

Noch während er kaute, stellte er sich vor die Magnettafel neben der Tür und zog mit einem schwarzen Boardmarker eine senkrecht gestrichelte Linie durch die Mitte. Auf die linke Seite schrieb er als Überschrift »Faden«, auf die rechte »Reuther«. Nach kurzer Überlegung setzte er in Klammern »Suizid?« hinter Alexanders Nachnamen. Darunter listete er auf: Kattowitz, Franziska, Familie (?), Bekanntenkreis (?); und unter

»Reuther«: Witwe, Steinhaus, Paketdienst, Familie (?), Bekanntenkreis (?).

Er kehrte zum Schreibtisch zurück, nahm einen großen Bissen und fragte, mümmelnd wie ein Kaninchen: »Wie heißt dieser Psychoklempner noch mal?«

»Dr. Dirk Chateaux.«

»Was?«

»Chateaux wie Schloss im Französischen, in der Pluralform.«

»Du blöder Angeber«, sagte Batzko und schrieb »Dr. Sch.« genau über die Trennungslinie zwischen den beiden Fällen. Dann nahm er einen Rotstift, umrandete diesen Namen und zog Verbindungslinien zu »Faden« und »Reuther«.

»Habe ich jemanden vergessen?«

»Ich denke nicht. Doch, die Therapiegruppe. Die Mitglieder kennen natürlich auch beide Opfer.«

Batzko schrieb »Therapiegruppe« über die Trennungslinie und darunter »GvL«, mit drei Ausrufezeichen.

»Willst du mich sofort dem Haftrichter vorführen oder darf ich noch zu Ende essen?«, fragte Gerald.

»Überlege ich mir noch«, konterte Batzko, während er sich setzte. Er schob den leeren Teller an den Rand seines Schreibtisches. Weil er vergessen hatte, Servietten in der Kantine mitzunehmen, nahm er ein Taschentuch, um sich die Hände abzuwischen.

»Wir haben einen Fall, oder wir haben zwei Fälle. Falls wir zwei Fälle haben, stellt sich die Frage, ob ein Zusammenhang zwischen beiden Fällen besteht oder nicht? Falls ein Zusammenhang besteht, stellt sich die Frage, ob dieser Zusammenhang durch die Tatsache begründet ist, dass beide Opfer einen an der Waffel haben und sich freiwillig unters Messer gelegt haben bzw. legen wollten?«

»Wir haben zwei Fälle. Und wir haben einen Hauptkommissar, der die Untersuchungen sofort an sich reißen will.«

»Liegt erstens in meinen Genen und ist zweitens die gerechte Strafe für deinen Verrat. Punkt und Schluss. In welcher Reihenfolge arbeiten wir sie ab? Die Witwe, Steinhaus, den Psychoklempner, die Kattowitz und dann die Studentin und die weiteren Mitglieder der Therapiegruppe?«

»Steinhaus hat ihn vermutlich als Letzter lebend gesehen. Vielleicht kann uns die Witwe den Kontakt herstellen. Aber die Kattowitz sollten wir auf morgen Vormittag legen, dann ist sie allein. Ich bin sicher, dass sie in Gegenwart ihres Kindes und ihres Freundes viel weniger gesprächig ist.«

»Sollen wir sie vorladen?«

»Nein. Ich will in die Wohnung, wo sie auch arbeitet. Da ist etwas, was ich noch genauer verstehen will.«

»Okay. Dann werde ich jetzt mal meinen Freund von der Streife anrufen, ob sie schon bei der Witwe gewesen sind.«

Die Reuthers wohnten in Unterföhring, am nordöstlichen Stadtrand Münchens. Gerald war erst wenige Male dort gewesen und hatte die Gemeinde gesichtslos empfunden, als eine Aneinanderreihung von Straßen ohne eigentliches Zentrum. Was nichts daran änderte, dass die Gemeinde als Standort von Medienkonzernen und eines internationalen Versicherungskonzerns prosperierte und kontinuierlich Land in Bauland verwandelte.

Das Haus der Reuthers lag in einem Neubaugebiet an der Durchgangsstraße; ein klassisches Einfamilienhaus mit einem schlichten Vorgarten aus kurz gemähtem Gras, während die Nachbarn zu beiden Seiten Blumenbeete und Sträucher bevorzugten. Als sie auf das Haus zugingen, ließ sich Batzko zurückfallen; bei psychologisch heiklen Begegnungen überließ er gerne Gerald die Führung.

Es dauerte eine gewisse Zeit, bis Katja Reuther die Haustür öffnete. Eine eher kleine Frau, schlank und sportlich. Dieser Eindruck wurde von der Tatsache begünstigt, dass sie eine Trainingshose trug und ein weißes T-Shirt. Ihre Haare waren schulterlang und glatt, in der Mitte gescheitelt. Sie trug keinen Schmuck und war nicht geschminkt; eine Frau mit einer natürlichen Ausstrahlung, eine, nach der man sich nicht unbedingt den Hals verrenkt, dachte Gerald.

Katja Reuther rang sich ein kurzes Begrüßungsnicken ab und bat die Kommissare herein. Gerald wunderte sich über die Garderobe der Reuthers. Sie war zweigeteilt, ein Bereich für die Erwachsenen, einer für Kinder in bunt bemaltem Holz, mit Haken in entsprechender Höhe und einer Fußmatte mit dem Motiv irgendeines Disney-Films. Es überraschte Gerald, denn seiner Erinnerung nach hatte Arno nur vom Kinderwunsch seiner Frau berichtet. Er hatte aber nie erwähnt, dass sie bereits Kinder – möglicherweise aus einer früheren Beziehung – hatte.

Frau Reuther bat die Herren ins Wohnzimmer, das geschmackvoll, wenngleich konventionell eingerichtet war. Eine Essecke auf der linken Seite mit einer Durchreiche zur Küche, Bücherregale, ein Fernseher, auf der gegenüberliegenden Seite eine Sitzgarnitur aus hellem Leder, ein ovaler Glastisch und ein Kamin. Auf dem Esstisch lag eine geöffnete Packung mit Tabletten. Der Garten verzichtete auch hinter dem Haus zugunsten eines Rasens weitestgehend auf Blumen und Sträucher.

»Darf ich Ihnen etwas zu trinken anbieten?«

Die beiden Kommissare verneinten und nahmen auf den Ledersesseln Platz. Gerald legte einen Notizblock auf den Tisch. Katja Reuther setzte sich auf das Sofa und schaute in den Garten. Sie hielt ein zerknülltes Taschentuch in den Händen. Jetzt erst erkannte Gerald an ihren Augen, dass sie heftig geweint haben musste.

Gerald drückte sein Beileid aus – was Frau Reuther mit einem knappen Kopfnicken beantwortete, ohne den Blick in seine Richtung zu lenken – und erläuterte kurz die Umstände des Verbrechens.

»Unsere Kollegen haben Sie ja bereits von der schrecklichen Tat unterrichtet. Es könnte sich um Raubmord oder um ein willkürlich begangenes Verbrechen handeln, bislang haben wir leider noch keine Spur. Zunächst gehen wir aber davon aus, dass sich Täter und Opfer kannten. Einige Indizien sprechen dafür. Wir sind also besonders auf Ihre Hilfe angewiesen.«

Sie reagierte nicht, und Batzko fragte: »Gibt es jemanden, dem Sie eine solche Tat zutrauen würden? Hatte Ihr Mann, beruflich oder privat, Feinde? Wie war das Verhältnis zu seiner Familie?«

Sie schien die Frage gar nicht gehört zu haben. Ihr Blick blieb auf den Garten gerichtet. Dann, unverhofft, ging ein Ruck durch ihren Oberkörper, und sie drehte sich entschieden in Batzkos Richtung, als hätte sie sich genau in diesem Moment entschlossen, sich der Wirklichkeit des Verbrechens zu stellen.

»Arno hatte keine Feinde. Ich kann das, denke ich, beurteilen, weil wir uns schon einige Jahre kennen und einen gemeinsamen Freundeskreis haben. Seine Familie lebt im Norden. Er hat … Arno hatte zwei Brüder, seine Eltern leben noch. Das Verhältnis war durchaus gut. Vielleicht nicht so eng, wie man es sich wünschen würde, aber gut.«

»War er in einem Sportverein? Hatte er frühere Studienkollegen, mit denen er sich gelegentlich traf? Hatte er Hobbys? Verzeihen Sie, wenn ich Sie zu diesem Zeitpunkt mit meinen Fragen löchern muss, aber wir müssen so viel wie möglich über Ihren Mann in Erfahrung bringen.«

Sie lächelte kurz, ein bitteres, hartes Lächeln. »Wenn Sie ihn vor dem Mord gesehen hätten … Arno konnte mit Sport nichts anfangen. Außerdem hatte er seit seiner Kindheit Probleme mit der Wirbelsäule. Und Hobbys? Wirkliche Hobbys hatte er nicht. Vielleicht klassische Musik. Wir gingen gelegentlich in ein Konzert im Gasteig oder in die Oper. Sein eigentliches Hobby war sein Beruf: Computer und Internet.« Sie sprach konzentriert, mit tiefer Stimme, und gleichzeitig sehr langsam, als suche sie nach den richtigen Worten. Gerald dachte an die offene Tablettenpackung auf dem Esstisch.

»Wir haben in seinem Kalender im Büro den Namen einer Person gelesen«, sagte Batzko, »mit der er heute früh offenbar eine Verabredung hatte: Steinhaus.«

»Ja. Harald Steinhaus. Er war sein Geldgeber und Teilhaber der Firma. Arno war das, was man einen genialen Tüftler nennt. Er hatte mehrere Software-Patente, seine Ideen erhielten Preise auf Messen für innovative Existenzgründer, aber er bekam keine Kredite von den Banken. Er war am Ende völlig zermürbt; für einen Euro, den man von der Bank will, muss man Sicherheiten für zehn Euro bringen, hat er einmal gesagt. Und irgendwann, nach langem Suchen, hat er diesen Harald Steinhaus kennengelernt. Er muss über ein hohes Privatvermögen verfügen und stellt vielversprechenden Unternehmern das nötige Kapital zur Verfügung. Statt Zinsen zu erheben, bekommt er Anteile an der Firma. Wenn sie sich durchsetzt, erzielt er eine hohe Rendite; wenn die Firma scheitert, ist er natürlich sein Geld los. Aber er war von Anfang an von Arno und seinem Konzept überzeugt.«

Gerald unterbrach sie: »Ich höre eine gewisse Skepsis in Ihrer Stimme, Frau Reuther. Oder täusche ich mich?«

Sie hob resigniert die Schultern. »Spielt das eine Rolle, was ich von ihm hielt?«

»Durchaus.«

Sie presste die Lippen aufeinander, bevor sie antwortete: »Gut, ich halte ihn für einen Aufschneider. Nach eigener Aussage hat er in knapp zwei Jahren an der Londoner Börse ein kleines Vermögen verdient. Er trat für meinen Geschmack etwas zu lässig, zu überheblich und zu teuer gekleidet auf und hatte immer einen coolen Spruch auf den Lippen. Wir waren zwei- oder dreimal mit ihm essen. Ich habe ihn allerdings nie persönlich bei der Arbeit erlebt. Arno jedenfalls hatte viel für ihn übrig. Er war natürlich auch heilfroh darüber gewesen, sein Vorhaben endlich in die Tat umsetzen zu können, ohne sich von den Banken von oben herab behandeln lassen zu müssen.«

»Dann wird der Tod Ihres Mannes ein schwerer Schlag für Herrn Steinhaus sein. Oder hatte Ihr Mann bereits Mitarbeiter, die ihn ersetzen könnten?«, fragte Batzko.

»Nein. Er war gerade erst dabei, sich nach geeigneten Leuten umzusehen«, antwortete sie, und Gerald dachte an die beiden Arbeitsplätze im Büro, so perfekt eingerichtet wie ein Hotelzimmer, das auf Gäste wartet.

»Hatte Ihr Mann eine Lebensversicherung oder dergleichen abgeschlossen?«

»Ja, es gibt eine Lebensversicherung.«

»Zu Ihren Gunsten? Ich muss Sie das fragen.«

Sie nickte, und ihr Blick wanderte wieder nach draußen, zu einer Schaukel, die im Garten stand.

Gerald räusperte sich. »Frau Reuther, befand sich Ihr Mann in ärztlicher Behandlung?«

Katja Reuther zuckte zusammen, als hätte sie einen Stromschlag erlitten. »Was hat das mit seinem Tod zu tun? Das ist doch … Sagten Sie nicht …« Sie war erregt, gleichzeitig verlangsamten die Tabletten ihre Sprachmotorik mit dem Ergebnis, dass sie abwechselnd zu schnell und zu langsam sprach, wie ein Tonband, das man in erhöhter oder verlangsamter Geschwindigkeit ablaufen lässt.

»Bitte regen Sie sich nicht auf und beantworten Sie einfach meine Frage.« Sie wischte sich mit dem Taschentuch über die Augen. »Ja … Mein Mann hatte sich in psychologische Behandlung begeben. Das heißt, es war eigentlich keine Behandlung im klassischen Sinn, sondern eine Gruppentherapie, die seine sozialen Kompetenzen und sein Durchsetzungsvermögen stärken sollte. Wie ich Ihnen schon sagte, Arno war sehr introvertiert und schüchtern. Und er war wie viele hochintelligente Menschen idealistisch und gutgläubig. Das ist natürlich für einen Software-Entwickler nicht hinderlich, aber wenn man eine Firma auf die Beine stellen möchte, mit Finanzgebern verhandeln muss, Mitarbeiter einstellt etc. … Sie verstehen schon.«

»Wer war sein Therapeut? Kannten Sie ihn?«

»Ja. Wir hatten vor dieser Gruppentherapie beide bei ihm mehrere Stunden genommen, als Paar.«

»Interessant«, meinte Gerald.

»Jetzt denken Sie sicher«, fuhr Katja Reuther fort, »wir hätten Trennungsabsichten gehabt oder da wäre noch eine dritte Person im Spiel gewesen. Das denken die Leute doch sofort, wenn man das Wort Paartherapie auch nur ausspricht. Diese blödsinnigen Klischees. Wissen Sie, Arno war ein feinsinniger, zärtlicher Mann, aber gleichzeitig sehr verschlossen. Ich liebte ihn, hatte aber nie das Gefühl, ihn ganz zu verstehen. Es schien mir manchmal so, als ob da etwas Tiefes, Dunkles in ihm existierte, das er vor mir zurückhielt, verstehen Sie? Vielleicht hielt er es ja auch vor sich selbst zurück. Ich weiß es nicht. Es ist mir nie gelungen, das herauszufinden. Die Stunden mit dem Therapeuten sollten ihm helfen, sich zu öffnen, mehr Vertrauen zu unserer Beziehung zu fassen. Die Gesprächstherapie war mehr oder weniger eine Folge unserer Paartherapie, weil Arno dem Therapeuten vertraute.«

»Sie haben uns seinen Namen noch nicht genannt.«

»Verzeihung. Chateaux. Dr. Dirk Chateaux. Seine Praxis ist in Bogenhausen, in der Ebersbergerstraße.«

»Wie ›Schloss‹ im Französischen in der Pluralform?«, fragte Batzko, der Angeber. Sie nickte, leicht überrascht.

Gerald notierte pro forma den Namen.

»Hat die Gruppentherapie Ihren Mann verändert?«

Ihre Schultern zitterten leicht. Es war spürbar, dass sie die Grenzen ihrer Belastbarkeit erreicht hatte. »Arno …«, begann sie. Aber es wirkte, als ob ihre Lippen ihr nicht gehorchen wollten. Sie schüttelte nur stumm den Kopf.

»Sind Sie berufstätig, Frau Reuther?«, fragte Batzko.

»Ich bin Übersetzerin. Ich habe mir bewusst einen Beruf ausgesucht, den man zuhause ausübt. Genauso wie Arno brauche ich nicht viele Menschen um mich herum. Außerdem wollten wir Kinder …«

»Sie wollten – das heißt, Sie haben noch keine?«

Katja Reuther schloss die Augen und schüttelte den

Kopf. Augenblicke später rollten Tränen über ihre Wangen; gleichzeitig schien sie zu erstarren, die Hand, die das Taschentuch hielt, lag regungslos auf der Couch. Die Frau hatte augenscheinlich nicht einmal die Kraft, ihre Tränen zu trocknen.

Gerald und Batzko verständigten sich mit einem kurzen Blick.

»Ich denke, die wesentlichen Fragen sind zunächst beantwortet«, sagte Gerald. »Können wir Ihnen helfen? Es gibt eine psychologische Betreuung bei der Polizei, ein Anruf genügt…«

Sie schüttelte bestimmt den Kopf. »Ich habe alles, was ich brauche. Danke. Ich will nur Ruhe. Das ist alles.«

Die beiden Kommissare erhoben sich. »Frau Reuther, haben Sie zufällig die Adresse von diesem Herrn Steinhaus?«

»Ich müsste erst in den Unterlagen in Arnos Arbeitszimmer nachsehen. Aber seine Firma ist in Düsseldorf. Ich erinnere mich, dass sie unter seinem Namen eingetragen ist. Irgendetwas mit ›Steinhaus-Investments‹ oder so ähnlich. Reicht Ihnen das?«

»Wir werden unser Glück versuchen. Bitte bemühen Sie sich nicht. Wir finden alleine hinaus«, sagte Batzko.

An der Wohnzimmertür drehte er sich noch einmal um. »Ich habe meine Karte auf dem Tisch gelassen, Frau Reuther. Rufen Sie uns an, wenn Ihnen noch etwas einfällt, was unseren Ermittlungen nützlich sein könnte. Und halten Sie sich bitte zu unserer Verfügung.« Er räusperte sich, öffnete die Tür und sagte noch: »Was haben Sie eigentlich heute Morgen gemacht, Frau Reuther?«

»Ich habe Arno zur Arbeit gefahren. Das mache ich nur selten, aber heute Morgen musste ich Verschiedenes in der Stadt besorgen und wollte auch zum Viktualienmarkt. Wir haben nur ein Auto, müssen Sie wissen. Das meiste erledige ich mit dem Fahrrad, auch als Ausgleich zum Schreibtisch. Nur ausgerechnet heute nicht.«

Batzko saß am Steuer, die linke Hand, wie es seine Art war, lässig auf das Lenkrad gelegt. Er steuerte den Wagen, als wäre er ein Autoscooter. Gerald registrierte die gleichmäßige Bräune der Haut, die das kurzärmelige Hemd in dieser Haltung freigab. Es muss eine Automatenbräune sein, dachte Gerald, so viele Sonnentage hatte es in diesem Jahr noch nicht gegeben.

»Die Frage nach den Kindern hat sie völlig aus der Fassung gebracht«, sagte Batzko unvermittelt.

»Ja. Ist mir auch aufgefallen. Aber was ich nicht ganz verstehe, ist, dass Arno Reuther bei der letzten Gruppentherapie erzählt hat, dass er endlich mit seiner Frau gesprochen habe. Er war völlig geschafft. Es muss für ihn ungeheuer schwer gewesen sein, mit ihr über seine Erkrankung zu sprechen. Ist dir aufgefallen, dass seine Frau ihr ganzes Leben auf Kinder eingestellt hat? Da war sogar eine Kindergarderobe im Flur. Und eine Schaukel im Garten. Ich frage mich, wie sie sein Geständnis, also seinen Wunsch nach einer Rückenmarksdurchtrennung, wohl verkraftet hat. Wollte er überhaupt noch Kinder? Und wie sollte das dann praktisch funktionieren? Sollte er seinen Samen konservieren lassen?«

Batzko antwortete zunächst nicht. Er schien ausreichend damit beschäftigt, sich diese Situation vor Augen zu führen. Als er schließlich zu Gerald hinüberblickte, zeigte seine Mimik den Ausdruck absoluter Fassungslosigkeit. »Sich das Rückenmark operativ durchtrennen lassen. Freiwillig! Das ist doch Wahnsinn! Das heißt: nie mehr vögeln. Immer im Rollstuhl. In Plastikbeutel scheißen. Nie mit den Kindern Fußball spielen. Nie einen Drachen mit ihnen steigen lassen. Nie im Meer mit ihnen baden. Und daneben noch eine Firma leiten. Gerald, mein sensibler Allesversteher: Du kannst sagen, was du willst, aber so jemand gehört, wenn überhaupt, am Gehirn operiert und nicht am Rückenmark.«

»Vielleicht wird man es können, in zehn, zwanzig oder fünfzig Jahren. Wer weiß, ob man dann Epilepsie, Krankheiten wie das Tourette-Syndrom, Demenz oder was weiß ich alles chirurgisch oder medikamentös behandeln kann. Aber jetzt und hier kann man es nicht, und wir müssen akzeptieren, dass für Leute wie Alexander Faden und Arno Reuther die BIID-Erkrankung gewissermaßen größer ist als sie selbst.«

Batzko antwortete nicht. Vermutlich verstand er nicht, dass es etwas Größeres geben konnte als den eigenen Körper. Gerald war es recht. Er dachte an Franziska und ihre Entscheidung, sich operieren zu lassen. Der Gedanke war ihm nach der Nacht mit ihr einfach unerträglich. Er hatte jeden Zentimeter ihres Körpers berührt und liebkost. Er konnte einfach nicht verstehen, wie sie einen Teil ihres Körpers auf eine so schreckliche Weise loswerden wollte.

»Ich finde einfach keinen Grund dafür, dass Arno

Reuther in der Therapie nicht die Wahrheit gesagt haben sollte. Er hatte sehr lange und sehr intensiv mit sich gerungen, wie er mit der Erkrankung umgehen sollte. Ich gehe davon aus, dass seine Frau bis dahin nicht einmal von der Existenz dieser Krankheit gewusst hat. Wahrscheinlich hat sie nur gefühlt, dass ihr Mann verzweifelt war. Ich kann mir schon vorstellen, dass Katja Reuther ihr Leben weiterhin mit ihrem Mann verbracht hätte, auch wenn er im Rollstuhl gesessen hätte. Das schaffen schließlich auch andere Frauen, deren Männer verunglücken. Aber dass Arno sich bewusst für eine solche Beeinträchtigung entscheiden wollte, war vielleicht zu viel für sie. Außerdem wäre ein normales Familienleben mit Kindern so undenkbar geworden.«

Batzko steckte seinen Ellbogen aus dem Seitenfenster wie ein Manta-Fahrer. »Oder sie hat uns ein mögliches Motiv nicht auf dem Tablett servieren wollen. Hältst du es für möglich, dass sie ihm in ihrer Verzweiflung einen Papierspieß in die Brust rammt?«

»Wir müssen es auf jeden Fall in Betracht ziehen. Zumindest war nicht viel Kraft nötig, um Arno Reuther aus dem Weg zu räumen. Du hättest ihn mal sehen sollen. Er bestand nur aus Haut und Knochen, die Rippen lagen so offen wie Klaviertasten. Du hättest ihn auf deinem Zeigefinger balancieren können.«

»Sie hat ihn zur Arbeit gefahren. Das hat sie immerhin zugegeben«, sinnierte Batzko, ohne den Gedanken fortzuführen.

Wenig später erreichten sie das Polizeipräsidium. Batzko fuhr in die Tiefgarage. Als sie im Aufzug standen, wurde Gerald plötzlich hundemüde. Er lehnte sich mit dem Rücken an die Wand, die Augen fielen ihm zu. Wie lange hatte er in der letzten Nacht geschlafen? Eine halbe Stunde? Eine Stunde? Mehr sicher nicht.

Batzko grinste. »Eine kurze Nacht dank Severin? Wäre ich gestern Abend dabei gewesen, hätte ich dich so viele Kilos stemmen lassen, dass dich auch eine Neugeborenenstation im Krankenhaus nicht geweckt hätte.«

Gerald lächelte pflichtschuldig. Er dachte an Franziska. Er musste sie unbedingt sprechen, heute noch. Vielleicht würde er morgen nicht die Zeit haben vor der Gruppentherapie.

»Du rufst jetzt den Guru von deiner Quasselgruppe an und vereinbarst einen Termin«, sagte Batzko auf dem Weg zum Büro. »Und ich kümmere mich um diesen Steinhaus.«

Gerald wählte Chateauxs Nummer. Es klingelte mehrmals, bis sich eine Frauenstimme meldete, eine sehr junge Frauenstimme.

»Hier bei Dr. Chateaux. Wie geht es Ihnen? Kann ich Ihnen helfen?« Die Stimme hatte einen unverkennbaren slawischen Akzent. Ihre Aussprache war hart und etwas abgehackt.

»Kann ich bitte Herrn Chateaux sprechen? Oder seine Frau?«

»Der Doktor ist nicht da. Er ist den ganzen Abend fort. Kommt sehr spät zurück. Frau – ist gar nicht da. Lebt nicht hier.«

Gerald nannte seinen Beruf und fragte, wer sie sei.

Die Nervosität der jungen Frau war plötzlich so spürbar, als wäre sie durch die Telefonleitung gekrochen. »Ich bin Au-pair-Mädchen (es klang wie: Opärrr) aus St. Petersburg. Alle Papiere in Ordnung. Ich mache Haus und beide Kinder.«

Warum reagiert sie so?, dachte Gerald. Ist sie hier nicht gemeldet und Chateaux lässt sie schwarzarbeiten?

»Natürlich. Ich rufe nicht Ihretwegen an. Ich möchte Herrn Chateaux in einer ganz anderen Angelegenheit sprechen.«

»Doktor beginnt Sprechstunde morgen um neun. Vorher Frühstück.«

»Richten Sie ihm bitte aus, dass er das Frühstück vorziehen soll. Um acht Uhr werde ich mit einem Kollegen bei ihm sein.«

»Guttt«, sagte sie und hängte schnell auf.

Während Batzko im Internet die Kontaktdaten von Harald Steinhaus recherchierte, konnte Gerald nachlesen, was die Kollegen von der Ersterfassung bereits unter dem Aktenzeichen für den Mordfall Arno Reuther eingetragen hatten. Die Befragung der weiteren Mieter nach möglichen Zeugen war abgeschlossen, ohne konkrete Ergebnisse. Die Befragten betonten übereinstimmend, dass jederzeit Menschen in dem Gebäude ein und aus gehen konnten, ohne von anderen bemerkt zu werden. Der einzige Anhaltspunkt blieb jener unbekannte Mitarbeiter eines Paketdienstes mit einer äußerst vagen Personenbeschreibung (zwischen zwanzig und fünfunddreißig Jahre alt, mittelgroß, mit kurzen Haaren und einer kräftigen Statur). Anrufe bei den hiesigen Paketdiensten und entsprechende Nachfragen bei allen Mietern, Gastronomiebetrieben und weiteren Geschäften im Behnisch-Haus hatten jedoch keinen solchen Lieferauftrag bestätigen können.

»Steinhaus wohnt natürlich in Düsseldorf, wo die Banken in den Himmel wachsen«, sagte Batzko.

»Ich brauche dringend einen Liter Kaffee.«

»Für mich reicht eine Tasse. Danke, Kumpel.«

Gerald musste frischen Kaffee aufsetzen. Als er schließlich mit zwei Bechern zurückkam, legte Batzko gerade den Telefonhörer auf. »Steinhaus ist zurzeit in Hamburg. Ich habe ihn auf dem Handy erreicht.«

»War er geschockt?«

»Nein. Absolut nicht. Er wirkte gefasst. Und das ist doch erstaunlich. Unabhängig von der Frage, ob die beiden sich menschlich nahestanden, riskiert er doch einen erheblichen finanziellen Verlust, wenn Reuther das Internet-Genie war, mit dem die Firma steht und fällt. Mag ja sein, dass diese Typen, die mit Millionen jonglieren wie unsereins mit zehn Euro, extrem cool sind. Aber er hat in keiner Sekunde die Fassung verloren.«

»Wann kommt er zurück?«

»Morgen Mittag. Er hat behauptet, gegen halb zehn das Behnisch-Haus verlassen zu haben, weil er zum Flughafen nach Düsseldorf musste. Reuther war allein, als Steinhaus kam, und allein, als Steinhaus ging. Irgendwelche Beobachtungen will er nicht gemacht haben. Auch hat er keinen Paketauslieferer oder irgendeine andere Person auf dem Flur oder im Treppenhaus gesehen.«

»Dann werden wir vormittags nach unserem Gespräch bei Chateaux direkt zu Marleen Kattowitz gehen, weil sie da noch allein sein dürfte. Danach Steinhaus hier im Präsidium.«

Batzko nickte. »Hör zu, Kumpel, du siehst reichlich kaputt aus. Lass mich das hier machen. Ich schreibe das Protokoll und übernehme morgen früh die Dienstbesprechung. Du stopfst dir Ohropax in die Lauscher, und wir sehen uns morgen dann um acht bei dem Psychofritzen. Hört sich doch nach was an, oder?«

Gerald wusste aus Erfahrung, dass Batzko das Wort »Kumpel« dann verwendete, wenn er unter dem Deckmantel der Kollegialität seine Interessen durchsetzen wollte. In diesem Fall würde Batzko Geralds Abwesenheit in der Dienstbesprechung nutzen, um sich selbst zu positionieren.

Aber Gerald war zu müde, um Einwände zu erheben. Außerdem wollte er zu Franziska.

Es war kurz nach halb sechs, als er seinen Wagen am Pariser Platz parkte, in Sichtweite von Franziskas Hauseingang. Beim Aussteigen wäre er beinahe in eine weggeworfene Pizzaschachtel getreten. Der Bürgersteig war bestückt mit Abfällen, größtenteils Fast-Food-Verpackungen und Bierflaschen.

Franziska war nicht zu Hause. Gerald klingelte mehrmals, überlegte, ob er einen Zettel an die Haustür klemmen oder einfach in seinem Wagen auf sie warten sollte. Er entschied sich für Letzteres, brachte den Fahrersitz in eine bequemere Position und legte eine CD mit ruhigen Jazz-Balladen ein. Als er seine Hände kurz auf sein Gesicht legte, glaubte er, Franziskas Geruch zu spüren.

Er war ganz anders als der von Nele. Es war überhaupt alles anders gewesen als mit Nele. Bei ihr war es nach dem heißen Flirt in Barcelona zunächst ein erotisches Spiel gewesen, eine Verführung, ein Abtasten, ein Ausloten nach Möglichkeiten und den Erwartungen des anderen, als müssten sie sich beinahe dafür entschuldigen, auf der Suche zu sein nach dem Partner fürs Leben und dem Wunsch, eine Familie zu gründen. Als wollten sie beide ergründen, ob ihre Affäre nach der Leichtigkeit unter Barcelonas Himmel auch das Grau ihres Alltags aushalten würde.

Gerald hörte das kraftvolle, voluminöse Saxophon von Sonny Rollins, wie es »Round Midnight« intonierte, und schloss die Augen. Bei Franziska hatten sich an einem einzigen Abend alle Schleusen geöffnet. Sie wusste Dinge von ihm, die Nele nicht einmal im Ansatz kannte. Auch ihre Körper schienen so vertraut miteinander, als hätten sie schon oft miteinander geschlafen. Alles passierte so leicht und selbstverständlich. In seinem Leben hatte er nur wenige Nächte erlebt, die von dem Gefühl getragen worden waren, dass alles, was er tun würde, richtig, und das alles, was geschehen würde, gut sein würde.

Dann dachte er an Franziskas Erkrankung und presste die Kiefer aufeinander, weil er spürte, dass sich erste Tränen hinter seinen Lidern stauten. Wie konnte sich eine junge, intelligente, gesunde Frau eine Unterschenkelamputation wünschen? Er konnte sich das nicht vorstellen, auch nach ihren Erklärungen nicht. Die Krankheit war für ihn so weit entfernt wie der Mond. Dabei hatte Franziska die Operation in ihrem Kopf eigentlich schon vollzogen, es ging nur noch um die praktischen Schritte und die Finanzierung, bei der er, ausgerechnet er, ihr helfen sollte.

Gerald drehte die Musik etwas lauter, um seine Gedanken zu vertreiben, und schlief nach wenigen Minuten ein.

Drei Stunden später wachte er auf und schlug vor Wut auf das Lenkrad. Wie hatte ihm das passieren können? Er rieb sich die Augen. Trotz der noch hohen Außentemperatur fror er. Der Schlafrückstand. Nach seiner Rückkehr von Franziska, im Morgengrauen, hatte er lange wach gelegen. Dann hatte Sevi geschrien. Nele hatte ihn nicht, wie üblich, sofort ins Bad getragen, um ihn, Gerald nicht zu stören, sondern sie hatte ihn brüllen lassen und anschließend im Bett gestillt. Natürlich, dachte er, damit straft sie mich ab.

Sein Mund war trocken. Er trank einige Schlucke aus einer Wasserflasche, die seit Wochen im Handschuhfach gelegen hatte, und verließ dann den Wagen.

Die Haustür sprang nach dem zweiten Klingeln auf. Langsam stieg er die Treppen hoch. Erst jetzt wurde ihm bewusst, dass sie von Arnos Ermordung vermutlich noch keine Ahnung haben würde. Das wird der zweite Schock sein, dachte er, und tastete nach seinem Dienstausweis. Sie stand im Türrahmen, und wie am Vorabend wich sie instinktiv zurück, als er näher kam.

»Gerald, was ist los? Ist etwas passiert? Du siehst schrecklich aus.«

Er hatte sich vorgestellt, sie würde ihn küssen, wenn

er die letzte Stufe erreicht hatte, oder wenigstens umarmen. Aber nichts dergleichen passierte. »Gerald – ist etwas mit deiner Familie? Sag schon. Du machst mir Angst!«

»Ich muss mit dir reden. Lass uns reingehen. Es ist wichtig.«

Es fiel ihm ungemein schwer, vor ihr zu stehen, ohne sie zu berühren. Wie sehr hatte er sich auf sie gefreut. Und nun war er wegen einer dienstlichen Angelegenheit bei ihr. Einer, die sie gleich zutiefst treffen würde. Er musste schlucken und lief, ohne ihr in die Augen zu schauen, an ihr vorbei ins Wohnzimmer und setzte sich auf die Couch. Franziska schloss die Tür, nahm zwei Gläser aus dem Regal, füllte sie zwei Fingerbreit mit Whiskey und setzte sich ebenfalls. Der Abstand zwischen ihnen war so groß, dass er seinen Arm ganz ausstrecken müsste, um sie zu berühren. Sie trug eine kurzärmelige blaue Bluse, die locker über eine helle Leinenhose fiel. Sie war nicht geschminkt und hatte keinen Schmuck angelegt, natürlich. Alles schien so klar, so einfach und selbstverständlich an ihr, dass er in dieser Sekunde nicht ihres, sondern sein eigenes Leben unerträglich kompliziert fand.

Und er spürte eine heftige, blindwütige Attacke von Eifersucht. Zu gerne hätte er sie gefragt, was sie an diesem Tag gemacht und wen sie getroffen hatte. Er war über zehn Jahre älter als sie. Warum interessierte sie sich überhaupt für ihn, einen Mann, der daheim Frau und Kind hatte? Was hatte sie wirklich von ihm gewollt in der vergangenen Nacht? Ging es ihr in Wahrheit vielleicht einzig und allein darum, dass er die Bürgschaft für den Kredit übernahm?

»Da sind einige Dinge, die ich dir erklären muss«, begann er und griff unwillkürlich nach seinem Dienstausweis in der Innenseite seines Jacketts. Es war, nach dem Gespräch mit Batzko, schon das zweite Geständnis an diesem Tag, nur noch viel belastender und schwieriger. Er bat um ein Glas Wasser, weil sich seine Lippen zum Zerreißen spröde anfühlten und er einen klaren Kopf behalten wollte. Dann begann er zu sprechen.

Franziska hörte zu und unterbrach ihn nicht. Als er von Arnos Ermordung berichtete, verdunkelte sich ihr Blick, wie in der Therapiestunde, in der sie über Alexander Fadens Tod hatte sprechen wollen und von Chateaux barsch in die Schranken verwiesen worden war. Am Ende seines Monologs hielt seine verschwitzte Hand noch immer den Dienstausweis umklammert, ohne dass er sich dessen bewusst war.

Franziska saß ganz aufrecht da und nickte langsam, als er geendet hatte. Dann schaute sie ihm direkt in die Augen und sagte: »Eigentlich sollte ich dich jetzt hinauswerfen und nie wieder einen Gedanken an dich verschwenden.«

»Es tut mir leid, Franziska. Ich musste meine Identität geheim halten. Es ging nicht anders. Aber was uns angeht, Franziska …«

»Ach, halt die Klappe«, unterbrach sie ihn. »Machst du das immer so, wenn du im Verborgenen ermittelst? Hättest du die Spesen abgerechnet, wenn du mich zum Essen eingeladen hättest? Oder ins Kino? Oder die

Kondome? Wer weiß, vielleicht bist du ja nicht einmal verheiratet, sondern spielst mir nur den unverstandenen Ehemann vor, der bei seiner Alten nicht mehr randarf. Muss ich jetzt gleich ein Protokoll unterschreiben, wann du in der letzten Nacht gekommen und wann du gegangen bist und was wir alles gemacht haben und wie?«

Gerald leerte das Wasserglas in einem Schluck und machte sich dann an den Whiskey. »Franziska, ich verstehe ja, dass du sauer bist. Aber was hätte ich deiner Meinung nach tun sollen? Ich bin zwar als Polizist in die Therapie gegangen, aber das mit dir, das hatte nichts mit den Ermittlungen zu tun. Das ist etwas ganz anderes. Das kannst du mir glauben oder nicht. Wenn du willst, dann ziehe ich mich aus dem Fall zurück. Ich möchte nicht, dass die Situation unzumutbar für dich wird. Niemand von meinen Kollegen würde dann erfahren, dass ich jemals in deiner Wohnung und mit dir zusammen gewesen bin. Das spielt keine Rolle für die Ermittlungen, hoffe ich.«

»Na, prima. Einfach so aus der Affäre ziehen. Das sieht dir ähnlich! Hör zu, ich habe überhaupt keinen Bock, irgendeinem deiner Kollegen zu stecken, dass ich BIID habe oder dass ich in Therapie gehe. Meine Psyche geht niemanden irgendetwas an. Ich entscheide, wen ich ins Vertrauen ziehe. Was die Ermittlungen betrifft, so kannst du auf mich zählen. Alles andere kannst du vergessen. Wir hatten unseren Spaß, mehr nicht. Nicht unter diesen Umständen.«

Geralds Miene verdüsterte sich. »Nichts Privates

mehr? Keine Treffen außerhalb der Ermittlungen? Kein Sex?«, fragte er schließlich.

»Genau, Sherlock Holmes.« Sie nickte und stand auf. Scheiße, dachte Gerald und biss sich auf die Lippen. Doch gleichzeitig erleichterte ihn, dass Franziska ihre Affäre beendete. Wie lange hätte er es aushalten können, mit Franziska zu schlafen und mit Nele und Severin aufzuwachen?

Er holte seinen Dienstausweis aus dem Jackett und legte ihn vor sich auf den Tisch, als sollte ihm diese Geste helfen, innerlich den Schalter umzulegen. »Wie gut kanntest du Arno eigentlich?«

»Arno…« Ihre Stimme kam von sehr weit her, als würde sie sich erst in diesem Moment daran erinnern, dass er an diesem Vormittag ermordet worden war. »Gut. Sehr gut. Er war ein Freund, ein guter Freund. Arno war außergewöhnlich sensibel und absolut vertrauenswürdig. Aber es gab nicht diese persönliche Nähe wie zu Alexander. Wir hatten nicht dieses ›Pretending‹.«

»Was meinst du mit ›Pretending‹?»

»Das künstliche Herstellen einer Situation, die man sich wünscht. Alexander und ich haben uns zum Beispiel den Arm und den Unterschenkel abgebunden und haben so ein ganzes Wochenende gemeinsam verbracht. Manche BIID-Patienten ziehen sich sogar in einen Kurzurlaub zurück, um das durchzuspielen. Ob Arno das jemals getan hat, kann ich dir nicht sagen. Wir haben jedenfalls nie darüber gesprochen. Intuitiv würde ich sagen: nein. Zwar hat er seine Erkrankung die ganze

Zeit über seiner Frau verschwiegen, dennoch glaube ich nicht, dass er sie angelogen oder hinter ihrem Rücken so etwas unternommen hätte.«

»Kanntest du sein berufliches und privates Umfeld? Seine Frau?«

Sie streckte die rechte Hand aus, als wollte sie nach dem Ausweis greifen, stoppte aber die Bewegung. »Nein. Das heißt, nur aus seinen Erzählungen, wenn wir uns nach den Therapiestunden mit Alexander auf ein Bier zusammengesetzt haben. Ich wusste, dass er sich gerade selbständig gemacht hatte. Auch dass seine Frau dringend eine Familie gründen wollte. Das hat ihn sehr unter Druck gesetzt, weil er nicht wusste, wie er diese drei Dinge zur selben Zeit überhaupt bewältigen konnte: die Firma, die ersehnte Operation, ihr drängender Kinderwunsch.«

»Habe ich das in der letzten Sitzung richtig verstanden – dass er es seiner Frau endlich erzählt hat?«

»Ja. Er hatte mich in der letzten Woche sogar zweimal deswegen angerufen, und ich hatte ihm Mut gemacht, trotz des Zeitpunktes und der möglichen Folgen für seine Ehe. Warum fragst du?«

»Reine Ermittlungsroutine«, sagte er knapp und staunte selbst ein wenig über seinen dienstlichen Tonfall. »Du bist also sicher: Er hat es seiner Frau erzählt. Aber das basiert allein auf seiner Behauptung dir gegenüber, nicht wahr?«

Sie nickte.

»Gut. Hat er in euren Gesprächen irgendetwas geäußert, was als Anhaltspunkt für die Ermittlungen dienen könnte? Hat er sich bedroht gefühlt? Gab es finanzielle Auseinandersetzungen mit seinem Kreditgeber? Hatte er Ärger mit möglichen Konkurrenten? Familiäre oder private Konflikte?«

Sie schüttelte knapp den Kopf, trank einen Schluck Whiskey und setzte sich wieder auf den Rand des Sofas. Ihre Haltung war inzwischen etwas entspannter, aber der Abstand zu Gerald hatte um keinen Millimeter abgenommen.

»Da ist noch eine Sache, zu der ich dich befragen wollte. Es gibt doch sicher im Internet eine Art Forum für BIID-Patienten, oder? Als ich den Begriff gegoogelt habe, bin ich zumindest auf so etwas gestoßen.«

»Ja. Wir sind … das heißt, wir waren dort auch Mitglieder. Aber durch die Gesprächstherapie haben wir allmählich das Interesse verloren. Es war sehr gut am Anfang, es hat uns zusammengebracht. Alexander hatte in dem Forum von seinen guten Erfahrungen mit Chateaux berichtet, und Arno und ich sind bei ihm eingestiegen, ohne uns vorher persönlich gekannt zu haben.«

»Also Werbung für Chateaux! Er scheint sich auf diese Behandlungen inklusive einer, sagen wir, noch genauer zu betrachtenden Weitervermittlung an Chirurgen im Ausland spezialisiert zu haben.«

»Du unterstellst ihm Dinge, von denen du zu wenig weißt«, sagte Franziska mit einem Unterton, der Gerald riet, diesen Aspekt hier und jetzt nicht zu vertiefen.

»Zurück zu diesem Forum. Gibt es gelegentlich Einträge von Leuten, die aggressiv reagieren, euch beschimpfen, vielleicht sogar bedrohen?«

»Es ist ein paar Mal passiert, dass sich jemand, um überhaupt zugelassen zu werden, als BIID-Patient tarnte, um dann seine Hasstiraden loszuwerden. Aber der Supervisor sorgte rasch dafür, dass ihm der Zugang gesperrt wurde. Außerdem hatten wir drei uns nur mit Codenamen vorgestellt, ohne Adresse oder nähere persönliche Angaben. Ich glaube, dass die meisten Mitglieder nur solche Informationen preisgeben, die keine direkten Rückschlüsse auf ihre Person zulassen. Meine Güte – du denkst doch nicht etwa an einen durchgeknallten Serientäter oder so etwas?«

»Nein, nein«, sagte er schnell, obwohl er diese Möglichkeit natürlich in Betracht zog. »Wir wissen ja nicht einmal, ob ein Zusammenhang zwischen den beiden Fällen besteht. Ja, noch nicht einmal, ob die BIID-Erkrankung überhaupt eine Rolle spielt. Wenn zwei Menschen zu Tode kommen, die einen grünen Wagen fahren oder in ihrer Freizeit Tennis spielen, stellt man schließlich nicht automatisch eine Verbindung auf Basis dieses Details her.«

»Erst eins, dann zwei, dann drei«, sagte sie langsam, wie zu sich selbst, als hätte sie ihm gar nicht zugehört. »Gibt es da draußen jemanden, der uns so sehr hasst, dass er uns der Reihe nach umbringen will?«

»Du solltest dir nicht zu viele Gedanken machen, Franziska.«

»Und du solltest dir gar keine Gedanken mehr machen, was uns beide angeht, Gerald. Es hat mich nicht sonderlich gestört, dass du verheiratet bist. Du bist sehr unglücklich, das sieht man auf den ersten Blick. Ich hätte gern für etwas Glück in deinem Leben gesorgt. Selbst dran schuld, wenn dir das jetzt verwehrt bleibt. Wenn ich etwas nicht ausstehen kann, dann ist es belogen zu werden. Das ist entwürdigend.«

Er leerte sein Glas in einem Zug. »Ich habe mir im Dienst der Ermittlungen eine andere Identität zugelegt. Das ist etwas anderes, finde ich. Ich habe dich nicht angelogen. Vor allem habe ich nicht gelogen, als ich hier mit dir alleine war.«

»Ich finde, du solltest jetzt gehen, Gerald«, antwortete sie knapp.

Er stand auf und ging in die Diele. Die Küchentür war geschlossen; die ganze Zeit über hatte er die Katze nicht gehört. Er spürte Franziska in seinem Rücken.

»Wenn wir im Rahmen meiner Untersuchungen zusammentreffen, werde ich einen Kollegen dabeihaben. Wir werden uns siezen, und ich werde nie in dieser Wohnung gewesen sein.«

»Warst du doch auch nicht wirklich«, konterte sie, aber in ihrer Stimme lag zu seiner Überraschung ein Anflug von Ironie. Franziskas Augen hatten ihre natürliche Farbe wiedergewonnen. Es spielte sogar ein Lächeln um ihre Lippen, unsichtbar zwar, aber er sah es dennoch.

»Kannst du mir bitte deine Handynummer geben? Aus rein dienstlichen Gründen, versteht sich.«

»Ich habe kein Handy. Ich hasse diese Pseudogespräche, die ich jeden Tag in der Bahn und in der Uni anhören muss.«

»Okay. Dann werde ich jetzt gehen«, sagte er, die Hand am Türgriff.

Sie wich seinem Blick aus und schaute in das Wohnzimmer. »Oh, ich glaube, du hast etwas vergessen.« Sie ging hinein und kam mit seinem Dienstausweis zurück.

»Gar kein so schlechter Typ«, sagte sie und rieb kurz mit der Kuppe ihres Zeigefingers über das Foto. »Hat jedenfalls mehr Phantasie, als man einem Polizisten zutrauen würde.«

Sie reichte ihm den Ausweis.

Es war bereits nach zehn, am Himmel zeigten sich einige dunkle Wolken. Er fühlte die Abendkühle an seiner Gesichtshaut, und es war ein angenehmes Gefühl. Es half ihm, langsam zur Besinnung zu kommen. Als er seinen Wagen erreicht hatte, sträubte sich etwas in ihm. Er hatte nicht die geringste Lust, nach Hause zu fahren. Er schaute hoch zu ihrer Wohnung und fühlte sich plötzlich erleichtert. Auch wenn es mit Franziska nicht weitergehen würde, bereute er den gestrigen Abend keine Sekunde. Er hatte Glück erlebt, sexuelles Glück, das Glück, frei und offen reden zu können, sich angenommen und verstanden zu fühlen. Herrgott, lebte man nicht, um genau das zu fühlen?

Er ging einmal um den Block, atmete tief ein. Er lief an geschätzten zwanzig Kneipen und Restaurants vorbei, aber seine Ruhelosigkeit hielt ihn davon ab, sich an einen Tresen zu setzen. Er kehrte zu Franziskas Haustür zurück, wechselte die Straßenseite, um zu sehen, ob in ihrem Wohnzimmer noch Licht brannte. Doch es war stockdunkel. Er hatte große Lust, einfach noch einmal bei ihr zu klingeln. Er fühlte sich unverletzbar in seinem

Übermut, aber er sah doch klar genug, dass er ihre Abmachung respektieren musste.

Er holte den Autoschlüssel aus seiner Tasche. Severin wird längst schlafen, dachte er. Wahrscheinlich auch Nele. Oder sie würde hoffentlich so tun, als ob.

9

Gerald wartete bereits seit zehn Minuten in der Ebersberger Straße und lief vor dem Hauseingang auf und ab. Er hatte die U-Bahn und dann den Bus genommen, weil Batzko mit dem Dienstwagen kommen würde. Aber Batzko verspätete sich; wahrscheinlich sorgte er noch in der Dienstbesprechung für Karrierepunkte.

Gerald beschloss, einen Blick in den Garten zu werfen. Er ging weiter um das Haus herum als beim ersten Mal und sah nun, nahe an der Terrasse, die mit weißen Marmorplatten ausgelegt war, eine Kinderschaukel, daneben ein großer rechteckiger Sandkasten. Die bunten, vom Sand halb verdeckten Formen, wirkten wie die Funde von Ausgrabungen.

Beim Swimmingpool konnte Gerald keinerlei bauliche Fortschritte feststellen. Die Innenverkachelung schien nicht weiter fortgeführt zu sein; um den Rand herum standen an derselben Stelle wie in der Woche zuvor die Zementmischmaschine und weitere Gerätschaften. Besonders die Schaufel, deren Ende in der Mischmaschine steckte wie ein Löffelstiel in einem Eisbecher, war Gerald im Gedächtnis geblieben.

Als er zum Vordereingang zurückkehrte, stieg Batzko gerade aus dem Dienstwagen, den er auf der gegenüberliegenden Seite geparkt hatte, und blinzelte in den Himmel. Die Wolken vom Vorabend hatten sich verzogen, die Sonne brannte bereits zu dieser Uhrzeit. Batzko trug ein orangefarbenes Hemd mit kurzen Ärmeln, perfekt abgestimmt auf seine Sonnenstudiobräune. Bevor er die Straße überquerte, griff er in die Hemdtasche, schaute nach links und rechts, zog eine verspiegelte Sonnenbrille hervor, setzte sie auf, ging über die Straße, durch den Vorgarten zur Eingangstür, wo Gerald bereits wartete, und nahm die Brille schließlich wieder ab.

Gerald klingelte. Es war Dr. Chateaux selbst, der nach nur wenigen Sekunden die Tür öffnete. Gerald trat zur Seite, um Batzko – den er nicht auf das Aussehen des Psychotherapeuten vorbereitet hatte, die volle Breitseite des Anblicks zu gewähren: zwei von simplen Haushaltsgummis gehaltene Zöpfe, der sauber gestutzte Bart, ein hellrotes Seidenhemd, die bunte Patchwork-Strickjacke, eine beige Leinenhose und abgetragene, graue Hausschlappen. Jedes Einzelteil passte nur zu sich selbst, nichts passte zusammen.

»Herr van Loren? Was machen Sie denn hier? Und wer ist …« Dr. Chateaux blickte Gerald und Batzko verdutzt an. Batzko ergriff sofort die Initiative.

»Darf ich vorstellen? Kriminalkommissar Gerald von Loren. Ich bin Kriminalhauptkommissar Batzko. Wir ermitteln in einem Mordfall und müssen uns mit Ihnen unterhalten.« Dr. Chateaux schaute Gerald verunsichert an, als hoffte er, dass sich alles nur als ein großes Missverständnis herausstellen würde. »Wir können in mein Büro gehen«, sagte er schließlich, senkte den Kopf und ging voraus. Es war nichts mehr geblieben von der ironischen Souveränität, die Chateaux normalerweise ausstrahlte.

»Was hat das zu bedeuten, Herr van Loren? Soll ich daraus schließen, dass Sie nicht als Privatperson zu mir kamen, sondern undercover in einer Gruppentherapie ermittelten? Ist einer meiner Patienten in einen Mord verwickelt? Ist etwas anderes passiert?«, sagte Chateaux, der mittlerweile Platz genommen hatte. Unwillkürlich schaute Gerald auf die Kinderzeichnungen über seinem Kopf.

»Bewahren Sie bitte Ruhe. Tatsächlich bin ich in Ihre Gruppentherapie gegangen, weil der Tod von Alexander Faden uns noch gewisse Rätsel aufgibt.«

»Rätsel? Welche Rätsel? Warten Sie, ich erinnere mich jetzt. Ich hatte mit Ihnen telefoniert, nicht wahr«, sagte Chateaux in einer ungewohnten Schärfe, den Blick auf Batzko gerichtet. »Ich habe mich über meine berufliche Schweigepflicht hinweggesetzt, in der Annahme, es handele sich um eine pure Formalität. Ich habe Ihnen, über die strengen Regeln meiner Berufsethik hinaus, helfen wollen. Und das danken Sie mir, indem Sie, Herr van Loren, unter Vorspiegelung falscher Tatsachen einen Platz in meiner Gruppentherapie einnehmen und damit meine therapeutische Arbeit boykottieren. Wie können Sie das verantworten? Es handelt sich schließlich nicht um einen Volkshochschulkurs in Weihnachtssternbasteln, das dürften auch Sie erkannt haben. Meine Herren, ich weise Sie darauf hin, dass ich Ihr Vorgehen von meinem Berufsverband juristisch überprüfen lassen werde.«

»Dem sehen wir gelassen entgegen«, entgegnete Batzko, der sich einfach einen Stuhl gegriffen hatte und nun neben Gerald auf der anderen Seite des Schreibtisches saß. »Wir möchten mit Ihnen zunächst über die Ermordung von Arno Reuther sprechen.«

Gerald beobachtete sein Gegenüber genau. Der Arzt schlug die Augen nieder und legte die Hände an die Schläfen. Er wirkte angestrengt, geradezu gequält. Gerald hatte den Eindruck, dass Chateaux nicht von der Nachricht überrascht worden war. Doch er schien erst in diesem Moment zu realisieren, dass der Mord etwas mit ihm selbst und mit dem Todesfall von Alexander Faden zu tun haben könnte und dass es folglich für ihn keine Möglichkeit geben würde, sich den Fragen der beiden Polizeibeamten zu entziehen.

»Sie wissen also bereits davon? Wann und von wem haben Sie es erfahren?«

»Das ist schrecklich! Dann war er es also doch. Ich bin gestern nach dem Mittagessen nach Nürnberg gefahren, um einen ehemaligen Studienkollegen zu treffen. Im Radio wurde durchgegeben, dass in einem Geschäftshaus am Isartor ein Mann zu Tode gekommen ist, jedoch ohne nähere Angaben. Mir fiel ein, dass Herr Reuther dort für seine Firma Büroräume angemietet hatte. Aber ich habe die Assoziation sofort wieder verworfen, weil ich mir kein Motiv vorstellen konnte.

Wenn er Juwelier oder meinetwegen Antiquitätenhändler gewesen wäre – aber eine Software-Firma? Das schien mir absurd.«

»Ein Raubmord ist nicht auszuschließen«, sagte Batzko, »aber wir gehen von einem persönlichen Hintergrund aus.«

Dr. Chateaux seufzte, richtete sich in seinem altmodischen Arztstuhl mit der gepolsterten Lehne auf und verschränkte die Hände ineinander, als bereite er eine Yoga-Übung vor. Batzko schaute seinen Kollegen mit einem Blick an, der zu sagen schien: Wenn der Psychoklempner meint, wir verlassen jetzt den Raum, weil er ein paar Mantras in die laue Sommerluft ablassen will, täuscht er sich aber gewaltig.

»Ist es richtig, dass Arno Reuther zu einer Operation an seinem Rückenmark entschlossen war und Sie das Geschäftliche mit einer Klinik im Ausland abwickeln wollten, wie Sie es schon bei Alexander Faden getan haben? Für zwanzigtausend Euro? Oder dreißigtausend? Oder noch mehr?«, fragte Gerald.

Zu seiner Überraschung suchte der Arzt keinerlei Ausflüchte. »Das ist im Wesentlichen zutreffend«, sagte Chateaux leise. Er fixierte Gerald mit einem intensiven Blick, als müsse er seine Vorstellung von ihm revidieren und sich langsam auf ein neues Gegenüber einstellen. Auf ein Gegenüber, das innerhalb kürzester Zeit Dinge in Erfahrung gebracht hatte, die nicht in der Gruppentherapie zur Sprache gekommen waren.

»Und was ist im Wesentlichen *nicht* zutreffend?«, bohrte Batzko nach. »Die Summe? Liegt ja ein paar

Euro über dem monatlichen Beitragssatz der Krankenkasse, oder?«

Der Arzt lächelte in der Art, wie sie Gerald schon vertraut war: mit geschlossenem Mund, in einer einzigen schnellen Bewegung. »Wegen der komplizierten Operation mit hohen Risikofaktoren waren es vierzigtausend Euro, die Arno Reuther mir gegeben hatte. Aber warum fragen Sie mich das? Wo ist der Bezug zu diesem fürchterlichen Verbrechen?«

»Wir wissen nicht, ob es einen Bezug gibt. Aber Alexander Faden und Arno Reuther litten an derselben Erkrankung und waren beide bei Ihnen in Behandlung. Das ist eine Parallele, die wir nicht außer Acht lassen dürfen. Es liegt uns daran, möglichst viel über dieses Krankheitsbild zu erfahren. Herr Reuther hat Ihnen also für eine Behandlung Geld gegeben, deren Kosten unsere Krankenkassen nicht übernehmen, weil BIID noch nicht im offiziellen Krankenatlas aufgenommen ist.«

»Respekt, meine Herren. Sie haben gut recherchiert. Aber ich bin mit der Mehrheit meiner Kollegen, die sich mit dieser Erkrankung enger befassen, der Meinung, dass in vielen Fällen eine Operation die einzige erfolgversprechende Behandlungsmöglichkeit darstellt. Auch wenn es gewissermaßen die Kapitulation eines klassisch therapeutischen bzw. medikamentös-neurologischen Ansatzes bedeutet, indem wir den Wunsch des Patienten realisieren, anstatt ihn zu ändern oder in seiner Dringlichkeit abzumildern.«

»Seltsam nur, dass sich diese Erkenntnis noch nicht

bis zu den Krankenkassen durchgesprochen hat«, konstatierte Batzko.

»Nun, das hat nicht zwingend rein medizinische Gründe«, antwortete Chateaux und fand langsam zurück zu seinem melodiösen, leicht belehrenden Tonfall. »Da sind zunächst einmal die zeitraubenden bürokratischen Hürden in unserem Gesundheitssystem. Erschwerend wirken generelle Vorbehalte, weil BIID oberflächlich betrachtet mit modischen Veränderungen unseres Körperbildes einhergeht.

»Verstehe ich nicht. Geht es etwas konkreter?«, unterbrach Batzko.

»Sehen Sie, meine Herren, die Zeiten verlangen sehr viel von uns. Viele Menschen fühlen sich den Anforderungen unserer Leistungsgesellschaft hilflos ausgesetzt. Sie wissen nicht, wie lange sie noch ihre Arbeit haben, wie belastbar ihre Beziehungen sind, ob sie morgen schon ihre Koffer packen müssen, weil die neue Arbeitsstelle nicht mehr dort ist, wo sie leben. Unser Leben wird anonymer, austauschbarer. Wir fühlen uns Dingen und Kräften ausgeliefert, die wir nicht kontrollieren können. Der Körper erscheint vor diesem Hintergrund vielen als ein Rückzugsort, als das Einzige, worüber sie noch eine Verfügungsgewalt haben. Er gehört ihnen und nur ihnen. Sie lassen sich tätowieren, piercen, manche lassen sich Metallplatten unter die Stirnhaut schieben, andere wiederum fügen sich ständig neue Verletzungen zu, weil sie sich nur mit einer Wunde als sie selbst fühlen. Der Körper wird zu einem Blatt Papier, auf dem wir Auskunft geben über unsere

Biografie, unsere Sehnsüchte und Hoffnungen. Das alles gehört zum freien Willen des Menschen und muss natürlich aus der eigenen Tasche bezahlt werden. Wenn die Krankenkassen eine Amputation als anerkannte Therapie bei einer BIID-Erkrankung akzeptieren, sehen sie die Gefahr, dass jemand eine BIID-Erkrankung simulieren könnte, um sich einen Eingriff bezahlen zu lassen, den er anderenfalls selbst finanzieren müsste.«

»Führt das nicht ein paar Kilometer weit weg von unserem Fall, Herr Doktor?«, provozierte Batzko. »Und mal im Ernst: Wer lässt sich schon zum Spaß oder weil's modisch ist, ein Bein oder einen Arm amputieren oder was weiß ich noch alles? Dass so jemand krank in der Birne ist, ist doch eh klar.«

Chateaux drehte sich in seinem Stuhl etwas zur Seite und holte Atem, wie ein Lehrer, der den Einwurf eines Schülers unpassend findet. »Sie haben mich nach den Hintergründen gefragt, ich habe geantwortet. Im Übrigen ist eine extreme physische oder ästhetische Aufmerksamkeit für den Körper nur eine Seite der Medaille. Die einen wollen durch ihren Körper ihre Verwundungen ausdrücken, die anderen den Drang nach Perfektion und Unbesiegbarkeit. Denken Sie an die vielen Schönheitsoperationen, die neuerdings schon Minderjährige durchführen lassen, an die Menschen, die in Bodybuilding-Centern ihren Körper modellieren, als wäre er eine Kampfmaschine. Einige, so heißt es, würden dadurch auf aggressive Weise eine latente Homosexualität unterdrücken. Nun, wie dem auch sei, Sie haben gefragt, ich habe geantwortet.«

Die letzten Sätze hatte Chateaux direkt an Batzko gerichtet. Dann schnappte sein Lächeln zu, diesmal begleitet von einem Hochziehen der Brauen und einem konspirativen Augenzwinkern.

Gerald konnte aus den Augenwinkeln beobachten, wie Batzko mit dem Kopf zuckte, als hätte er eine Ohrfeige erhalten. Doch nach nur einem Bruchteil einer Sekunde fuhr er aus dem Stuhl hoch und stemmte beide Arme mit geschlossenen Fäusten auf den Schreibtisch.

»Jetzt passen Sie mal sehr gut auf«, sagte er, so zischend leise, dass es umso lauter ins Gehör fuhr, »ich bin Kriminalbeamter, ich vertrete die Exekutive dieses Staates. Sie werden mir mit dem nötigen Respekt begegnen und persönliche Beleidigungen dieser Art unterlassen, oder mein Kollege könnte kurz vergessen, dass er sich hier im Raum befindet. Ist das deutlich genug?« Batzko nahm einen der beiden Zöpfe von Chateaux in die Hand, drehte ihn um den Zeigefinger und sagte mit zuckersüßer Stimme: »Apanatschi!«

Während er sich wieder setzte, schaute Chateaux zu Gerald. Er wirkte noch schmaler, so unendlich filigran wie Arno Reuther. Dann sagte er: »Ich verstehe viele Ihrer beruflichen Schwierigkeiten besser als je zuvor, Herr van Loren, auch wenn Sie sie in gewisser Weise abstrahiert haben. Einer so elementaren Kraftentfaltung gegenüber …« Er führte den Satz nicht zu Ende. Gerald wich seinem Blick aus; er wollte Batzkos Ausraster nicht dadurch bestätigen, indem er ihn kommentierte. Er räusperte sich kurz: »Hatte Herr Reuther Ihnen das Geld bereits gegeben, Herr Dr. Chateaux?«

»Ja, vor wenigen Tagen erst.«

»In bar oder per Überweisung?«

Chateaux nahm einen Stift in die Hand, drehte ihn nervös zwischen den Fingern und fing an zu husten. Obwohl der Bart wie ein Teppich über seiner Gesichtshaut lag, bemerkte Gerald, dass er leicht rot wurde.

»Verzeihung, spielt diese Information für Ihre Ermittlungen eine Rolle?«

»Das werden Sie gefälligst uns überlassen«, bellte Batzko.

»Also gut. Ich hatte ihn gebeten, mir die Summe in bar zu geben. Im Kontext der verschiedenen Leistungen und Überweisungen ... Es ist ja alles ziemlich kompliziert ... Auch auf Wunsch der ausländischen Mediziner, ich muss in finanzielle Vorleistung eintreten ... Sie verstehen doch.«

»Ausgezeichnet. Die internationale Medizin ist doch ein Heimspiel für uns. Wir beschäftigen uns bekanntlich mit nichts anderem«, sagte Batzko gereizt. »Vielleicht stecke ich das einem Kollegen vom Finanzamt, diese Geldübergabe unter dem Tisch. Hat was von Medizin in der dritten Welt, finden Sie nicht? Bei der Gelegenheit könnte man ja auch die Nervosität Ihres Kindermädchens erwähnen, das, sobald mein Kollege nur ›Guten Tag‹ sagt, wie ein Sprechautomat auf ihre angeblich korrekten Papiere verweist. Aber das überlasse ich dann lieber den Kollegen, die für eine transparente Buchführung zuständig sind.«

Batzko, der Angeber, dachte Gerald, hat sich festgebissen. Aber wir brauchen unseren Arzt noch lebend.

Er räusperte sich und fragte betont höflich: »Hatte Arno Reuther zu diesem Zeitpunkt bereits mit seiner Frau gesprochen? Und kennen Sie Katja Reuther eigentlich persönlich?«

Die Erleichterung, sich wieder Gerald zuwenden zu können, schwang in der Stimme des Therapeuten mit. »Er sagte mir, dass er mit ihr gesprochen habe. Das müssten Sie, Herr van Loren, aus der letzten Therapiestunde, an der Sie teilgenommen haben, eigentlich bestätigen können. Katja Reuther kenne ich, ja. Die beiden hatten mich vor einiger Zeit als Paar konsultiert. Zu diesem Zeitpunkt hatte Arno Reuther weder ihr noch mir gegenüber seine Erkrankung erwähnt. Aber sie stellte für seine Ehe eine große Belastung dar, weil Arno einen sehr wichtigen Teil seiner Persönlichkeit einfach verschwieg. Diese Paargespräche sind allerdings schon, warten Sie, über ein Jahr her. Sie werden sicher nicht nutzlos gewesen sein, wenngleich das Outing von Arno Reuther erst im Zuge der Gruppentherapie geschah. Das hatte zweifelsohne auch mit den anderen BIID-Patienten Alexander Faden und Franziska Grittmann zu tun.«

»Hatten Sie nach der Paartherapie Kontakt zu Frau Reuther?«

»Nein. Das heißt, wir sind uns in der Innenstadt mal über den Weg gelaufen. Zweimal sogar, wenn ich mich recht erinnere. Jeweils beim Einkaufen. Wir haben einen Kaffee getrunken und zwanglos geplaudert. Ich hatte für beide viel Sympathie übrig.«

»Wann haben Sie den letzten Kaffee, wie Sie sagen, getrunken?«

»Das weiß ich nicht mehr.« Chateaux schien nach einer möglichst unverbindlichen Antwort zu suchen. Die blasierte Sicherheit, die er bei seinen medizinischen Ausführungen an den Tag legte, war schlagartig gewichen. Er begann zu taktieren, und unglücklicherweise war ihm das deutlich anzumerken. »Warum sollte ich diese Zufallsbegegnungen in meinem Gedächtnis abspeichern? Vielleicht vor einigen Wochen. Ich weiß es wirklich nicht.«

In diesem Moment drang Lärm aus der Diele in das Sprechzimmer. Gerald erkannte die aufgeregte Stimme des Au-pairs. Kinder – ein Junge und ein Mädchen, vermutete Gerald – antworteten der jungen Frau, untermalt von den Geräuschen, die entstehen, wenn Schultaschen eilig auf den Boden abgestellt und Kleidung von der Garderobe genommen wird. Aber da war noch ein weiteres, merkwürdiges Geräusch: ein Klappern, wie von Krücken, die an eine Wand gelehnt wurden, rutschten, zu Boden fielen, unter Flüchen wieder aufgenommen wurden. Schließlich fiel die Haustür ins Schloss. Die drei gingen am Sprechzimmer vorbei in die Garage. Gerald schaute nach draußen, konnte jedoch von seinem Platz aus nichts sehen, weil der Vorgarten tiefer lag als das Haus.

»Meine beiden Kinder«, kommentierte Chateaux. »Eigentlich müssten sie längst in der Vorschule bzw. in der Schule sein, aber die erste Stunde fällt heute aus, wie so oft. Wie soll dieses Land konkurrenzfähig bleiben, wenn der einzige Rohstoff, den wir haben, nicht im Erdboden liegt, sondern in den Köpfen der Bevölkerung? Eine kollektive Verdrängung erster Ordnung, wir sehen immer nur die Materie, die aus Wissen, Bildung und Kompetenz hervorgeht, wie Autos, Computer, Flugzeuge, aber nicht das Wissen an sich. Das ist tückisch, wissen Sie?«

Batzko trommelte mit den Fingern auf der Stuhllehne. »Ist ja ungemein interessant und lehrreich, dieser Ausflug in die Kulturphilosophie, nur fehlt mir der Bezug zu unserem Fall. Sie sind verheiratet, Herr Dr. Chateaux?«

Wieder griff der Arzt zu einem Stift und ließ ihn zwischen den Fingerkuppen rotieren. »Meine Frau ist vor einem Jahr ausgezogen. Seitdem unterstützt mich ein Au-pair-Mädchen aus St. Petersburg, das bereits Ihre Neugierde in meldepolizeilicher Hinsicht geweckt hat, wie ich feststellen durfte. Sie wohnt, zu Ihrer Information, hier im Haus.«

»Hat sie auch gestern die Kinder zur Schule gebracht? Wo waren Sie zwischen halb neun und halb elf?«

Der Arzt dachte nach. »Gestern … Nein, gestern habe ich meine Kinder selbst zur Schule gebracht, weil ich noch Verschiedenes in der Innenstadt erledigen wollte. Meine Sprechstunde begann erst um elf.«

»Haben Sie dafür Zeugen? Vielleicht Quittungen von Ihren Einkäufen?«

Chateaux nickte. »Ich war im Kaufhof am Marienplatz. Ich habe eine elektrische Obstpresse gekauft. Bei dem Wetter gibt es ja nichts Besseres als frisch gepresste Säfte. Es kann sein, dass ich die Quittung vergessen habe, aber die Originalverpackung liegt vielleicht noch in der Küche oder im Abfall.«

»Weitere Einkäufe?«

»Nein. Ich bin durch verschiedene Abteilungen gebummelt, ohne etwas gekauft zu haben. Dann bin ich zum Viktualienmarkt gegangen.«

»Ein Katzensprung vom Isartor entfernt«, kommentierte Batzko.

Chateaux hob irritiert den Kopf. »Ja. In der Tat.« Dann, nach einem Moment, in dem er selbst eine Verbindung zum Mord an Arno Reuther zu ziehen schien: »Sie meinen doch nicht etwa …?«

»Reine Routine«, sagte Gerald begütigend. »Wir werden Ihre Aussagen nachprüfen müssen. Für heute habe ich keine weiteren Fragen mehr.«

Chateaux schaute auf seine Armbanduhr. »Das ist gut. Verzeihen Sie, aber bald kommt mein erster Patient. Ich brauche noch ein paar Minuten, um mich zu sammeln. Der Tod von Arno Reuther …«

Batzko erhob sich von seinem Platz. »Wir kommen wieder, Herr Doktor. Ich gehe davon aus, dass Sie ständig erreichbar sind?«

Chateaux nickte und trat einen Schritt zurück. Er hat wahrscheinlich Angst, dass Batzko ihm alle Knochen seiner Hand zermalmt, dachte Gerald.

»Diese Squaw ist doch von vorne bis hinten nicht echt«, maulte Batzko und ließ den Sicherheitsgurt einrasten. »Ich werde beim Staatsanwalt Konteneinsicht beantragen. Vierzigtausend Euro in bar auf die Kralle! Ich fresse einen Besen, wenn die Summe in den Büchern des Schwätzers auftaucht.«

Batzko startete den Motor und fuhr mit quietschenden Reifen los. An der Kreuzung Innstraße machte er eine Vollbremsung.

»Jetzt komm mal langsam runter, du verdammter Adrenalin-Junkie«, rief Gerald, der sich vor Schreck tief in den Sitz gedrückt hatte. »Bist du dir im Klaren darüber, dass du einem Zeugen überdeutlich Gewalt angedroht hast? Dass du ihn begrabscht hast? Das ist unprofessionell und idiotisch. Wir haben zwei Mordfälle zu lösen. Ich habe keine Lust, mich zusätzlich mit deinen Unbeherrschtheiten herumzuschlagen, Batzko!«

»Wir waren zu zweit, er alleine«, antwortete Batzko ungerührt.

»Dann muss ich also dankbar sein, dass du ihm nicht noch ein paar Zähne ausgeschlagen hast, oder?«

Batzko antwortete nicht und schaltete einen Gang zurück. Lange fiel kein Wort zwischen den Kollegen. Dann nahm Gerald den Faden wieder auf. »Das Geld müsste er nun eigentlich an Katja Reuther zurückzahlen. Ich hatte irgendwie den Eindruck, dass er von der Ermordung Reuthers nicht durch die Medien erfahren hat. Vielleicht liegt ja das letzte Kaffeetrinken mit Katja Reuther nicht erst Wochen, sondern gerade mal einen Tag zurück.«

»Du meinst, die beiden hatten etwas miteinander und der Ehemann war im Weg?«

»Ich weiß nicht. Arno Reuther liebte seine Frau, das war überdeutlich in den Therapiestunden. Jedenfalls schien mir das so. Bei ihr bin ich mir allerdings nicht ganz so sicher. Ich kann es nicht begründen, aber ich habe da so ein Bauchgefühl.«

»Chateaux vögelt wahrscheinlich mit Frauen, Männern und Kleintieren, weil er für alles eine schöne Befreiungstheorie hat. Den Typen haben wir jedenfalls an den Eiern, darauf kannst du dich verlassen. Ich weiß nicht, wie du den ausgehalten hast. Mir rollen sich die Fußnägel auf, wenn ich den nur angucken muss.«

»Mag ja sein. Aber deshalb musst du ihm nicht bei der ersten Unterredung mit den Füßen ins Gesicht springen.«

»Tut aber gut«, grinste Batzko. »Wenigstens renne ich nicht in eine Therapie wie du.«

Sie näherten sich dem Prinzregentenplatz. Batzko musste langsam fahren, weil vor ihm ein Lastwagen mit Anhänger tuckerte. Ebenso unruhig wie vergebens wartete er auf eine Möglichkeit zum Überholen. Gerald schaute gedankenverloren aus dem Fenster. Erst Alexander Faden, dann Arno – und dann Franziska? Gab es doch eine Spur, die zu ihr führte und die er nur noch nicht erkannt hatte? Auch wenn Arno und Franziska ihre wahre Identität in dem Forum nicht preisgegeben hatten – irgendjemand, zumindest der EDV-Administrator, würde sie kennen bzw. ermitteln können. Hatten sie es mit einem Serientäter zu tun? Ein Seziermesser war jedenfalls nicht am Tatort gefunden worden. Zumindest nicht bei der ersten Begehung. Der abschließende Bericht der Spurensicherung müsste im Lauf des Tages eintreffen.

»Fahren wir jetzt gleich zur Kattowitz?«, fragte Batzko unvermittelt.

»Was? Ach so. Ja, warum nicht?«

Batzko bog links ab in die Prinzregentenstraße in

Richtung Friedensengel. Es war bereits so heiß, dass sich das Licht in den Schaufenstern spiegelte. Batzko hatte beide Seitenfenster halb heruntergelassen. Dennoch kroch der Geruch seines markanten Deodorants in Geralds Nase. Batzko war stark behaart und schwitzte leicht und neigte im Sommer zu einem übertriebenen Einsatz von Deodorants.

Zehn Minuten später standen sie vor dem Haus in der Lindwurmstraße. Gerald wollte gerade auf die Klingel drücken, als Batzko ihm auf den Unterarm schlug.

»Stopp!«

»Was?«

Batzko hängte die Sonnenbrille in ein Knopfloch seines Hemdes und schaute plötzlich so verlegen wie ein Schüler, der seine Hausaufgaben auf dem Küchentisch liegen gelassen hat. »Scheiße. Manchmal stehe ich wirklich auf der Leitung.«

»Mit einem Fuß stehst du immer drauf. Manchmal auch mit beiden. Muckis und Testosteron für eine ganze Armee, aber so wenig Grips wie ein Heißluftballon. Deshalb musst du mir trotzdem nicht gleich den Arm zertrümmern.«

»Diese Schlägerei in der Kneipe hier um die Ecke, am Abend vor dem Tod von diesem Alexander Faden.«

»Ja, und?«

»Der Fernfahrer, der sich mit einem anderen wegen seiner Lebensgefährtin geprügelt hat, hat diese Adresse hier angegeben. Volker Pollinger hieß der.«

»Der Name steht auf keiner Klingel«, sagte Gerald nach einem Moment. »Entweder gehört er zur Kattowitz, oder wir fragen den Hausmeister. Er kennt alles und jeden hier im Haus, aber am besten seinen eigenen Biervorrat.«

Gerald klingelte bei Marleen Kattowitz. Wie nicht anders erwartet, musste er dreimal auf den Knopf drücken, bevor eine müde Stimme aus dem Lautsprecher kam. »Ja? Was ist denn?«

»Frau Kattowitz, hier ist noch einmal Hauptkommissar van Loren. Ich hätte noch zwei, drei Fragen, Herrn Faden betreffend.«

Es dauerte eine Weile, bevor sie mit demonstrativem Unwillen fragte: »Muss das unbedingt jetzt sein?«

»Ich fürchte ja.«

Sie öffnete die Haustür nicht sofort. Bis zum Ertönen des Summers dauerte es so lange, dass Batzko nervös auf dem Bürgersteig wippte und an der Hausfront hochschaute. Will er klettern?, dachte Gerald.

Gerald wusste nicht, warum Marleen Kattowitz so lange gezögert hatte, bis sie die Haustür öffnete. Sie hatte die Zeit aber definitiv nicht genutzt, um sich anzuziehen, denn sie trug denselben ausgewaschenen Bademantel wie beim ersten Besuch. Die nackten Füße steckten in Hausschlappen. Sie war nicht geschminkt, die Haare unfrisiert. Mit ihrer linken Hand hielt sie den Bademantel hoch vor der Brust geschlossen. Als sie Batzko sah, löste sich ihre Hand unmerklich und gab einen Teil ihres Dekolletés preis. Der Missmut wich aus ihrem Gesicht, ihr Blick gewann eine gewisse hungrige Neugierde, und Gerald musste registrieren, dass Marleen

Kattowitz Batzko in diesen wenigen Sekunden intensiver betrachtet hatte als ihn selbst während des gesamten Gesprächs zwei Tage zuvor.

Beim Reingehen warf Gerald unauffällig einen Blick in die Küche, die so aussah, als hätte Frau Kattowitz gerade eben noch gefrühstückt. Er nahm an, dass sie die Arbeit am Computer regelmäßig für eine Kaffeepause unterbrach.

Frau Kattowitz betrat vor den beiden Kommissaren das Wohnzimmer. Der Computer in der Ecke war eingeschaltet, die Webcam lag auf der Tastatur.

»Nun kommen Sie also zum zweiten Mal. Hat sich denn was Neues ergeben? Sie wissen, ich arbeite um diese Zeit. Es wäre mir sehr recht, wenn wir das Gespräch kurz halten könnten. Sie kriegen Ihre Miete doch auch nicht geschenkt, nehme ich an.« Sie zog eine Zigarette aus der Schachtel auf dem Tisch und zündete sie an, indem sie gleichzeitig ihre Beine anwinkelte und den Sitz des Bademantels korrigierte. Die Trägheit und Selbstvergessenheit ihrer Bewegungen erinnerte Gerald an Menschen in Krankenhäusern, die ganze Vormittage in Bademänteln in der Raucherecke verbrachten, Illustrierte lasen oder Karten spielten.

»Ich hoffe, von *Ihnen* etwas Neues zu erfahren, Frau Kattowitz.«

»Von mir?« Sie lachte kurz auf und blies den Rauch in Richtung Zimmerdecke.

»Kennen Sie einen Mann namens Volker Pollinger?«, fragte Batzko.

»Was? Ist etwas mit ihm? Ist ihm etwas passiert?« Sie

wirkte plötzlich wie elektrisiert. In ihrem müden Blick wurden Angst und Unruhe sichtbar.

»Nicht, dass ich wüsste. Aber das war nicht meine Frage.«

Sie beugte sich vor, um die Asche abzustreifen, in einer fahrigen, unkontrollierten Bewegung, die den Ansatz einer schweren Brust erkennen ließ. Batzko schnaufte ganz kurz. Er hatte natürlich gemerkt, wie Marleen Kattowitz ihn an der Wohnungstür mit ihren Augen gescannt hatte. Gerald hatte eigentlich vermutet, dass sein Kollege einen höheren Standard für seine Eroberungen anlegte. Aber wie Batzko neben ihm saß, die Unterarme auf die mächtigen Oberschenkel gestützt, das Kreuz durchgedrückt, die Sonnenbrille lässig in den obersten Hemdknopf gehängt – das sah geradezu gefährlich sprungbereit aus.

»Volker ist mein Mann. Also, korrekt gesagt, mein Lebensgefährte. Aber er wohnt nicht offiziell hier. Er ist noch verheiratet. Er hat drei kleine Kinder und will das Sorgerecht nicht verlieren. Er liebt sie. Das weiß seine Frau, und deshalb macht sie ihm Probleme, wo es nur geht. Sie schreibt alles auf, was gegen ihn sprechen könnte. Niemand kann so hinterfotzig sein wie eine Frau, die sich rächen will. Sie wussten das vielleicht schon, ich weiß es erst seit kurzem. Die Liste hat sie im Flur aufgehängt, damit er sie immer sieht, wenn er zur Arbeit geht. Irgendwie wartet die Schlampe nur darauf, dass ihm die Hand ausrutscht.«

»Was macht Herr Pollinger beruflich?«

»Er ist Fernfahrer. In der Regel fährt er am Montag

los und kommt Donnerstag oder Freitag wieder. Zuerst kommt er zu mir und holt sich, was er zum Leben braucht. Wenn er danach zu seinen Kindern fährt, schnüffelt seine zukünftige Ex an seinen Klamotten und zieht über mein Parfüm her. Ich bin überzeugt, dass sie noch ganz anders über mich herzieht, aber das verrät er mir nicht, aus Angst, ich könnte ausrasten.«

In den Computer kam plötzlich Leben. Ein seltsames Geräusch erklang, wie ein Pochen oder Anklopfen, obwohl der Bildschirm abgedunkelt blieb. Marleen Kattowitz registrierte das Geräusch, drehte sich aber nicht um.

»Letzte Woche, am Sonntag, also einen Tag vor dem Tod von Alexander Faden, hat Volker Pollinger sich auf eine Prügelei eingelassen in einer Kneipe hier in der Nähe. Wissen Sie davon, Frau Kattowitz?«, fragte Batzko.

»Wie denn nicht? Ich habe ihn im Krankenhaus besucht. Er hat schon ab Montag bei mir geschlafen, nur tagsüber musste er noch in die Klinik. Hören Sie, ich habe Ihnen doch gerade gesagt, dass diese Tussi ihn auf hundertachtzig treibt. Da reicht eben manchmal ein falsches Wort am falschen Ort. Aber jetzt muss ich wirklich weiterarbeiten. Wenn ich Sie also bitten dürfte …«

»Ist es richtig«, fuhr Batzko fort, ohne ihren Einwand überhaupt zur Kenntnis zu nehmen, »dass es in der Auseinandersetzung um Sie ging, Frau Kattowitz? Dass der andere Streithahn Sie beleidigt und in Ihrer Ehre gekränkt hat?«

Sie zuckte wieder träge mit den Schultern und zündete sich eine neue Zigarette an. »Und wenn schon? Mir macht das nichts. Ich habe mir ein dickes Fell zugelegt. Das habe ich Volker voraus. Aber was soll das jetzt alles? Ich war doch nicht dabei. Was fragen Sie mich? Wenn Volker provoziert wird, brennen ihm schon mal die Sicherungen durch. Er ist eben so gebaut, dass er zur Not Sie beide durch die Tür haut.«

Batzko räusperte sich hörbar.

»Ist es richtig, dass die Provokation auf Ihre berufliche Tätigkeit zielte?«, fragte Gerald geduldig, aber bestimmt, »und dass diese Tätigkeit nicht darin besteht, Banküberweisungen an Ihrem PC durchzuführen?«

Marleen Kattowitz lächelte flüchtig. Es war ein trauriges, resignatives Lächeln. Nicht von der Art, als wäre sie überführt oder bloßgestellt worden, sondern als löste sich eine Anspannung in ihr. Zum ersten Mal schaute sie Gerald direkt in die Augen.

»0901666999. Ich heiße Cora. Wir reden über alles, was du willst. Was du gerne mit Frauen machst. Was sie mit dir machen sollen. Vielleicht 69, wie in unserer Telefonnummer? Wenn du willst, zeige ich dir mit der Webcam meinen Körper, für dich ganz allein. Sie fährt über meine Haut, überall dort, wo du mit deiner Zunge und deinem Prachtkerl hinmöchtest.« Marleen Kattowitz sprach ohne Betonung, als würde sie einen Text, den sie nicht einmal verstand und der ihr vollkommen gleichgültig war, von einem Blatt Papier ablesen.

Nach einer kurzen Pause fuhr sie fort. »Ich habe ein schulpflichtiges Kind. Ich brauche Geld. Volker und ich brauchen das Geld. Ja, und? Keiner sieht mein Gesicht. Keiner kennt meinen wahren Namen. Keiner begrabscht mich. Wollen Sie jetzt Moralapostel spielen?«

»Natürlich nicht«, antwortete Gerald, »es ist auch verständlich, dass Sie bei unserem ersten Gespräch eine Schutzbehauptung gewählt haben. Was uns mehr interessiert, ist die Frage …«

»Am Anfang«, unterbrach ihn Marleen Kattowitz, und es schien, als habe sie Gerald gar nicht zugehört, »stand der PC in meinem Schlafzimmer. Aber ich konnte nicht mehr schlafen. Ich hatte das Gefühl, tausend Kameraaugen wären überall in meinem Bett, feuchte, glupschige Augen, die in meinen Körper kriechen, die mich überall befingern. Nach jedem Gespräch muss ich unter die Dusche, um mich nicht übergeben zu müssen.«

Bei den letzten Sätzen sah sie zu Batzko, der mit verschränkten Armen auf der Couch saß. Eine Pause entstand. Es war spürbar, dass Marleen Kattowitz das loswerden wollte und dass sie gleichzeitig sicher war, keine Reaktion darauf zu bekommen.

»Ich bin überzeugt, dass Alexander Faden nicht so war«, sagte Gerald schließlich, um den Moment ihrer Verletzbarkeit und Offenheit auszunutzen.

Frau Kattowitz wich seinem Blick aus, biss sich auf die Lippen, dann liefen Tränen über ihr Gesicht. Sie kamen so plötzlich, als lägen sie seit langem dort und hätten nur auf das Stichwort gewartet, um zu fließen. Marleen Kattowitz machte keinen Versuch, sie zu verbergen. Es schien Gerald, als sei sie geradezu erlöst, endlich nichts mehr verbergen zu müssen.

»Hatten Sie ein Verhältnis mit Alexander Faden?«, fragte Batzko mit der Direktheit eines Wurfgeschosses.

Wieder lachte sie kurz auf. Es war ein trotziges und verzweifeltes Lachen. Dann machte sie eine träge, wegwerfende Handbewegung. Sie schaute Batzko direkt an. »Das käme Ihnen recht, nicht wahr? So denken Sie doch! Anders können Sie vermutlich gar nicht denken, oder? Ich ficke mit dem schüchternen Alexander, diesem netten, hübschen Jungen, der so süß und weltfremd ist wie Harry Potter, und Volker kriegt es raus, geht in seine Wohnung und schmeißt ihn wie eine Abfalltüte vom Balkon. Jemanden, der sich nicht wehren kann. Na? Das wollten Sie doch hören, geben Sie es ruhig zu.«

»Ich bin über Alexander Fadens Erkrankung informiert«, sagte Gerald.

Keine Reaktion.

»Frau Kattowitz, Alexander war BIID-Patient und hat deshalb eine Amputation vornehmen lassen.«

Marleen Kattowitz suchte in den Taschen des Bademantels nach einem Taschentuch. Doch sie fand keines. Gerald half ihr aus, und zum ersten Mal entdeckte er eine Art von Wärme und Dankbarkeit in ihrem Blick.

»Lassen Sie mich in Ruhe mit Ihren Unterstellungen. Wir, also Alex und ich, haben nur geredet. Wir haben uns ja über das Babysitten kennengelernt. Mit der Zeit haben wir uns angefreundet. Ich habe von meinen Problemen erzählt, er von seinen. Es stimmt, ich wusste von BIID. Es hat mich anfänglich geschockt, dann – wie soll ich sagen – irgendwie beschäftigt. Er hat durch die

Krankheit so viel über seinen Körper gewusst, wie ich das eigentlich nur von Frauen kenne. Er hatte ein intensives Gespür für seinen Körper, eine ganz besondere Aufmerksamkeit. Verstehen Sie das denn nicht? Das war so anders für mich, dass ein Mann so sensibel und einfühlsam ist. Für die Männer, mit denen ich zu tun habe, besteht der Körper doch nur aus ihrem Schwanz. Die wollen nur wissen, dass er noch größer und stärker und schöner ist als die der anderen. Für die beginnt ein guter Tag mit einer Morgenlatte, das ist alles, weiter denken die überhaupt nicht.«

Es klingelte plötzlich an der Haustür. Sie schaute erschreckt auf die Uhr, als hätte sie den Zeitpunkt verpasst, an dem ihre Tochter von der Schule kam. Aber Marleen Kattowitz schüttelte nur den Kopf und sagte: »Egal. Werbung. Oder ein Nachbar. Ich mache nicht auf.«

»Hat Volker Pollinger das auch so gesehen? Oder hat er sich geprügelt, weil er befürchtet hat, da wäre doch noch mehr? Hat er sich vielleicht, in einem gewissen Sinne, Alexander Faden unterlegen gefühlt, nicht nur intellektuell, sondern auch emotional, weil da diese besondere Nähe zwischen Ihnen bestand? Eine Nähe, an die er mit seiner ganzen Kraft und Männlichkeit nicht heranreichte?«, fragte Batzko und beugte sich nach vorne.

Sie fuhr mit der Hand durch das ungekämmte Haar. »Eifersüchtig? Nicht direkt. Ich habe ihm jedenfalls keinen Anlass dazu gegeben. Glauben Sie, wir würden das alles gemeinsam durchstehen, wenn wir uns nicht lieben würden? Volker hat ihn ja auch gekannt. Manchmal hat Alexander bei uns ferngesehen. Da war mein Lebensgefährte ganz normal zu ihm, freundlich eben, wie er zu jedem ist. Obwohl sie sich natürlich nicht so viel zu sagen hatten. Ein paar Worte über Fußball, aber das war auch schon alles, was sie wirklich verband. In der Kneipe neulich … Er hatte was getrunken. Es ging gar nicht um Alexander. Es ging um einen idiotischen halb besoffenen Tresenhocker, der irgendwie von meinem Job erfahren hat und Volker angemacht hat, ob ich nicht auch mal für besondere Freunde die Wohnungstür öffnen würde. So was in der Art, Sie wissen schon.«

»Frau Kattowitz, wo war Volker Pollinger am Montagabend der letzten Woche?«

»Hier. Habe ich doch gesagt. Wir haben ferngesehen.«

»Bei unserem ersten Gespräch«, sagte Gerald, »haben Sie nur von Ihrer Tochter gesprochen.«

»Ich weiß. Aber ich habe nicht gelogen. Ich habe das nur verschwiegen. Ich wollte Volker aus der Sache raushalten. Er weiß doch nicht mehr, wie es weitergeht und ob er wegen der Prügelei seinen Job verliert. Es ist ja leider nicht das erste Mal gewesen. Das müssen Sie doch verstehen, dass ich ihn da raushalten wollte. Ich habe nicht gewusst, dass Sie noch einmal kommen würden. Ich habe gedacht, Sie stellen Ihre Fragen zu Alexander und gehen dann wieder.«

»Können Sie bezeugen, dass Volker Pollinger diese Wohnung in der fraglichen Zeit nicht verlassen hat? Haben Sie vielleicht mal geduscht? Den Abwasch erledigt? Sich mit Ihrer Tochter beschäftigt? Es braucht nicht viel Zeit, um ein Stockwerk nach oben zu gehen, Frau Kattowitz.«

Sie schloss die Augen. »Er war immer mit mir zusammen, in jeder einzelnen Minute«, sagte sie mit müder Stimme. Es sollte sicher überzeugend klingen, aber es klang so, als versuchte sie, sich selbst davon zu überzeugen.

»Wir werden ein Protokoll anfertigen, das Sie unterschreiben müssen, bei uns im Präsidium. Ich gebe Ihnen telefonisch Bescheid. Es kann auch sein, dass Sie Ihre Aussage vor Gericht werden beeiden müssen. Ich muss Sie nicht über die Konsequenzen einer Falschaussage unter Eid aufklären, oder?«

Batzko erhob sich. Es gehörte zu seiner Strategie, mit einem Szenario dieser Art das Gespräch zu beenden. Marleen Kattowitz blieb zunächst mit geschlossenen Augen sitzen. Dann stand auch sie auf und ging barfuß voraus in den Flur, als wäre ihre Kraft für ein Gespräch verbraucht. Ihre massigen, nackten Unterschenkel wirkten auf Gerald noch schwerer und ungelenker.

»Was ist eigentlich mit dem Vater Ihrer Tochter?«, fragte er neugierig, während sie die Wohnungstür öffnete.

Wieder lachte sie auf, ein seltsam hohes, verzweifeltes Lachen. »Als ich nach der Entbindung aus dem Krankenhaus kam, war er nicht mehr da. Einfach weg. Mit all seinen Sachen. Mit seinem Geld und mit meinem Geld und meinem Schmuck. Ich konnte nicht einmal das

Taxi bezahlen, mit dem ich gekommen war. Ich habe nie mehr etwas von ihm gehört.«

Aus dem Wohnzimmer drangen leise und zugleich fordernde Klopfgeräusche.

10

Im Treppenhaus hörte Gerald ein merkwürdiges Geräusch, das aus dem Stockwerk darüber kam. Ein hoher, sirrender Ton, der entsteht, wenn Glas oder Porzellan heftig angestoßen wird.

»Das könnte in der Wohnung von Alexander Faden sein«, sagte er.

Batzko und er stiegen die Treppe hoch. Tatsächlich war die Tür zu Alexanders Apartment halb geöffnet. Am Treppengeländer lehnten mehrere gefaltete Umzugskartons, aus der Wohnung drang ein Geruch von Reinigungsmitteln. Wieder erklangen diese hohen Töne, die Gerald nun dem Badezimmer zuordnen konnte. Er erinnerte sich: Da stand dieses Regal aus Glas mit zahlreichen Schalen, in denen kleine Steine und Sand lagen, vermutlich Mitbringsel von diversen Urlauben, und ein Sortiment aus Shampoos, Rasierwasser etc.

Gerald klopfte an die Wohnungstür. Die Geräusche aus dem Badezimmer hörten abrupt auf, gleichzeitig waren Schritte, langsame, schlurfende Schritte, aus dem Wohnraum zu hören. Dann wurde die Tür geöffnet. Vor den Kommissaren stand ein vielleicht sechzigjähriger, recht klein gewachsener Mann. Er hatte weiße, nach hinten gekämmte Haare, die über den Kragen seines Hemdes fielen. Er war nicht rasiert, die weißen Stoppeln schimmerten im Halbdunkel der Diele. Dennoch machte er auf Gerald keinen ungepflegten Eindruck, dazu waren die Augen zu klar und die Kleidung zu ordentlich, obwohl sie leicht abgetragen waren; eine braune Hose mit Bundfalten, die der Mann vielleicht früher in einem Büro getragen und nun für gröbere Arbeiten umgewidmet hatte.

»Verzeihung, sind Sie der Vater von Alexander Faden?« Gerald erinnerte sich an das Foto des jungen Mannes, und tatsächlich erkannte er in beiden Gesichtern die genetische Verwandtschaft und den Abstand von circa dreißig Jahren Leben.

Statt zu antworten, tratt der Mann zur Seite und gab dadurch den Blick auf das Badezimmer frei, in dem eine Frau seines Alters putzte. Sie trug einen knielangen Kittel, ein Kopftuch und grüne Plastikhandschuhe. In der einen Hand hielt sie eine Flasche mit Reinigungsmitteln, in der anderen einen Lappen. Sie war noch etwas kleiner als ihr Mann, mit einer schmalen, länglichen Nase und verkniffenen Gesichtszügen, die den misstrauischen Blick sekundierten, mit dem sie die beiden Kommissare anschaute.

Gerald stellte sich selbst, dann Batzko vor. Daraufhin ließ die Frau den Kopf sinken, biss sich auf die Unterlippe und schloss die Badezimmertür. Der Mann schüttelte den Kopf, murmelte etwas Unverständliches und zupfte Gerald am Ärmel, um ihn ins Wohnzimmer zu bitten. Er ging langsam und stark nach vorne gebeugt.

»Meine Frau … Sie kann nicht mehr so richtig nach Alexanders Tod. Verstehen Sie?«

Batzko gab Gerald ein Zeichen, dass er außerhalb der Wohnung mit ihm reden wolle. Im Treppenhaus sagte er: »Hör zu, mach du das hier. Du bist bekanntlich der weltbeste Tröster in Polizeiuniform. Ich gehe ins Präsidium und schreibe den Bericht über die Kattowitz.«

Er griff in die Tasche und drückte Gerald den Autoschlüssel in die Hand. »Ich nehme die Straßenbahn, und du weißt, wie ich öffentliche Verkehrsmittel hasse«, fügte er hinzu, als wäre damit von seiner Seite ein Gleichgewicht hergestellt.

Der Mann saß mit gebeugtem Rücken auf dem Sofa im Wohnzimmer. Auf dem Tisch vor ihm die gerahmten Urkunden, die Alexander Faden als Design-Student gewonnen hatte. Sie waren so präzise angeordnet, als wollte er sie fotografieren. Ein Staubtuch lag daneben.

»Er war so talentiert. Ich sage das nicht, weil er mein Sohn war. Ich kann das beurteilen, weil ich selbst als Grafiker gearbeitet habe. Bis vor zwei Jahren. Da haben sie mich nach zwei schweren Herzinfarkten in die Frührente verabschiedet.«

Seine Stimme war leise und sanft. Es war, als hätte er eher zu sich selbst gesprochen. Gerald bemerkte nun, dass die Kleidung des Mannes um mehrere Nummern zu groß war. Vermutlich hatte er nach den Infarkten viel Gewicht verloren. Er strich, wie in einer Abschiedsgeste, langsam über das Glas einer Urkunde und lehnte sich zurück.

»Zeichnen können viele. Einen Baum, das Meer oder eine Rose schön finden auch. Aber Alexander hatte diesen besonderen Blick für Dinge. Er hat nie wie andere Kinder die Sonne gemalt, Wolken, darunter eine Wiese oder ein Gebirge. Immer nur Gegenstände. Da war schon immer eine Art Zärtlichkeit in ihm gewesen für Dinge, die andere uninteressant und ausdruckslos fanden. Er konnte sich stundenlang mit einer Lampe beschäftigen oder einem Telefon oder einem Türgriff. Und dann hat er gezeichnet, und er hat die Objekte, die ihm gefielen, verwandelt, ihre Form und ihre Farben variiert. Es war fast so, als entdeckte er in jedem Ding eine Seele, verstehen Sie? Er war schon als Student in Fachkreisen bekannt. Er wäre sicher ein berühmter Designer geworden. Das haben viele gesagt.«

Dann schaute er Gerald an und sagte: »Aber ich weiß jetzt gar nicht, warum Sie da sind. Es war doch … kein Verbrechen, meine ich. Oder ist da noch was? Hatte er vorher irgendwie mit Ihnen zu tun? Doch nicht mein Alexander, oder?«

»Nein. Absolut nicht. Ich hatte in einer anderen Angelegenheit hier im Haus zu tun und habe zufällig die Geräusche in der Wohnung gehört. Es ist reine Routine, wissen Sie, ein Automatismus, obwohl es keine Indizien für ein Verbrechen gibt und der Fall für uns eigentlich abgeschlossen ist. Aber ich fühle mich wohler, wenn Sie mir bestätigen, dass Alexander sich nicht bedroht gefühlt hat, dass er keine Feinde hatte.«

Als hätte nur das Stichwort gefehlt, setzten die Geräusche aus dem Bad wieder ein. Es lag eine Regelmäßigkeit in ihnen, ein bizarrer Rhythmus, in dem jemand jeden einzelnen Gegenstand auf dem Glasregal hochhebt, über die Glasfläche wischt und ihn wieder hinsetzt. Die Frau gab sich augenscheinlich keine Mühe, das leise zu tun – als legte sie es darauf an, ihre Tätigkeit gleichsam zu Protokoll zu geben. Oder, aus welchen Gründen auch immer, das Gespräch im Nebenzimmer zu stören.

»Feinde? Setzt das nicht voraus, dass überhaupt jemand da ist?«

»Ich verstehe nicht ganz, Herr Faden.«

»Nun, da gab es niemanden in seinem Leben. Eigentlich hat es nie jemanden gegeben.« Die Stimme war voller Trauer. »Er war immer allein. Keine Freunde. Keine Freundin. Er hat sich auch niemals mit jemandem gestritten. Schon als kleiner Junge nicht. In der Schule war er bekannt für seine Karikaturen gewesen, die er von den Lehrern gezeichnet hat. Alle haben ihn gemocht, aber wirklich gekannt hat ihn kaum einer. Wussten Sie, dass er schon damals Geld mit dem Zeichnen verdient hat? Er hat nach Fotos Zeichnungen angefertigt, wenn ein Mitschüler zum Beispiel ein Geburtstagsgeschenk gebraucht hat. Aber Freunde oder später Mädchen – die gab es einfach nicht. Es schien mir immer so, als würde er eine schwere Last mit sich schleppen, über die er mit niemandem reden konnte oder wollte.«

»Haben Sie eigentlich noch weitere Kinder?«

»Es wäre sicher gut für ihn gewesen, Geschwister zu haben, aber …« Er führte den Satz nicht zu Ende.

»Haben Sie ihn oft hier in seiner Wohnung besucht? Oder fuhr er an den Wochenenden zu Ihnen nach Hause?«

»Anfangs ja, da kam er regelmäßig. Aber während sich seine ehemaligen Schulkameraden in Kneipen getroffen haben, blieb er zu Hause in seinem Jugendzimmer. Er hat gezeichnet oder im Internet gesurft. Für jemanden wie ihn war es leichter, über Internet mit anderen Menschen in Kontakt zu treten, als wenige Meter weiter in einer Kneipe seine Kommilitonen zu treffen und mit ihnen die Nacht zum Tag zu machen. In der letzten Zeit blieb er aber an vielen Wochenenden hier in seiner Wohnung. Mir war das recht – so konnten meine Frau und ich uns einreden, er hätte Freunde gefunden oder sogar eine Freundin. Gefragt haben wir nie.«

»Wo leben Sie und Ihre Frau eigentlich?«

»In Dachau. Ein Bekannter hat uns mitgenommen. Ich fahre kein Auto mehr, seit ich den Infarkt hatte. Wir wollten uns nur einen Überblick verschaffen, was überhaupt hier ist und was wir alles zurücknehmen müssen. Wir brauchen sicher noch ein paar Kartons. Wir machen das ja zum ersten Mal.«

Er legte plötzlich die Hand vor die Augen und schluchzte. Die Schultern zuckten, als würden sie von Stromschlägen getroffen. Einen Moment lang befürchtete Gerald, dass Alexander Fadens Vater die Kontrolle verlieren würde. Aber er fing sich bald wieder und atmete mehrfach tief ein und aus.

»Wissen Sie, obwohl wir ihn beerdigt haben, kann ich es nicht begreifen, dass der Alexander nicht mehr da ist. Man zieht sich zurück in seine Erinnerungen, in denen er noch weiterlebt. Es gibt so viele Erinnerungen an seine Kindheit. Ich habe mir eingeredet, er wäre nur irgendwie verreist und würde bald wieder vor der Haustür stehen. Oder diese ganze Geschichte hier wäre nur ein böser Traum. Und dann kommt man in die Wohnung und sieht diese vielen Dinge. Sie kommen einem so kalt vor. Und man versteht, dass er nie mehr wiederkommen wird.«

Die Geräusche aus dem Bad veränderten sich. Die Klospülung wurde zweimal hintereinander betätigt, dann schien Alexanders Mutter ihre Aktivitäten auf die Duschkabine zu übertragen; man hörte ein Quietschen, das durch Reibung eines Lappens auf Glas entsteht. Irritiert drehte Gerald seinen Kopf in Richtung Badezimmer. Herrn Faden war diese Bewegung nicht entgangen. Er hüstelte etwas, bevor er sagte: »Meine Frau – sie putzt den ganzen Tag, zu Hause oder hier. Selbst während der Fahrt im Auto eines Bekannten hat sie ein Tuch herausgeholt und die Türgriffe von innen abgewischt. Sie kann über Alexander nicht reden, wissen Sie. Wenn sie nicht von morgens bis abends putzen würde, würde sie zusammenbrechen.«

Nach einer kurzen Pause fuhr er fort. »Verzeihen Sie. Das müssen Sie sich nicht anhören. Sie haben sicher anderes zu tun. Muss ich irgendetwas machen? Etwas unterschreiben?«

»Nein«, sagte Gerald. »Ihre Äußerungen bestätigen, was wir ermittelt haben. Werden Sie von Ihrem Bekannten wieder abgeholt?«

Herr Faden schüttelte den Kopf. »Er hat uns nur hier absetzen können. Wir werden später den Zug nehmen.«

»Ich fahre Sie gerne zurück, wenn Sie nicht mehr lange zu tun haben.«

»Geht das wirklich? Meinen Sie?« Die Erleichterung, die Rückfahrt nicht selbst organisieren zu müssen, belebte für einen Moment die müden Augen. »Ich frage nur kurz meine Frau. Ich selbst kann einfach noch nichts einpacken. Das geht über meine Kräfte.«

Als er aufstand, schien er um zwei Jahrzehnte gealtert. Er schlurfte mehr, als dass er ging, den Kopf tief gesenkt. Gerald konnte nicht verstehen, was Herr Faden zu seiner Frau sagte – auch deshalb nicht, weil es von den Quietschgeräuschen überlagert wurde. Die Frau hörte auch während des Dialogs nicht auf zu putzen.

Gerald stand schließlich auf, und die beiden Männer trafen sich im Flur. »Wenn Sie uns noch ein paar Minuten geben könnten. Meine Frau will ein paar persönliche Dinge von Alexander einpacken.«

»Ich warte unten im Wagen auf Sie. Es ist ein weißer Golf, er steht direkt vor dem Haus.«

Herr Faden nickte und legte seine Hand kaum spürbar unter Geralds Ellbogen. Gerald konnte seinen Atem spüren, der nach Pfefferminze roch. Herr Faden dirigierte ihn vor die Wohnungstür und zog sie von außen zu.

»Sie dürfen es nie meiner Frau erzählen, versprechen Sie mir das?«, flüsterte er und bohrte seinen Blick in Geralds Augen. »Das würde sie niemals verkraften.« Er holte tief Luft, bevor er mit leiser, verschwörerischer Stimme fortfuhr: »Ich glaube, dass der Alexander … also, dass mein Sohn … dass er homosexuell war. Aber er hat sich nicht dazu bekennen können, glaube ich. Das war die Last, die immer so auf ihm gelegen hat. Die war letztlich größer als er. Ich hatte gehofft, hier, in einem anonymen Umfeld, könnte er es schaffen. Er musste doch keine Angst haben, vor seinen Eltern nicht, vor niemandem. Aber er hat es nicht geschafft, nur der Himmel weiß, warum nicht. Aber kein Wort zu meiner Frau, bitte. Ich verlasse mich auf Sie!«

Gerald nickte und ging langsam die Treppe hinunter. Im Auto rief er von seinem Handy aus Batzko an und sagte, dass er Alexanders Eltern nach Hause fahren werde.

»Erhoffst du dir neue Erkenntnisse oder spielst du Heilsarmee?«

»Ich fahre, um dich zwei Stunden weniger ertragen zu müssen. Hast du schon Kontakt mit Steinhaus aufgenommen?«

»Er kommt gegen fünf ins Präsidium, schließlich brauchen wir seine Fingerabdrücke. Ich werde gleich den Staatsanwalt anrufen, um Konteneinsicht für Apanatschi zu beantragen. Ich bin extrem gespannt darauf, wie er mit seinen Einnahmen als Vermittler an die Metzger im Ausland umgegangen ist.«

»Ist der Bericht von der Spurensicherung schon da?«

»Soll heute noch kommen.«

»Okay. Da kommen Alexander Fadens Eltern. Wir sehen uns später im Büro.«

»Man dreht den Zündschlüssel nach rechts, um den

Wagen zu starten. Der erste Gang ist oben links«, spottete Batzko und legte auf.

Alexander Fadens Vater stieg vorne ein. Gerald warf einen Blick in den Rückspiegel. Alexanders Mutter trug einen grauen Haushaltskittel, der im bizarren Kontrast stand zu einer großen Altmänner-Sonnenbrille. Sie gehörte wohl ihrem Mann, der sie ihr geliehen hatte, damit sie ihre verheulten Augen verbergen konnte. Die überproportionale Brille verstärkte den Eindruck des Verschlossenen, Verkniffenen in ihrem Gesicht. Um ihre Mundwinkel lagen tiefe Falten.

»Es ist sehr nett, dass Sie uns diese Freundlichkeit erweisen«, sagte Alexander Fadens Vater, während sie am Olympiapark vorbeifuhren.

Gerald kurbelte das Seitenfenster etwas herunter. Es war weniger die Hitze, die sich in dem Wagen angestaut hatte und die Gerald zu schaffen machte, als vielmehr das Bedrückende, das von Alexanders Mutter ausging. Sie blickte starr auf die Straße, die Hände ineinander verkrampft. Sicher würde sie diese Position auch konsequent beibehalten, wenn wir einmal den Äquator umkreisen würden, dachte er.

»Kennen Sie Dachau eigentlich?«, fragte Alexanders Vater. »Ich meine, abgesehen von der Gedenkstätte?«

»Nein. Ich glaube nicht. Es ist ja außerhalb meines Dienstbezirks, und privat war ich dort noch nie.«

Während der Fahrt erzählte Alexander Fadens Vater nahezu ohne Unterbrechung von seiner Heimatstadt. Er übergoss Gerald mit seinem Wissen wie ein Reiseführer eine Touristengruppe. Gerald nickte lediglich bestätigend oder antwortete einsilbig. Als hätte er Angst, dachte er, dass ich ihn etwas über seinen Sohn fragen könnte.

Er schaute in den Rückspiegel, aber Alexanders Mutter saß, zu einer Schaufensterpuppe erstarrt, in unveränderter Position. Neben ihr auf der Rückbank erkannte Gerald die Aktentasche des Studenten, in der sich wohl die amtlichen Unterlagen befanden, mit denen ein Ableben bürokratisch besiegelt werden musste.

»Wir wohnen im Osten von Dachau«, sagte Herr Faden. »Gleich hinter dem Kanal biegen Sie rechts ab, Herr Kommissar, dann die nächste wieder rechts, danach die zweite links, und dann sind wir auch schon da.«

Gerald folgte den Anweisungen, bis Herr Faden auf ein Haus auf der rechten Seite zeigte.

»Da wären wir. Eigentlich darf man hier nicht halten, aber Ihnen verpasst man sicher kein Knöllchen, oder?« Herr Faden versuchte ein Lächeln, das sofort wieder erstarb. Seine Mimik zeigte die ganze Anspannung eines Menschen, der nicht in haltloses Weinen ausbrechen wollte. Gerald reichte ihm die Hand. »Ich wünsche Ihnen alles Gute.«

Herr Faden nickte stumm, presste die Lippen zusammen und stieg aus dem Wagen. Es waren nur wenige Schritte bis zur Haustür, wo er stehen blieb und nach seinem Schlüssel suchte. Plötzlich fühlte Gerald eine Hand, hart wie eine Kralle, an seiner Schulter.

»Ich war so lange im Bad«, sagte sie mit einer Stimme,

die in Geralds Ohren scharf und mitleidslos klang. Vielleicht kam es ihm auch nur so vor, weil die Frau bisher noch kein einziges Wort gesagt hatte. »Ich habe alles genau angeguckt, aber da war nichts. Solche haben doch immer was, irgendwelche besonderen Cremes und diese Sachen.«

»Ich verstehe nicht ganz«, sagte er. Seine Schultern schmerzten unter Frau Fadens festem Griff.

Sie schaute kurz zu ihrem Mann, der in diesem Moment die Tür öffnete, sich aber noch nicht umgedreht hatte.

»Der Alexander war nicht wie wir, wie Sie und ich. Eine Mutter spürt das, von Anfang an. Da war was seltsam mit ihm. Ich kann das nicht erklären. Irgendwie war er so verstockt. Mein Alex, der muss vom anderen Ufer gewesen sein, und das hat ihn kaputtgemacht, oder ein Mann hat ihn kaputtgemacht, irgendwie. Die meisten sind doch so sensibel, Künstler eben, wie Alexander. Das darf nur sein Vater niemals erfahren. Niemals. Sonst habe ich zwei, die an was kaputtgehen.«

Sie krallte ihre Fingerkuppen tief in Geralds Schulter. Dann griff sie die Aktentasche und verließ, ohne ein weiteres Wort, den Wagen. Ihr Mann wartete vor der Haustür.

Es war gewiss nicht leicht, sich so nahe an der Hauptstraße zu verfahren. Aber Gerald kurvte tatsächlich orientierungslos durch die Anliegerstraßen und fand erst nach endlosen Minuten zur Bundesstraße zurück. Er öffnete das Seitenfenster, als könne der Fahrtwind die

Niedergeschlagenheit vertreiben, die sich in seinem Kopf eingenistet hatte. Die Einsamkeit in der Familie Faden – jeder schuf sich sein eigenes Gefängnis aus Schweigen und Scham –, deren Mauern so dick waren, dass nicht einmal Alexanders Operation etwas geändert hatte. Welche Erklärung wird er seinen Eltern für die Operation gegeben haben? Warum hatten sie sie Gerald gegenüber nicht einmal erwähnt? Waren sie so sehr in ihren eigenen Deutungen gefangen, dass sie diesen gravierenden Einschnitt nicht einmal in ihre Überlegungen einbezogen hatten?

Gerald schloss das Fenster wieder. Es war ein warmer Tag, unter klarem Himmel, aber nicht so heiß wie in der vergangenen Woche. Als er sich München näherte, beschloss er spontan, zuhause eine Pause einzulegen. Er hatte noch Zeit, bis Steinhaus eintreffen würde. Außerdem lag es auf dem Weg. Aber der eigentliche Grund, das wurde ihm nun deutlich, war ein Schuldgefühl, das sich seiner bemächtigte.

Er überlegte, ob er sich ankündigen sollte. Als er am vorigen Abend ins Bett gekrochen war, hatte er Neles Atem gespürt. Sie hatte am äußersten Rand ihrer Seite der Matratze gelegen, gleichmäßig und tief geatmet; dennoch hatte er keine Sekunde gezweifelt, dass sie sich nur schlafend stellte. Er hatte sich im Badezimmer gründlich gewaschen, weil er befürchtete, sie könnte einen fremden Geruch an ihm bemerken. Am nächsten Morgen waren sie sich in der Küche und im Flur begegnet, aber sie hatten kein Wort miteinander gesprochen, sie hatten sich nicht einmal mehr darauf verständigt, wie sie den Tag organisieren sollten. So eine Sprachlosigkeit hatte zuvor noch nie zwischen ihnen geherrscht.

Er hatte das Handy bereits in der Hand, als ihm einfiel, dass Severin um diese Zeit bestimmt schon schlafen würde. Also kein Anruf. Gerald hielt an einer Bäckerei entlang der Bundesstraße, aß im Stehen eine belegte Semmel und überlegte, ob er zwei Stücke Kuchen mitnehmen sollte, entschied sich aber dagegen, weil Nele es vielleicht als Provokation auffassen könnte. Sie hatte vor der Geburt ihren gesunden Appetit durch regelmäßigen Sport ausgeglichen. Nun fühlte sie sich zu müde, um auch nur den Trainingsanzug aus dem Schrank zu holen, und er hatte aufgegeben, ihr zu beteuern, dass ihm die Auskunft der Waage ziemlich gleichgültig war. Sie glaubte ihm nicht, weil sie sich nicht vorstellen konnte, dass er anders auf sie blickte als sie auf sich selbst.

Sie stand in der Küche, als er die Wohnung betrat. Severin lag in seinem blau-weißen Strampler in der Babywippe auf dem Küchentisch, die Augen geschlossen. Es war also doch gut, dass ich nicht angerufen habe, dachte er.

Nele schaute überrascht, sagte aber nichts. Sie war dabei, sich einen Tee zuzubereiten. Er nickte ihr zu, versuchte ein Lächeln und war in diesem Moment froh, dass Severins Schlaf ihm die Möglichkeit gab zu schweigen. Gerald war sich der Probleme, die sie seit der Geburt ihres Sohnes hatten, erst seit der Therapie wirklich bewusst geworden. Und trotzdem wusste er nicht, wie er mit der Situation umgehen sollte. Sobald er Nele sah, hatte er einen riesigen Frosch im Hals und bekam keinen Ton heraus.

Er stellte eine zweite Tasse neben ihre, hängte einen Beutel mit Vanilletee hinein und kontrollierte, ob das Wasser im Wasserkocher für zwei Tassen ausreichen würde. Als er sich mit dem Rücken gegen die Arbeitsplatte lehnte, berührte er Nele leicht an der Schulter, doch sie reagierte nicht, sondern setzte sich wortlos an den Küchentisch.

Gerald blieb zunächst stehen; als das Wasser sprudelte, füllte er die beiden Tassen, stellte sie auf den Tisch und setzte sich Nele gegenüber. Sie nahm das Glas Honig, das neben den Gewürzen am anderen Ende des Tisches stand, und verrührte einen Teelöffel davon in seinem Becher. Die Geste rührte ihn, dennoch fühlte er sich unwohl. Severin atmete ruhig und gleichmäßig.

Er nahm seinen ganzen Mut zusammen. »Sollen wir den Tee im Schlafzimmer trinken?«

Sie schüttelte den Kopf, schaute ihn fragend an.

»Im Wohnzimmer?«

»Nein«, sagte sie leise, aber bestimmt.

Gerald versuchte, sich in ihre Lage zu versetzen. Nele ahnte zwar, dass er eine Affäre mit einer anderen Frau hatte. Sie wusste aber nicht, was es für ihn bedeutete, ob diese Frau eine ernsthafte Konkurrentin für sie war und wann die Affäre begonnen hatte. Ihm war klar, dass es sie an jenem Abend zutiefst gekränkt haben musste, als sie plötzlich Franziskas Stimme im Ohr hatte, wenngleich Gerald Nele zu diesem Zeitpunkt ja noch gar nicht mit Franziska betrogen hatte. Nun wartete sie vermutlich auf eine Erklärung, eine Entschuldigung, ein Geständnis, das Gerald ihr nicht wirklich geben konnte, wusste er doch selbst nicht, was das alles zu bedeuten hatte. Dennoch sagte er:

»Es ist nicht das, was du vielleicht denkst.«

Nele reagierte zunächst nicht. Sie verrührte den Honig in ihrer eigenen Tasse und schüttelte dann kaum merklich den Kopf. Ihre Haare wirkten, obwohl sie so kurz waren, ungekämmt und leicht verschwitzt. Vermutlich hatte sie Severin für eine Weile aus dem Wagen genommen, mit ihm gespielt, ihn in die Luft geworfen oder war mit ihm ein paar Schritte gelaufen. Nele trug die kurzärmelige, blau-weiß karierte Bluse, die sie am Tag zuvor schon angezogen hatte, trotz eines Spuckfleckens am Kragen. Ihr Gesicht war unnatürlich gerötet, wie immer, wenn sie unter Stress stand.

»Dass eine Ehe keine Fahrt auf dem Vergnügungsdampfer ist, muss mir niemand sagen. Aber dass du mir diese jämmerliche Phrase jemals auftischen würdest, hätte ich nicht gedacht«, sagte sie schließlich, ohne ihn eines Blickes zu würdigen. Gerald hob müde die Schultern. »Ich wollte nicht originell sein. Ich wollte nur etwas sagen, damit wenigstens einer von uns etwas sagt.«

Er trank einen Schluck, verbrannte sich fast die Lippen. Ihm wurde bewusst, dass er nicht über Franziska reden, sie nicht einmal erwähnen wollte. In seinen Augen war Franziska nicht die Ursache seiner Eheprobleme, sondern deren Folge. Wenn er mit Nele über Franziska sprechen würde, würden sie ihre eigenen Probleme nicht erkennen und auch nicht lösen. Im Gegenteil, sagte er sich, dann hätten sie zwei riesige Problemklumpen, an denen sie ersticken würden. Also beschloss er, diese Dinge zu trennen. Vorläufig zumindest.

Nele hielt ihre Tasse mit beiden Händen umschlossen, dann schaute sie Severin an, der ruhig schlief. »Was ist nur mit uns passiert?«, fragte sie.

Er hatte keine Antwort parat. Aber er war unendlich dankbar, dass sie ihn nicht attackierte, sondern einfach eine Frage stellte.

»Ich weiß es nicht«, sagte er schließlich. »Ich weiß nur, dass ich mich selbst nicht mehr wiedererkenne. Ich habe keine Kontrolle mehr über mich. Es ist, als ob alles unter mir wegrutschen würde. Ich weiß nicht mehr, was morgen passieren wird. Ich weiß nicht einmal mehr, was ich möchte, das morgen passiert.«

Sie rührte in ihrem Tee. »Gerald, das alles sind doch nur Zitate. Sprüche. Ausflüchte. Plattitüden. Das mit uns ist doch kein zweitklassiger Film.« Sie setzte die Tasse abrupt auf dem Küchentisch ab und schaute ihn böse an. »Ist es, weil Sevi mir meine Brüste hässlich trinkt? Weil ich meinen Hintern nicht wieder in Form kriege? Weil die Schwangerschaftsstreifen aussehen wie eklige, tote Würmer? Weil ich seit Sevis Geburt keinen Mann in mir ertrage und dir nicht einmal Abhilfe verschaffe, wie du das vielleicht von mir erwartest, weil es, wie du findest, zu den ehelichen Pflichten gehört? Weil dein prallvoller Schwanz bald explodiert? Ja? Ist es das am Ende? Dein pochender Schwanz?«

Jeder einzelne Satz riss einen Fetzen aus dem hauchdünnen Fell, das er sich seit Monaten zugelegt hatte. Jeder einzelne Satz stimmte, und mit ihrer Anklage konnte er sogar irgendwie fertigwerden. Aber da war eine tiefere Wahrheit, die ihn quälte und die diese pfeilschnellen Sätze nicht trafen.

»Ja. Auch darum geht es. Ich möchte wieder mit dir vögeln. Ich will einen ganzen Sonntag mit dir im Bett verbringen wie früher. Aber es ist nicht nur das. Ich möchte wieder existieren, verstehst du? Ich möchte wahrgenommen werden. In unserem Leben geht es vierundzwanzig Stunden lang, in jeder Minute, in jeder beschissenen Sekunde an sieben Tagen die Woche nur um unser verdammtes Kind. Das ist krank. Ich werde meinen Sohn irgendwann hassen deswegen.« Er schluchzte plötzlich, sein Gesicht verzog sich zu einer Grimasse, gleich würde er anfangen zu weinen.

»Bist du jetzt völlig durchgedreht?«, zischte Nele. Sie nahm Severin vorsichtig aus der Wippe, obwohl er ruhig schlief und Geralds Ausbruch über ihn hinweggegangen war wie weit entfernter Flugzeuglärm. Nele streichelte vorsichtig über den Kopf ihres Sohnes, legte ihn in ihren Schoß, als wolle sie ihm die Brust geben. »Du selbstgerechtes, selbstgefälliges Schwein. Du fickst eine andere, und Severin soll auch noch daran schuld sein? *Du* bist krank, nicht die Situation. Du brauchst eine Therapie, wenn dir nichts Besseres einfällt, als einem Baby die Schuld zu geben.«

Er musste lächeln. Es lag ihm auf der Zunge, von der Gruppentherapie zu erzählen, aber instinktiv spürte er, dass es das Gespräch nur auf ein anderes, ein falsches

Gleis bewegen würde. Nein, wenn ihm überhaupt etwas klar geworden war in den zwei Therapiestunden, dann war es die Tatsache, dass er nicht länger mit Schuldgefühlen auf Dinge reagieren wollte, die andere in sein Leben getragen hatten: sein Vater durch sein Verschwinden, sein Schulfreund, der sich angeblich umgebracht hatte, seine nervige Mutter, Neles Distanz.

»Ich soll also krank sein? Ich allein? Das ist reichlich bequem, oder? Du hast dich so verändert, Nele, ich weiß gar nicht mehr, wer du bist. Vielleicht weißt du es ja selbst nicht mehr, mag sein. Aber du bist mit Sicherheit nicht mehr die Frau, die ich einmal kannte, du bist nur noch eine düstere Wolke aus Sorgen, Ängsten, Kümmernissen.«

»Es reicht! Ich höre mir diese Beleidigungen nicht länger an.«

»Oh. Du machst Fortschritte. Ich hätte eigentlich erwartet, dass du sagst: *Wir hören uns solche Beleidigungen nicht länger an, nicht wahr, mein lieber Severin*?«

Sie antwortete nicht. Sie legte eine Hand unter Severins Hinterkopf, stand auf und verließ die Küche.

»Das ist extrem hilfreich«, rief er ihr hinterher. »Weiter so, zeig mir, dass Severin zu dir gehört. Dass er nur dir gehört und niemandem sonst. Es wäre ja auch erstaunlich, wenn du dich mit etwas anderem als ihm beschäftigen würdest.«

Keine Reaktion. Es blieb vollkommen still in der Wohnung, und diese Stille lärmte in ihm, dass er Angst hatte, sein Schädel könne explodieren. Er konnte nicht länger in der Wohnung bleiben.

Er kippte den restlichen Tee in die Spüle, atmete tief ein und zwang sich, an seine Arbeit zu denken. Dieser Steinhaus würde um fünf kommen, danach müsste er gemeinsam mit Batzko den Bericht schreiben und den kommenden Tag planen. Gerald wurde bewusst, dass er diesen Abend weder mit seinem Kollegen noch in seinen eigenen vier Wänden verbringen wollte. Und Franziska konnte und durfte er nicht sehen. Die Vorstellung, alleine in einer Kneipe zu sitzen oder ins Kino zu gehen, löste einen tiefen Widerwillen in ihm aus. Da fiel ihm ein, dass das Schwimmbad an diesem Tag bis zehn Uhr geöffnet war. Das wäre doch erst einmal ein Anfang.

Er ging ins Schlafzimmer und nahm die Sporttasche aus dem Schrank, die noch ausgerüstet war für den Fitnesscenter-Abend mit Batzko. Nele lag mit Severin im Bett, aber mit dem Gesicht zur Wand. Während er die Sporttasche umpackte, hörte er Neles Stimme vom Bett her: »Soll ich ihr irgendwas sagen, wenn sie anruft?«

Gerald zog den Reißverschluss zu.

»Was? Ich verstehe nicht.«

»Wenn *sie* anruft. Batzko.«

»Es wird niemand anrufen.«

»Trefft ihr euch im Fitnesscenter? Ist sie eine von Batzkos Schlampen mit knackigem Hintern und Titten so fest wie Kanonenkugeln? Treibt ihr es zu viert?«

Zu seiner eigenen Überraschung blieb er vollkommen ruhig. Entweder hatten ihm die Gedanken an die Arbeit zur nötigen Distanz verholfen, oder sein Reservoir an Wut und Verzweiflung war für diesen Tag aufgebraucht. Er fühlte eine Art Gelassenheit, die neu für ihn war. Vielleicht hatte auch sie ihren Ursprung in den Therapiestunden. Er sah, dass er und Nele sich gegenseitig Unrecht taten und es vermutlich noch eine Zeit lang tun würden. Es brauchte Geduld, all das abzutragen, was sie in Monaten aufgeschichtet hatten. Aber nicht einmal das konnte oder wollte er ihr jetzt sagen.

Wortlos verließ er die Wohnung.

Batzko war nicht im Büro. Auf dessen Schreibtisch lag der Bericht der Spurensicherung. Gerald warf einen flüchtigen Blick auf die Fotos und wandte sich dem Bericht zu, der mit keinen Neuigkeiten aufwarten konnte. Es gab zwei verschiedene Fingerabdrücke auf dem Wasserglas: die von Arno Reuther und einer unbekannten Person. Vermutlich Steinhaus, dachte Gerald und schaute auf die Uhr. Es war kurz nach fünf. Wenn Steinhaus pünktlich gekommen war, war er in diesem Moment wohl mit Batzko im Erdgeschoss, beim Erkennungsdienst.

Er las weiter. Keine verwertbaren Hinweise, keine Auffälligkeiten, nichts. Der Täter hatte wahrscheinlich die hinteren Räume nicht einmal betreten. Gerald hatte im Stillen gehofft, es wäre ein Seziermesser gefunden worden. Es hätte eine Verbindung zwischen den beiden Morden geschaffen und ihre Ermittlungen auf *einen* Täter und *ein* Motiv fokussiert. Aber so einfach war das Leben leider nicht, nicht das Eheleben und nicht das Kriminalistenleben.

Es klopfte an der offenen Zimmertür. Batzko zwinkerte Gerald zu. Hinter ihm betrat ein Mann das Büro, der Gerald zunächst durch sein Alter überraschte. Er schätzte ihn auf Anfang, höchstens Mitte dreißig. Seine Garderobe war konservativ und lag, zurückhaltend geschätzt, auf der Ebene von Geralds monatlichem Bruttogehalt: dunkler Westenanzug, Krawatte und Einstecktuch mit demselben Muster, weißes Hemd mit besonders gestärktem Kragen, edles Schuhwerk. Die Armbanduhr war von einer Art, die man eher beim Juwelier als beim Uhrmacher kaufte.

»Ich kann Ihren Gedankengängen nicht folgen«, sagte Batzko und wies Steinhaus den Besucherstuhl an seinem Schreibtisch zu. »Ich habe Sie freundlich gebeten, Ihre Fingerabdrücke nehmen zu dürfen. Wir vergleichen sie mit denen, die wir auf dem Wasserglas gefunden haben. Reine Routine. Sie haben doch Wasser getrunken und Herr Reuther Kaffee?«

»Ja«, sagte Harald Steinhaus unwillig.

»Wenn wir lediglich Ihre Abdrücke auf dem Glas finden, wissen wir zumindest, dass sich der Täter oder die Täterin nicht damit aufgehalten hat, sich mit einem Schluck Wasser Mut anzutrinken. Ihre erkennungsdienstliche Behandlung dient also allein unseren Ermittlungen, sie ist kein Indiz dafür, dass ein Tatverdacht gegen Sie vorläge.«

Steinhaus fixierte Gerald und nickte ihm in knapper Geste zu. Er hatte ein gut geschnittenes, intelligentes Gesicht. Die Nase war lang und schmal, das Kinn etwas vorspringend, was ihm, verbunden mit einer schmalen Kerbe in der Mitte, etwas Dynamisches verlieh. Die Augen hingegen wirkten müde und überreizt. Mit einem

Taschentuch rieb er wiederholt über seine Fingerspitzen, obwohl die keine Restspuren von Tinte aufwiesen. Dann blickte er nervös an Batzko vorbei. Er schien etwas zu suchen, bis Batzko die erkennbare teure Aktentasche hinter seinem Schreibtisch hervorholte und sie Steinhaus reichte. Der stellte sie so akkurat neben den Stuhl, als säße er in der Straßenbahn. Anschließend putzte er weiter mit dem Taschentuch seine Finger.

»Wie und wann haben Sie Herrn Reuther eigentlich kennengelernt?«

Steinhaus zögerte seine Antwort ein wenig hinaus. »Das war vor gut einem Jahr, in Düsseldorf, auf einer Messe für innovative Existenzgründungen. Herr Reuther hat sein Konzept für Datenverschlüsselungen im Internet vorgestellt. Wir haben uns danach noch mehrmals getroffen, und ich habe beschlossen, ihm zu helfen. Das ist alles. Reine Routine«, ergänzte er mit einem Seitenblick auf Batzko.

»Sie haben ihm also Kapital für eine Firmengründung zur Verfügung gestellt. Eigenes Kapital oder haben Sie zwischen Herrn Reuther und anderen Geldgebern wie Banken oder bestimmten Fonds vermittelt?«

»Eigenes Kapital. Ausschließlich.«

»Also auch Ihr eigenes Risiko. Ausschließlich«, sagte Batzko und drehte sich so, dass er Steinhaus frontal gegenübersaß.

»No risk no win«, sagte Steinhaus knapp.

»Börsen-Sprüche verstehe ich auch, vielen Dank«, sagte Batzko. »Aber ich hätte gerne gewusst, wie Sie in relativ jungen Jahren so viel Spielgeld zusammenbekommen haben. Gehören Sie zur glücklichen Erbengeneration?«

Steinhaus blickte sich wieder im Zimmer um, stand dann plötzlich auf und warf das Taschentuch in den Papierkorb unter dem Waschbecken.

»Ich habe über zehn Jahre in Frankfurt und London als Broker gearbeitet. Wie Sie sicherlich wissen, verbringt man als Broker achtzehn Stunden am Tag vor dem PC mit einem Berg an Pappbechern und Pizzakartons, weil die Zeit so knapp bemessen ist, dass man nicht einmal zum Essen den Arbeitsplatz für ein paar Minuten verlassen kann.«

»Sie haben mein tief empfundenes Beileid«, sagte Batzko knapp.

Steinhaus ignorierte die Bemerkung. »Die Kunst in dieser Beschleunigungsmaschine namens Börse liegt darin, rechtzeitig aufzuhören und die eigenen Millionen von der Spielfläche zu nehmen. Andernfalls stapelt man für den Rest seines Lebens Pizzakartons, weil man sich anderes nicht mehr leisten kann. Das Timing für den rechtzeitigen Absprung muss man im Urin haben.«

»Ich zweifle keine Sekunde daran, dass Sie den perfekten Moment erwischt haben«, sagte Batzko.

Steinhaus schob den Unterkiefer vor und kniff die Lippen zusammen. Sein Blick verlor sich im Raum. Batzko hatte seine selbstgewisse Performance ins Leere laufen lassen, und nun sah Gerald einen noch sehr jungen Mann in einem zu eleganten Anzug, der mit diesem Widerstand nicht souverän umgehen konnte.

»Hören Sie«, sagte Steinhaus schließlich, »ich tanze

bei Ihnen zum für mich frühestmöglichen Zeitpunkt an, ich mache mir die Finger schmutzig, im wahrsten Sinne des Wortes, ich kooperiere, ich beantworte Ihre Fragen. Sie müssen weder mich noch meinen früheren Beruf mögen, aber ich kann mir nicht vorstellen, dass Ihre abschätzige Art einen konstruktiven Beitrag zur Lösung eines Verbrechens darstellt.«

Batzko drückte sich gegen die Rückenlehne, seine Augen wurden schmal. Gerald beschloss, seinem Kollegen die Chance zu geben, sich erst einmal abzukühlen.

»Ist die Firma von Arno Reuther die einzige, die Sie mit Kapital versorgt haben?«

»Nicht die einzige«, antwortete Harald Steinhaus und wandte sich demonstrativ Gerald zu, »aber die einzige in dieser Größenordnung. Ein beträchtlicher Teil meines Vermögens ist dort festgelegt.«

»Ich vermute, dass Sie als Kapitalgeber die Geschäftspolitik mitbestimmen konnten?«

»Nun, ich zahle das Saatgut, also möchte ich auch angemessen an der Ernte beteiligt werden. Es wäre aber unklug gewesen, mich zu stark in das operative Geschäft einzumischen. Herr Reuther war absoluter Experte auf dem Gebiet der Verschlüsselungstechnologie. Und er war ein Softwaregenie. Davon gibt es einige, aber bei denen wissen Sie nie, ob die nicht morgen ausflippen, Anarchist oder Schafzüchter in Griechenland werden. Herr Reuther war hochintelligent und verfügte über eine gewisse Nüchternheit und Ausdauer, die man braucht, wenn man in einem extrem umkämpften Markt seinen Claim abstecken will.«

»Wie haben Sie Ihr Kapital abgesichert? Kann ich mir das so vorstellen, dass Herr Reuther sich vertraglich verpflichten musste, die Patente in der Firma zu lassen, selbst wenn es zwischen Ihnen zum Bruch gekommen wäre?«

»Es gibt nur eines, gegen das Sie sich nicht absichern können, und das ist der Misserfolg. Gegen alles andere habe ich vorgesorgt. Die Patente bleiben in der Firma, sie bilden das, wenn Sie so wollen, intellektuelle Kernkapital von *Intersafe*. Herr Reuther und ich saßen im selben Boot, und auf hoher See empfiehlt es sich nicht, das Boot zu verlassen.«

»Das gilt also auch für den Todesfall, wie er jetzt eingetreten ist?«

Steinhaus zögerte mit einer Antwort. Seine rechte Hand umschloss, als suchte sie Halt, den Griff der Aktentasche. Der Handgriff war so fest, dass die Knöchel weiß hervortraten. Dann nickte Harald Steinhaus und senkte den Blick.

»Gab es eigentlich einen besonderen Grund für das letzte Treffen im Büro von Herrn Reuther?«

»Nein«, sagte Steinhaus schnell, »reine Routine. Es ging um Neueinstellungen, die personelle Entwicklung, die Frage eines Börsengangs zu einem bestimmten Zeitpunkt. Nichts Besonderes also.«

»Welchen Eindruck hatten Sie von Herrn Reuther an besagtem Vormittag? War er vielleicht nervös? Sprach er möglicherweise von seiner Gesundheit, einer möglichen Operation?«

»Operation? Wieso Operation? War er etwa krank?

Davon hat er nie etwas gesagt. Verstehen Sie mich nicht falsch, aber natürlich hätte ich ganz andere Überlegungen bezüglich einer Finanzierung angestellt, wenn ich gewusst hätte, dass Herr Reuther ernsthaft erkrankt ist. Er hätte mich unbedingt darüber informieren müssen.«

»Sie haben ihn also nicht anders erlebt als sonst?«

»Nein. Ganz und gar nicht. Herr Reuther war wie immer. Introvertiert zwar, aber das schien mir seine Grundstimmung zu sein. Dabei hatte er einen subtilen Humor. Es war bestechend und intellektuell herausfordernd, mit ihm zu arbeiten, auch an diesem Vormittag. Ich wiederhole: eine Routinebesprechung, wie zahlreiche zuvor.«

»Und es gab keinen weiteren Besucher? Keiner, der sich in der Tür geirrt hätte? Keine Putzfrau? Kein Paketdienst? Nicht einmal ein Telefonat?«

»Das habe ich Ihrem Kollegen doch bereits gesagt«, antwortete Steinhaus, ohne Batzko anzuschauen.

Gerald trank einen Schluck Kaffee. »Verzeihung, möchten Sie vielleicht auch etwas trinken?«

Steinhaus schüttelte entschieden den Kopf, als fürchtete er, damit seine Anwesenheit zu verlängern.

»Wie geht es jetzt eigentlich in der Firma weiter, Herr Steinhaus?«

»Nun«, antwortete Steinhaus, »allein aus juristischen Gründen muss dieser Fall ja für den Vertrag mitgedacht werden. Es kann schließlich jedem passieren, im falschen Moment die Straße zu überqueren. Als Fachmann ist Arno Reuther schwer von jemand anderem zu ersetzen. Es wird wohl darauf hinauslaufen, seine überragenden Kompetenzen auf mehrere Schultern zu verteilen. Herr Reuther hatte bereits die ersten Personalgespräche geführt und mich darüber unterrichtet. Es gibt einen engen Bewerberkreis, den ich kenne. Ich fange also nicht bei null an. Und die Patente bleiben, wie erwähnt, in der Firma, also bei mir.«

»Wie lange reicht Ihr finanzieller Atem?«

Steinhaus zögerte. Wieder umfasste er den Griff seiner Aktentasche, als wollte er aus dem Büro flüchten. Er wirkte nervös, als er mit auffallend lauter Stimme fortfuhr: »Ich rechne nicht in Tagen oder Wochen oder Monaten. Der Kalender ist die Denkweise der Verlierer. Wer nach vorne auf das Ziel schaut, wird es erreichen. Wer den Blick senkt auf die Mühen des Weges, wird scheitern.«

»Amen«, blaffte Batzko.

Und Gerald sagte: »Für heute habe ich keine Fragen mehr. Halten Sie sich bitte in der nächsten Zeit zu unserer Verfügung.«

Steinhaus stand auf. Er nickte den Kommissaren zu und verließ den Raum, ohne ihnen die Hand zu schütteln.

»Freunde fürs Leben, nicht wahr?«, sagte Gerald trocken.

Batzko drückte sich tief in die Lehne und verschränkte die Hände hinter dem Kopf. »Du hättest ihn beim Erkennungsdienst erleben müssen. Er hat so getan, als würde er anschließend dreißig Jahre Hochsicherheitstrakt erleiden müssen. Außerdem mag ich solche Typen nicht, die vor einem Computer hocken, auf Tasten drücken, irgendwelche virtuellen Aktienpakete von links nach rechts verschieben und am Ende eines einzigen Tages mehr verdienen als ein Handwerker in einem ganzen Jahr.«

»Höre ich da etwa Neid heraus?«

»Ach, leck mich. Der Typ stinkt doch wie sein Rasierwasser.«

Gerald stand auf und öffnete das Fenster. Auf Batzkos Tisch lag die aufgeschlagene Tageszeitung. MORD AN COMPUTERGENIE BLEIBT MYSTERIÖS. STECKT EINE INTERNET-MAFIA DAHINTER? lautete die Schlagzeile. Die Pressesprecherin hatte sich also an die Vereinbarung gehalten, nichts über den BIID-Hintergrund des Opfers verlauten zu lassen und damit die Privatsphäre von Katja Reuther vor dem Voyeurismus der Medien zu schützen. Es war zudem im Sinne der Ermittlungen, wenn die Spekulationen wild ins Kraut schossen und der Täter sich zunächst sicher fühlte.

»Jedenfalls glaube ich, dass Steinhaus, was Reuthers Operation angeht, lügt. Ich kann mir nicht vorstellen, dass Reuther seiner Frau reinen Wein eingeschenkt hat und Steinhaus gegenüber business as usual praktiziert. Reuther ist ein systematischer Kopf. Er denkt eine Sache bis zu Ende und handelt dementsprechend. Außerdem halte ich ihn für einen aufrechten Charakter. Ohne Steinhaus gäbe es seine Firma nicht. Arno Reuther würde ihn nicht hinters Licht führen.«

»Das könnte bedeuten, dass sich unser Börsenfuzzi gewaltig verarscht gefühlt hat. Eine Operation dieses Kalibers mit Reha und allem Drum und Dran hätte den Aufbau der Firma um Wochen zurückgeworfen, wenn nicht sogar um Monate. Und das hätte die Kapitaldecke enorm belastet. Was ist, wenn Steinhaus doch zu lange Pizzakartons vor dem PC gestapelt hat und seine finanziellen Ressourcen zu knapp sind, um eine solche Verzögerung zu stemmen? Mir sind seine Sprüche ganz gewaltig auf den Zeiger gegangen. Das sind genau die Texte, die die Möchtegern-Erfolgreichen aus Ratgebern auswendig lernen oder bei Ein-Tages-Seminaren von Selfmade-Millionären in Fünf-Sterne-Hotels mitschreiben. Aber man weiß bei den Typen nie, was wirklich dahintersteht.«

»Wir werden es überprüfen.«

»Siehst du das?« Batzko hielt ein Blatt Papier in die Luft. »Ein netter Schrieb vom Staatsanwalt. Morgen Vormittag sitzen wir in der Bank von diesem Apanatschi und werfen einen Blick in sein Zelt, da, wo er sein Geld tief vergraben hat. Wenn er welches hat. Dasselbe werden wir bei Steinhaus tun.«

Gerald sah auf die Uhr. »Was können wir heute noch schaffen?«

»Du schreibst den Bericht, und ich werde mir den Volker Pollinger vornehmen. Er ist meine Gewichtsklasse. Ich werde noch einmal nachbohren, da, wo es besonders weh tut. Bei seiner Eifersucht, zum Beispiel. Er verlässt seine Frau und Kinder, hat jede Menge Stress und finanzielle Probleme, und seine Freundin erholt sich von den Perverslingen am Telefon beim einfühlsamen Studenten unterm Dach. Für eine Tat im Affekt würde es allemal reichen.«

»Okay. Aber prügele dich nicht mit ihm. Denk an die Warnung von Marleen Kattowitz.« Gerald zwinkerte Batzko zu.

»Sie muss dich gemeint haben, Schwächling. Treffen wir uns danach noch auf ein Bier?«

»Geht nicht. Ich habe die Schwimmtasche im Kofferraum.«

Batzko legte den Kopf schräg. »Der kleine Feigling zieht sich also vor mir ins Planschbecken zurück. Und nach dem Schwimmen?«

»Geht nicht. Ich muss …«

»… das Baby wickeln?«

»Du nervst, Batzko.«

»Logo. Womit fangen wir also morgen an?«

»Wir fahren zu einer Frau, die uns wahrscheinlich einiges verschwiegen hat.«

11

Ein Kleinlastwagen stand in der Auffahrt. Die Garage war geöffnet. Sie war tief genug, um an ihrer Rückwand neben einem Regal für Werkzeuge und Kleingeräte auch Möbel abstellen zu können. Gerald sah einen nagelneuen Büroschrank, ein Metallregal und einen Drehstuhl, auf dessen Sitzfläche dickleibige Computerbücher zu einem Turm aufgeschichtet waren.

Sie gingen zur Haustür. Batzko steckte seine Sonnenbrille ein und kontrollierte den Sitz seines Jacketts. Es war etwas kühler im Vergleich zu den Tagen zuvor.

Die Haustür stand einen Spalt offen. Als Gerald auf die Klingel drücken wollte, wurde die Tür mit Schwung von innen geöffnet. Katja Reuther riss vor Überraschung die Augen weit auf. In der rechten Hand trug sie eine schwarze Schreibtischlampe, das Kabel hing bis zu ihren Kniekehlen.

»Oh, entschuldigen Sie, ich hatte nicht mit Ihnen gerechnet.«

Sie stellte die Lampe ab und streckte die rechte Hand aus, bis sie realisierte, dass sie Gummihandschuhe trug. Verlegen trat sie zur Seite, um Gerald und Batzko hineinzubitten. Wie bei ihrem ersten Besuch trug sie einen Trainingsanzug. Die dichten, mittellangen Haare wurden von einem breiten Stirnband fixiert, das ihr Gesicht etwas flacher erscheinen ließ. Sie war sehr blass, die Augen flackerten nervös. Gerald erinnerte sich an die Tablettenschachtel auf dem Esstisch im Wohnzimmer und warf beim Eintreten einen Blick in die Küche und auf den Wohnzimmertisch. Er sah einen Bücherstapel, einen Brotkorb, Butter, eine Aufschnittplatte und einen Teller. Aber keine Medikamente.

Katja Reuther versuchte, sich die Handschuhe abzustreifen, was ein quietschendes Geräusch verursachte. Schließlich legte sie sie auf einen der Sessel, auf dem sich Verpackungen von Computerhardware stapelten.

»Sie müssen meinen Aufzug entschuldigen. Zur Beerdigung meines Mannes kommt seine Familie aus Hamburg. Arnos Bruder ist auch in der Computerbranche und kann vielleicht vieles von dem gebrauchen, was in Arnos Zimmer steht. Ich will ihm die Sachen geben, damit sie nicht diesem Herrn Steinhaus in die Hände fallen. Nennen Sie es weibliche Intuition oder was auch immer – ich habe ihn immer für jemanden gehalten, der nur auf den Moment wartet, sich alles unter den Nagel reißen zu können. Arno war so leichtgläubig, er war im Grunde seines Wesens Kind geblieben. Und jetzt stehe ich hier in diesem Aufzug und putze den Computer. Das verstehen Sie vielleicht nicht, aber ich muss einfach etwas tun. Es macht mich krank, dieses Nachdenken. Ich halte es einfach nicht aus. Ich wache um vier Uhr auf, den ganzen Tag putze ich und organisiere und räume aus und hoffe, dass ich vor Müdigkeit wenigstens um ein Uhr in der Nacht einschlafen kann. Ich weiß, dass es verrückt ist, von einem Zimmer zum anderen zu rennen, auszupacken und einzupacken, aber ich spüre, dass ich zusammenbreche, wenn ich mich nur auf einen Stuhl setze und daran denke, wie mein Leben nun weitergehen soll.«

»Das ist mehr als verständlich. Sie befinden sich in einer Ausnahmesituation«, sagte Gerald und fragte sich, warum sie ein so negatives, geradezu bedrohliches Bild von Steinhaus hatte. Warum hielt sie ihn für so skrupellos und geldgierig?

»Mein Schwager will mir unbedingt den angemessenen Wert ersetzen«, fuhr sie schnell fort, »ich suche überall nach Rechnungen, Belegen, Quittungen. Glücklicherweise war Arno sehr gewissenhaft in seiner Buchführung. Sein Bruder ist ein angenehmer Mensch, er denkt wahrscheinlich, dass ich vor dem finanziellen Ruin stehe. Ich weiß nicht, was alles auf mich zukommen wird. Es war Arnos Firma, dennoch habe ich manche Papiere auch unterschreiben müssen, damit ich abgesichert bin, hieß es. Herr Steinhaus hat mir die Verträge vorgelegt und dabei immer wieder erwähnt, was er selbst an privatem Vermögen einsetzt und was er alles riskiert. »

Batzko pfiff leise durch die Zähne. »Bedeutet das, dass Sie nicht genau gewusst haben, was Sie da unterschreiben?« »Ja. Nein. Ich meine, Arno hat mir gesagt, dass alles seine Richtigkeit hat. Es war doch sein großer Traum, diese Firma. Ich bin komplett durcheinander. Wir hatten Gütertrennung vereinbart, aber was heißt das jetzt? Wem gehören die Patente? Bekomme ich überhaupt etwas ab, wenn die Firma Erfolg hat? Das Potenzial für diese Verschlüsselungssoftware muss immens sein, weltweit. Daran hat Arno fest geglaubt, weil immer mehr Leute ihre Bankgeschäfte und Einkäufe über das Internet abwickeln. Aber ich, ich stehe jetzt hier ohne ihn und weiß nicht, wie ich dieses Haus alleine finanzieren soll. Wir haben Hypotheken und Kredite laufen. Ich bin doch nur Übersetzerin.«

»Bitte beruhigen Sie sich«, beschwichtigte Gerald. Sie standen noch immer mitten im Wohnzimmer.

»Können wir uns einen Moment setzen?«, fragte er, um ihren Redeschwall zu stoppen. Er fürchtete, sie würde ewig so weitersprechen, wenn sie noch länger im Raum stehen blieben.

Katja Reuther deutete den Kommissaren, Platz zu nehmen, ging selbst in die Küche und kam mit einem Glas Wasser in der Hand zurück.

»Möchten Sie vielleicht …«

Die beiden Kommissare verneinten.

»Ich habe Sie noch nicht einmal gefragt, ob Sie in den Ermittlungen weitergekommen sind. Warum eigentlich nicht? Warum war das nicht meine erste Frage?«

»Weil man diese Frage nicht stellt, wenn man Angst vor der Antwort hat«, sagte Gerald.

»Ja, Sie haben Recht. Vielleicht hat man dann besondere Angst, wenn man fürchtet, den Täter zu kennen, mit ihm geredet, ihm die Hand gegeben zu haben.«

»Wir ermitteln weiterhin in alle Richtungen«, ergriff

Batzko das Wort. »Es kann ein Überfall mit Todesfolge gewesen sein, es kann sich um eine willkürliche Tat handeln, vielleicht um einen Drogensüchtigen, der dringend etwas Bargeld für den nächsten Schuss brauchte und die Situation ausnutzte, dass Ihr Mann alleine im Büro war. Die Indizien weisen allerdings eher auf eine Beziehungstat hin.

Sie nickte und schloss für einen Moment die Augen. Ihre Lippen bewegten sich, als wollte sie etwas sagen, aber sie blieb stumm.

»Können Sie mir sagen«, fragte Gerald, »wann Sie zuletzt Dr. Chateaux gesehen haben? Sie sprachen davon, dass Sie ihn nach dieser Paartherapie noch mehrmals getroffen haben.«

»Mehrmals? Wirklich? Habe ich das tatsächlich gesagt?»

»Also, wie oft haben Sie ihn gesehen und wo?«

»Hat das irgendwas mit dem Fall zu tun? Das ist doch meine Privatsache, oder?«

»Bitte beantworten Sie die Frage meines Kollegen«, insistierte Batzko.

»Wir haben uns zufällig in der Stadt getroffen, nach der Therapie, meine ich. Kurioserweise sogar mehrmals. Wir haben dann einen Kaffee getrunken und geplaudert. Wir, ich meine damit meinen Mann, Dr. Chateaux und mich, waren uns sympathisch.«

»Sie haben ihn also nicht in der Praxis aufgesucht?«

Sie schaute zuerst Gerald an, dann Batzko. Sie ließ sich Zeit mit ihrer Antwort. »Doch. Das ist auch einmal passiert.«

»Wenn ich mir vor Augen führe, wo Dr. Chateaux wohnt, ist es schwer vorstellbar, dass Sie mit zwei Einkaufstüten in der Hand vom Viktualienmarkt in seine Praxis gestolpert sind.«

Sie errötete. »Aber es waren keine Treffen, wie Sie sie vielleicht vermuten. Ich habe Arno geliebt. Nur ihn.«

»Warum gingen Sie dann in die Praxisräume von Dr. Chateaux, nachdem die Paartherapie offiziell beendet war?«, bohrte Gerald nach.

Sie senkte den Blick und krampfte die Finger ineinander.

»Ich möchte die Frage nicht beantworten. Wenn Sie mich dazu zwingen wollen, möchte ich vorher mit einem Anwalt telefonieren.«

»Frau Reuther, warum haben Sie uns bei unserem ersten Besuch verschwiegen, dass Ihr Mann Ihnen wenige Tage vor seiner Ermordung von seiner BIID-Erkrankung erzählt hat und von seinem Entschluss, sich das Rückenmark operativ durchtrennen zu lassen?«

Als der Name der Krankheit fiel, sackte Katja Reuther in sich zusammen. Ihre Anspannung löste sich augenscheinlich, als hätte man ein Seil gekappt, an dem ein schweres Gewicht hing. Tränen liefen über ihr Gesicht. Sie machte sich nicht einmal die Mühe, nach einem Taschentuch zu greifen.

»Ich werde es Ihnen sagen«, fuhr Gerald fort. »Ihre Beziehung zu Dr. Chateaux ist weit weniger oberflächlich, als Sie uns glauben machen wollen. Sie ist so intim, dass Sie von ihm über die Erkrankung Ihres Mannes informiert worden waren, was Ihr Mann wiederum nicht wusste. Als er Ihnen dann vor wenigen Tagen sein Geheimnis offenbarte und seine Entscheidung für eine Operation mitteilte, mussten Sie nicht nur die dramatischen Konsequenzen für Ihren Wunsch nach Kindern und nach einem ganz normalen Leben verarbeiten, Sie mussten nach Arnos Bekenntnis auch dem Druck standhalten, Ihre Beziehung zu Dirk Chateaux und das Wissen um die BIID-Erkrankung zu verschweigen. Wie Herr Chateaux das mit seiner therapeutischen Schweigepflicht vereinbaren konnte, lassen wir fürs Erste einmal beiseite.«

Katja Reuther hatte ohne äußere Regung zugehört.

»Kann ich also annehmen«, fuhr Gerald fort, »dass Sie Ihrem Mann Ihre freundschaftliche, um nicht zu sagen, intime Beziehung zu Dr. Chateaux gestanden haben?«

Sie nahm das Stirnband ab und hielt es in ihren Händen. »Es war eine unglaubliche Nacht«, sagte sie mit unerwartet ruhiger Stimme. »Der übermächtige Druck fiel von Arno, ein ganzes Gebirge aus jahrzehntelanger Verdrängung, Scham, Schweigen, Hass auf sich selbst und seinen Körper. Dirk war der erste Mensch, dem er sich überhaupt anvertraut hatte. Mir gegenüber hat sich Arno in dieser Nacht so rückhaltlos, so vollkommen ungeschützt offenbart, dass ich es meinerseits nicht ertragen hätte, ihn anzulügen oder ihm etwas so Gravierendes zu verschweigen. Aber es war seltsam, Arno war natürlich verletzt, eifersüchtig; er fühlte sich von mir und von Dirk betrogen und verraten, aber gleichzeitig war er unendlich befreit. Arno hatte alle Dämme brechen lassen, und das hat meine Beziehung zu Dirk gleichsam in den Hintergrund gerückt. Vielleicht hat Arno sein Verschweigen der Krankheit mir gegenüber auch als eine Art Untreue gewertet? Ich weiß es nicht. Aber manchmal hatte ich den Eindruck, dass er es so sah, dass Dirk und ich uns ja erst kennengelernt hatten durch seine Probleme. Jedenfalls, sein Geständnis hat uns in dieser Nacht nicht getrennt, sondern vereint. Wir haben zusammen geweint, wir haben miteinander geschlafen, wir haben unsere Gesichter abgeleckt, als wären wir Babys, wir ...«

Batzko warf Gerald einen irritierten Blick zu.

Gerald schaute in den Garten. Die Kinderschaukel setzte sich wie von Geisterhand leicht in Bewegung. Die kühleren Temperaturen hatten auch die Windstille der letzten Tage beendet.

»Soll ich Ihnen ein frisches Glas Wasser holen?«, fragte er.

Sie schüttelte den Kopf. »Gleich. Wenn ich alleine bin, trinke ich etwas.«

»Die Nacht ist die Nacht, und der Tag ist der Tag«, sinnierte Gerald. »Und die realen Probleme stellen sich am Tag. Wie ist es weitergegangen, am Tag danach? Wollte Ihr Mann auf die Operation verzichten oder sie zumindest verschieben, bis Sie Ihren Kinderwunsch realisiert hatten? Hat er Ihnen die Beziehung zu Chateaux verzeihen können? Und was ist mit Chateaux selbst? Hat er darauf gedrungen, die Operation durchführen zu lassen?«

»Ja. Dirk.« Sie sprach leiser, wie zu sich selbst. Gerald hatte den Eindruck, dass sie erleichtert war, nicht länger über ihren verstorbenen Mann und sich selbst reden zu müssen. »Er hat diese wunderbare Gabe, Menschen ganz tief in sich selbst schauen zu lassen, verborgene Ängste, Verletzungen und Verdrängungen aus den dunklen Stollen ihrer Psyche ans Licht zu holen, wie er es ausdrückt, und sich dadurch selbst endlich erfahren zu können. Das Leben erscheint uns allen so schwer und mühsam, nicht wahr? Dabei sind es doch nur wir selbst, die uns im Wege stehen. Wer sich ganz annimmt, wer sich einmal um die eigene Achse dreht und jeden Grad seiner Bewegung, jede Facette seines Ichs bejaht und leben lässt, für den ist das Leben nicht wirklich schwer. Er lebt es, und wer sein Leben wirklich lebt, empfindet es nicht als Anstrengung und Leid. Es ist einfach nur das, was es ist, und es ist gut so, wie es ist.«

»Amen. Und so gehet hin und verbreitet meine Wahrheit über alle Völker dieser Erde. Oder so ähnlich. An wen erinnert mich dieser Chateaux nur?«

Gerald hielt den Atem an. Batzko hatte Chateaux über die Maßen provoziert, und jetzt streute er Salz in die Wunden dieser Frau. Zu seinem nächsten Geburtstag, überlegte Gerald, schenke ich ihm eine Schnupperstunde bei einem Psychologen seiner Wahl. Diese militante Abwehr ist doch selbst schon neurotisch.

Zu seiner Erleichterung reagierte Katja Reuther nicht auf Batzkos Provokation. Sie atmete gleichmäßig und bewahrte die Ruhe. Aber Gerald musste feststellen, dass sich in die letzten Sätze ein anderer Ton eingeschlichen hatte. Zwar war es Katja Reuther, die sprach, aber den Text hatte Dr. Dirk Chateaux geschrieben.

»Ich will damit sagen«, fuhr sie fort, »er hat auch mir geholfen. Ich hatte nie wirklich Selbstvertrauen. Ich habe mich nie wirklich begehrenswert und aufregend empfunden. Das kommt sicher daher, dass ich eine ältere, sehr attraktive Schwester habe. Die Jungs in der Schule haben eigentlich nur mit mir geredet, um an meine Schwester heranzukommen. Wenn ich zu einer Fete eingeladen wurde, hörte ich immer den Satz: *Ach, bring doch ruhig deine Schwester mit. Okay?* Arno hat mich geliebt, das habe ich immer gespürt, aber unsere Beziehung hatte im Grunde geschwisterliche Züge angenommen. Es mag auch eine Rolle gespielt haben, dass seine Art der Erkrankung ein ablehnendes Verhältnis zur Sexualität impliziert hat. Deshalb nehme ich an, dass für ihn das Sexuelle keine große Bedeutung hatte. Wir haben uns, obwohl wir so viele Jahre zusammen waren, niemals explizit über unsere Sexualität unterhalten. Ich aufgrund meiner Unsicherheit nicht, er aufgrund seiner Krankheit nicht, nehme ich an. Dirk, ich meine natürlich Dr. Chateaux, hat das erkannt, und in den Gesprächen mit ihm ist der Funke eben übergesprungen. Vom theoretischen Fahrunterricht zum praktischen, könnte man sagen.« Sie lachte auf, als wäre sie dankbar, der Situation etwas von ihrer Dramatik zu nehmen. »Aber es ging nie darum, meine Ehe aufzugeben. Es mag sich paradox anhören, aber Dirk wollte nicht mit Arno konkurrieren, sondern er wollte mir helfen, eine gelöstere, lustvollere Ehe zu führen. Vielleicht hatte er auch mit anderen Frauen Verhältnisse, aber das hat mich nie beschäftigt. Daran sehen Sie, dass er für mich immer ein Therapeut geblieben ist, nicht der Mann, mit dem ich emotional verbunden war.«

»Ich beglückwünsche Sie zu einem so potenten Samariter«, schaltete sich Batzko wieder in das Gespräch ein, »aber das beantwortet keine einzige Frage meines Kollegen. Welchen Entschluss haben Sie getroffen? Welchen Entschluss haben Ihr Mann und der alles und alle seligmachende Dr. Chateaux getroffen?«

»Potent, sagen Sie.« Sie schaute Batzko direkt an und fuhr mit erstaunlicher Selbstsicherheit fort, als würde sie sich auf all das, was Chateaux ihr vermittelt hatte, nun berufen können: »Ich nehme an, Sie halten sich selbst für extrem potent, nicht wahr? Sexuelle Attraktivität als Multiplikation aus Muskelmasse, Brusthaaren und dem Zynismus und Chauvinismus, den Sie hier an den Tag legen. So stellen Sie sich das wohl vor. Wissen Sie, wie im Alten Testament der Liebesakt beschrieben wird? *Er erkannte sie*, so heißt es dort. Das ist für mich die erotischste Eigenschaft überhaupt: erkannt zu werden. Aber lassen wir das, ich bezweifle sehr, dass Sie und ich in dieser Frage jemals einen gemeinsamen Nenner finden.« Sie wandte den Blick von Batzko ab, dem vor Überraschung die Kinnlade heruntergefallen war. »Ich bin Ihren Fragen nicht ausgewichen. Ich kann sie nur nicht beantworten. Wir wären gar nicht in der Lage gewesen, eine konkrete Entscheidung zu treffen. Wie stellen Sie sich das vor? Es geht doch nicht darum, Prospekte auf dem Tisch zu verteilen und nach einer Stunde den Wohnzimmertisch auszuwählen. Wir wollten uns Zeit geben. Die Nacht war wie ein reinigendes Gewitter gewesen. Nun wollten wir, dass sich alles erst wieder beruhigt. Es ging doch schließlich um die Wegstellungen für unsere gemeinsame Zukunft!«

»Frau Reuther«, hakte Gerald nach, »haben Sie am Mittwochmorgen Dr. Chateaux in der Stadt getroffen? Haben Sie oder er oder Sie beide Ihren Mann in seinen Geschäftsräumen aufgesucht, nachdem Herr Steinhaus gegangen war?«

»Was soll das? Werde ich jetzt verdächtigt? Glauben Sie, dass ich den Mann umgebracht habe, den ich geliebt habe? Und das nach dem, was wir alles durchgestanden haben, nachdem wir uns so rückhaltlos geöffnet haben, wie sich nur zwei Menschen öffnen können? Sie wissen ja nicht, was Sie sagen.«

»Frau Reuther, wir müssen Sie das fragen, es gibt keinen Grund zur Aufregung. Also bitte antworten Sie nur auf die Fragen, die Ihnen gestellt wurden.«

Katja Reuther gewann ihre Selbstkontrolle wieder. »Gut. Ich verstehe. Sie tun ja nur Ihre Pflicht. Warum soll ich es Ihnen auch nicht sagen? Dirk und ich haben uns gegen neun Uhr in einem Café in der Innenstadt getroffen. Nicht bei ihm, nicht bei mir, sondern in der Innenstadt, an einem neutralen Ort. Wir wollten reden, uns über die neue Situation austauschen.«

»Ohne eine Entscheidung getroffen zu haben?«

»Ohne eine Entscheidung getroffen zu haben.«

»Was ist mit dem Geld, das Arno Herrn Chateaux bereits gegeben hatte?«

Sie schaute hinaus in den Garten, zur Schaukel. »Arno hat es nur kurz erwähnt. Ich glaube, er wollte es zunächst zurückverlangen, einfach, um sozusagen alles auf null zu stellen. Er hat angedeutet, dass er sich vielleicht dennoch zu einer baldigen Operation entschließen könnte, aber er wollte, um klar zu sehen, eine neutrale Ausgangsposition herstellen.«

»Wann haben Sie sich wieder getrennt?«

»Ich weiß nicht. Gegen zehn Uhr, nehme ich an. Ich habe noch Einkäufe gemacht und bin dann nach Hause gefahren.«

»Wir werden das nachprüfen, Frau Reuther. Und Sie haben Ihren Mann nicht in seinem Büro aufgesucht?«

Sie schloss die Augen und schüttelte den Kopf. »Nein, wie ich Ihnen schon sagte. Ich habe meinen Mann nicht gesehen.«

Gerald und Batzko verständigten sich mit einem kurzen Blick. »Wir überlassen Sie jetzt Ihren Aufgaben und Verpflichtungen«, sagte Gerald. »Halten Sie sich bitte weiter zu unserer Verfügung. Wir gehen davon aus, dass Sie die Stadt in den kommenden Tagen nicht verlassen.«

Sie nickte und erhob sich nicht von ihrem Platz, als die Kommissare das Zimmer verließen.

Während der Fahrt tastete Gerald in der Innentasche seine Jacke nach dem Zettel, den Nele auf den Küchentisch gelegt hatte. Am Vorabend hatte er sich im Schwimmbad so ausgepowert, dass er beim Haarewaschen die Arme kaum über die Schultern hatte heben können. Anschließend hatte er im Auto gesessen und eine CD von Chet Baker gehört, bevor er in seine Wohnung zurückgekehrt war, in der kein Licht mehr gebrannt hatte. »Bin abends ab sechs Uhr verabredet. N.« Dieser eine Satz in ihrer engen, akkuraten Handschrift. Eine Kampfansage. Er spürte in diesem Moment denselben Stromschlag, der ihn beim ersten Lesen der Nachricht durchzuckt hatte. Gerald war schon immer sehr empfänglich für Eifersucht gewesen; gleichzeitig fühlte er eine Art von schmerzlicher Vertrautheit mit jener Nele, in die er sich verliebt hatte: direkt, impulsiv, kämpferisch – bevor Schwangerschaft und Geburt sie in ein zitterndes Bündel aus Angst, übertriebener Vorsicht und Misstrauen verwandelt hatten.

»Hast du gestern noch Volker Pollinger getroffen?«, fragte er, um sich auf andere Gedanken zu bringen.

»Ich habe ihn noch an der Wohnungstür von dieser Kattowitz erwischt«, antwortete Batzko und schaltete einen Gang hoch. »Er ist jetzt wieder für vier Tage auf der Autobahn. Er bleibt eisern bei seiner Darstellung, er hätte am Tatabend Alexander Faden weder gesehen noch gehört und er hätte die Wohnung der Kattowitz zu keinem Zeitpunkt verlassen.«

»Wie beschreibt er sein Verhältnis zu Alexander Faden?«

»Untergründig ist zu spüren, dass es ihm quer im Hals stand. Aber offiziell beteuert er, dass Faden lediglich der Babysitter für das Kind seiner Lebensgefährtin war und ihn das nichts anginge, da er schließlich nur an den Wochenenden in ihrer Wohnung sei. Das sagte er wie auswendig gelernt, und gleichzeitig hatte ich den

Eindruck, dass er diesen Alexander Faden am liebsten aus der Wohnung gejagt hätte. Der Mann ist nicht dumm; er hat schließlich schon Erfahrung mit unsereins gesammelt. Er weiß, dass wir nichts Handfestes vorweisen können. Solange seine Lebensgefährtin bei ihrer Aussage bleibt, ist er auf der sicheren Seite.«

»Er hat einen anderen und sich selbst immerhin ins Krankenhaus geprügelt, weil seine Lebensgefährtin sich von anderen Männern mittels Kamera betatschen und beschlafen lässt.«

»Pollinger ist ein Pulverfass auf zwei Beinen. Er kann an dem Abend explodiert sein, muss es aber nicht.«

»Es kann ein anderes Pulverfass geben, das sowohl bei Alexander Faden als auch bei Arno Reuther explodiert ist«, meinte Gerald.

Sie hatten ihr Ziel erreicht, eine Filiale der Deutschen Bank am Promenadeplatz. Batzko parkte am Ende der Pacellistraße. Als Gerald ausstieg, fiel sein Blick auf ein Paar auf der gegenüberliegenden Straßenseite, das vor einem Geschäft stand und sich einen heftigen Wortwechsel lieferte. Die junge, schlanke Frau tippte in diesem Moment mit dem rechten Zeigefinger vor die Stirn des Mannes. Der reagierte blitzschnell: Er packte die Hand und quetschte sie offensichtlich mit aller Kraft, denn das Gesicht der Frau war augenblicklich schmerzverzerrt. Während Batzko bereits in die Bank gegangen war, beobachtete Gerald weiter die Szene. Er hatte das unbestimmte Gefühl, den Mann zu kennen, ihn zumindest schon einmal gesehen zu haben. Plötzlich fiel es ihm ein. Es handelte sich um Lutz aus der Gruppentherapie. Er hatte ihn nicht sofort erkannt, weil er Lutz bisher nur in Motorradkleidung gesehen hatte. Nun trug er eine weit geschnittene Khakihose und ein T-Shirt ohne Aufdruck. Außerdem musste er gerade beim Friseur gewesen sein, die Haare waren auf Streichholzlänge gekürzt. Die Frau war ebenfalls sommerlich und sehr sexy angezogen, in einem kurzärmeligen, karierten Hemd, das über dem Bauchnabel zusammengeknotet war und einen schlanken Hautstreifen freigab. Wut hatte ihre Wangen gerötet. Dann drehte sie sich abrupt auf dem Absatz um und lief weg. Lutz folgte ihr zunächst, hielt aber nach wenigen Schritten inne, um ihr etwas hinterherzurufen, was aber vom Verkehr verschluckt wurde. Er verharrte regungslos, während die ein- und aussteigenden Fahrgäste um ihn herumgingen wie um eine Säule. Schließlich stampfte er davon, in Gegenrichtung zu der Frau, und war bald im Strom der Passanten untergetaucht.

Gerald betrat die Bank, in deren Foyer Batzko wartete und demonstrativ die Arme ausbreitete.

»Mann, wo bleibst du denn? Muss extrem schwierig sein, drei Schritte auf dem Bürgersteig zu machen, oder?«

»Reg dich ab. Ich habe einen Beziehungsstreit beobachtet, der hätte eskalieren können.« Gerald sah keinen Grund, ins Detail zu gehen.

»Jeder sieht nur, was in ihm selbst ist«, grinste Batzko, »das stand mal in einem unserer schlauen psychologischen Handbücher. Könnte aber auch von Chateaux stammen, unserem Dr. Freud und Dr. Sex in Personalunion. Egal – in der Zwischenzeit habe ich unseren Wisch bereits abgegeben. Gleich werden wir mit einem Sachbearbeiter ein aufklärendes Gespräch führen, das habe ich im Urin.«

Gerald sah sich um. Es befanden sich nur wenige Kunden im Haus; dennoch mussten sie mehrere Minuten warten, bis sich ein jüngerer, auffallend dünner Mann mit einem Schnellhefter in der Hand näherte. Er trug einen hellblauen Anzug und eine Krawatte mit Oldtimer-Motiven. In seinem linken Ohrläppchen funkelte ein kleiner Diamant. Auf den letzten Schritten hüstelte er in seine linke Armbeuge. Nach der höflichen, steifen Begrüßung bat er die beiden Kriminalbeamten zu seinem Schreibtisch hinter dem Schalterbereich.

»Was möchten Sie denn wissen?«, fragte er mit einer Stimme, die verriet, wie gerne er dieses Gespräch nicht geführt hätte. Seine Hände lagen ausgebreitet auf dem Schnellhefter, als wollte er ihn verdecken.

»Das Golf-Handicap von Dr. Chateaux natürlich«, sagte Batzko und zog die Augenbrauen in die Höhe.

Der Angestellte hüstelte wieder und schaute zur Seite. »Guter Joke. Das Handicap steht nicht in den Akten, und ich weiß nicht einmal, ob Dr. Chateaux diesen Sport betreibt. Okay, Sie wollen etwas über den finanziellen Status quo von Herrn Chateaux wissen?«

»Wäre gut«, sagte Batzko trocken.

»Nun …« Er öffnete den Schnellhefter, ohne jedoch einen Blick hineinzuwerfen. »Dr. Dirk Chateaux ist seit seiner Geburt bei uns Kunde. Bereits sein Vater ließ seine finanziellen Angelegenheiten von uns betreuen.

Eine Tatsache, die uns« – er hüstelte wieder – »zu einer größeren Geduld verpflichtet, als wir sie bei einem anderen Kunden aufbringen würden.«

»Im Klartext: Er ist über beide Ohren verschuldet«, sagte Batzko.

»Ja und nein«, antwortete der Angestellte, und allmählich gewann sein Ton eine gewisse geschäftliche Glätte und Sicherheit. »Dr. Chateaux hat vor einem Jahr ein Haus gekauft in einer der besten Lagen dieser Stadt und großzügige Renovierungen und Umbauten in Auftrag gegeben. Er verdient als selbständiger Arzt sehr gut, keine Frage, aber die Höhe seines Kreditrahmens basierte auf einer Erbschaft in erheblichem Umfang. Genauer gesagt: auf der Erwartung einer Erbschaft in beträchtlichem Umfang. Diese Erbschaft – es handelt sich um das Vermögen seines Vaters, der vor einem halben Jahr verstorben ist – ist nun völlig überraschend, in letzter Minute, Anlass für einen schwierigen Rechtsstreit geworden. Ich darf aus Gründen des Persönlichkeitsrechts nicht näher ins Detail gehen, aber sowohl die Dauer des Rechtsstreits als auch dessen Ausgang sind zum gegenwärtigen Zeitpunkt nicht vorherzusagen. Vor drei Wochen noch schien alles auf eine außergerichtliche Einigung zuzulaufen. Das hätte alle Probleme auf einen Schlag beseitigt, aber dann haben sich die Fronten wieder verhärtet. Das passiert, bevorzugt in Fällen, in denen die streitenden Parteien persönlich oder familiär miteinander verbunden sind, aber das wissen Sie ja sicherlich. Da können tiefe Feindseligkeiten ins Spiel kommen, ebenso plötzlich wie unversöhnlich. Die Vernunft kann in diesen Fällen ihre Stimme leider nicht laut genug erheben. Jedenfalls, das Geld liegt auf einem Sperrkonto, es ist vorhanden, aber eben nicht greifbar, und das macht es für Dr. Chateaux, der sich, auch unserer Ansicht nach, im Recht glaubt, nicht eben einfach. Ich möchte hinzufügen, dass diese Bank Herrn Dr. Chateaux wie auch schon seinen Vater als sehr vertrauenswürdigen und zuverlässigen Kunden einstuft, aber angesichts des komplizierten Erbstreits … Sie verstehen schon.«

»Also, unter uns Betschwestern: Der gute Mann hat jede Menge Probleme, seinen monatlichen Kreditverpflichtungen bei Ihnen nachzukommen.«

Der Mann senkte den Kopf und antwortete leise. »Wie gesagt, wir sehen eine besondere Verpflichtung bei diesem Kunden …«

»Mit anderen Worten: Wenn in den nächsten Wochen nichts Entscheidendes passiert, werden Sie den Hahn zudrehen und das Anwesen einer Zwangsversteigerung zuführen. Oder es vielleicht selbst zu einem Vorzugspreis erwerben – angesichts der langen Verbundenheit Ihrer Bank mit der Familie Chateaux?«

Der Bankangestellte presste die Lippen aufeinander und zog es vor, die Frage nicht zu beantworten. Gerald räusperte sich demonstrativ. Warum musste sein Kollege eigentlich immer wie ein Rottweiler auftreten, wenn es um Ärzte, Börsianer oder Bankangestellte ging?

»Können Sie in Ihren Unterlagen sehen, ob vor circa zwei, drei Monaten ein höherer Betrag von einer Person namens Alexander Faden auf das Konto von Dr. Chateaux eingegangen ist?«, fragte er höflich.

Der Angestellte blätterte in den Unterlagen, fand eine entsprechende Seite und fuhr mit seinem Zeigefinger eine Zahlenkolonne ab.

»In der Tat. Vor genau zwei Monaten. Es handelt sich um zwanzigtausend Euro, die aber umgehend zur Tilgung von Verbindlichkeiten wieder abgebucht wurden.«

»Da war die Lage offensichtlich noch nicht so dramatisch, dass die Kohle in einem Briefumschlag den Besitzer wechseln musste«, sagte Batzko wie zu sich selbst. »Und von einem gewissen Arno Reuther? Das dürfte nicht länger her sein als maximal vierzehn Tage, und der Betrag müsste noch größer sein.«

»Nein. Das wüsste ich«, antwortete der Mann und klappte den Schnellhefter zu. »Ich habe mir vor diesem Gespräch noch einen Überblick über die aktuelle Situation verschafft. Da ist seit Wochen nichts in dieser Größenordnung auf das Konto von Dr. Chateaux eingegangen. Sehr zu unserem Bedauern.«

Batzko wechselte einen Blick mit seinem Kollegen und stand auf. »Oder auch nicht zu Ihrem Bedauern. Wie auch immer: Sie haben unseren Ermittlungen sehr gedient. Außerordentlich sogar. Vielen Dank.«

Der Angestellte biss sich auf die Lippen und verbeugte sich steif. Die Hände hielt er hinter dem Rücken.

Die Regenwolken entluden sich. Schon beim Verlassen der Bank hatten Gerald ein paar Tropfen erwischt, nun hämmerte der Regen auf das Autodach. Radfahrer und Fußgänger suchten Schutz unter Hausvorsprüngen und in Toreinfahrten.

»Meine Beobachtung war also richtig. Die Arbeiten am Swimmingpool ruhen, weil er pleite ist«, sagte Gerald.

Batzko brummte. »Ich hatte vermutet, die Arbeiter wären vor Schreck davongelaufen, als sie ihren Auftraggeber mit Zöpfen und Vollbart gesehen haben.«

»Das wirst du ihm wohl nie verzeihen können.«

»Das nicht und vieles andere auch nicht.«

In wenigen Minuten hatten sie die Ebersberger Straße erreicht. Sie stellten den Wagen ab, schoben sich die Jacken über die Köpfe und hetzten zur Haustür. Die Wassertropfen schimmerten an Batzkos dunklen Haaren seiner Unterarme. Das neue Tattoo am rechten Oberarm, ein dunkler, circa fünf Zentimeter breiter Ring, erinnerte Gerald an die alten Karl-May-Filme, in denen die besonders kräftigen Indianer schmale Lederbänder um ihren Bizeps trugen.

Dr. Chateaux öffnete selbst die Tür. Eine dunkelgelbe Serviette hing von seinem Kragen hinunter, ansonsten war er angezogen wie immer: ein sprühender Stilmix zwischen Abendgarderobe und Freizeitkleidung, zwischen Oper und Volkslied, zwischen Mann und Frau.

»Verzeihen Sie, wenn wir Sie beim Essen stören«, sagte Gerald.

Dirk Chateaux antwortete nicht. Er zog nur die Augenbrauen zusammen und nahm die Serviette vom Hals.

»Wir essen heute besonders früh, weil ich noch wegmuss. Ich habe also nicht viel Zeit. Ist es dringend, meine Herren?«

Aus dem Wohnbereich waren Kinderstimmen zu hören, klassische Musik und das Klappern von Geschirr. Der Arzt stand breitbeinig vor der Tür zum Privatbereich des Hauses, als wolle er ihn vor Eindringlingen schützen. Dann zeigte er auf die Tür zu seinen Praxisräumen. Gerald und Batzko gingen voraus und setzten sich, Dr. Chateaux blieb vor seinem Schreibtisch stehen und verschränkte die Arme. Wie er so dastand, wirkte er noch dünner als normalerweise, in seiner Konstitution Arno Reuther vergleichbar. Nur die Schulter- und Oberarmmuskulatur waren ausgeprägter. »Wir kommen von der Deutschen Bank«, sagte Batzko übergangslos.

»Ja, ja. Geld. Münzen, bunte Scheine. Murmeln, erinnern an die Kindheit, als wir sie in kleinen Säckchen sammelten und in Kuhlen auf dem Boden rollen ließen. Der Sieger bekam auch die der unterlegenen Spielkameraden. Manche kommen ihr Leben nicht davon los, sie sammeln und sammeln und sammeln und verstehen doch nie, dass sie damit nicht bekommen, was sie eigentlich suchen«, sagte Chateaux und ließ sein schnelles Lächeln aufblitzen.

»Und manche haben davon so wenig, dass sie schlimme Verbrechen begehen«, bemerkte Batzko.

»Eben. Das ist die Kehrseite unserer Unreife, die so groß ist, dass Sie beide sich um Ihre Arbeitsplätze niemals Gedanken werden machen müssen. Man sollte genießen, wenn man Geld hat – was auch gelernt sein will, aber nicht darunter leiden, nur wenig zu haben.«

»Vielleicht habe ich mich nicht deutlich genug ausgedrückt, Herr Dr. Chateaux. Wir kommen nicht zu einem philosophischen Schwätzchen zu Ihnen. Wir hatten ein Gespräch mit Ihrem Sachbearbeiter in der Deutschen Bank am Promenadeplatz. Ostwall.«

»Hm. Dürfen Sie das, so ohne weiteres? Ohne meine Einwilligung? Da werde ich mal meinen Anwalt konsultieren. Und, worum ging es in der Bank? Die Erbschaft? Den Prozess? Geld als Machtmittel in familiären Beziehungen? Prozessieren meine Geschwister tatsächlich wegen der Erbschaft, wegen einem Haufen Geldscheine, oder geht es nicht vielmehr post mortem um das Einklagen von vermeintlich ausgebliebener Liebe und Respekt zu Lebzeiten, um die Giftschlangen im familiären Sumpf, um …«

»Ich bin an Ihrer Familiengeschichte nicht interessiert«, unterbrach ihn Batzko, »und Ihre psychologische Heißluft können Sie sich für Ihre Patienten aufheben, Herr Dr. Chateaux, nicht für mich. Es geht konkret darum, dass die Bank bereits das Lasso um dieses schöne Anwesen gelegt hat und nur noch den Moment abwartet, um die Schlinge zuzuziehen.«

Der Arzt musterte Batzko, und zum ersten Mal entdeckte Gerald ein gewisses Versagen ärztlicher Distanz und Überlegenheit. In Chateaux's Blick lagen Abwehr, Schrecken und offene Antipathie.

»Was hat das mit Ihren Ermittlungen zu tun?«, fragte er.

»Sie können Ihren finanziellen Verpflichtungen, die durch den Hauskauf und die Umbaumaßnahmen entstanden sind, nicht mehr nachkommen. Das ist Fakt.

Also haben Sie Ihr Angebotsspektrum erweitert: Vermittlung von Operationen im Ausland gegen Vorkasse, so geleistet von Alexander Faden vor zwei Monaten. Schöne nette All-inclusive-Pakete, vielleicht ein zukunftsweisender Weg, um der drohenden Zwangsversteigerung zu entgehen.«

»Ich verbitte mir zynische Unterstellungen dieser Art. Ich glaube, Ihnen ausführlich erläutert zu haben, dass es sehr wohl therapeutische Motive gibt für diesen Umgang mit einer ernstzunehmenden psychischen Störung.«

»Sie verbitten sich hier überhaupt nichts«, bellte Batzko. »Von Arno Reuther war eine weit höhere Summe zu erwarten, die Sie auch dringend brauchten, weil die Handwerker die Arbeit am Pool schon eingestellt und voraussichtlich mit Klage und Pfändung gedroht hatten. Das wäre bei der Bank gar nicht gut angekommen, oder? Deshalb sollte Reuther auch in bar zahlen, nicht wahr? Bedauerlicherweise hat der arme Arno von Ihrem Techtelmechtel mit der hübschen Katja erfahren und die Operation abgeblasen. Oder zumindest aufgeschoben. Also haben Sie Herrn Reuther am Mittwochvormittag in dessen Geschäftsräumen aufgesucht und versucht, ihn doch noch zur Operation zu überreden. Nur hat Arno Reuther sich nicht becircen lassen, vielleicht hat er Ihnen zum ersten Mal die Stirn geboten. Er hat das Geld zurückgefordert, weil er es für seine eigene Firma gut gebrauchen konnte, aber das Geld hatten Sie schon gar nicht mehr, wie Sie ihm kleinlaut eingestehen mussten. Vielleicht hat Herr Reuther daraufhin gedroht, Sie anzuzeigen. Das wäre der Todesschuss gewesen: Ade, schönes Haus in Bogenhausen, ade Swimmingpool. Dafür aber jede Menge Trouble mit der Bank, der Steuer und wohl auch der Ärztekammer. Kurzum, es ging um nicht mehr und nicht weniger als Ihre Existenz.«

In diesem Moment drangen Geräusche aus der Diele. Schritte, Kinderstimmen und das merkwürdige Klappern, das Gerald schon einmal wahrgenommen hatte. Nur wurde diesmal an die Tür zum Besprechungszimmer geklopft.

»Einen Augenblick noch. Ich bin gleich da«, rief Dr. Chateaux.

Dessen ungeachtet wurde die Tür geöffnet. Gerald sah ein fünf- oder sechsjähriges Mädchen mit mittelblonden, glatten Haaren in einem hellen Kleid. Es war sehr schlank. Der rechte Fuß war einwärts gebogen, nur die Fußspitze berührte den Boden. Die Kniescheibe wurde von einer dunkelbraunen Manschette umfasst. Die Muskulatur des Beines wirkte verkümmert. Die Metallkrücken, die bis unter die Schultern reichten, sicherten mühsam das Gleichgewicht.

Hinter dem Mädchen stand ein Junge, auf den ersten Blick erkennbar als Bruder, der drei Jahre älter sein mochte. Er hatte einen bunten Sportbeutel geschultert. Hinter dem Jungen wiederum erschien eine ungefähr zwanzigjährige Frau, die in diesem Moment vor Verlegenheit errötete. Sie war kräftig gewachsen; die Haare waren zu einem Zopf geflochten. Sie trug eine Jeans und ein weites, ausgewaschenes Sweatshirt, dazu aber dunkelroten Lippenstift und Wimperntusche. Auf Gerald wirkte es, als hätte sie das Schminken einfach mal ausprobieren wollen.

»Es tut mir leid«, sagte sie mit unüberhörbarem slawischem Akzent, und Gerald erkannte das Hausmädchen, mit dem er telefoniert hatte. »Die Kinder … sie waren so schnell, Doktor.«

»Du wolltest uns ins Schwimmbad fahren, Papa. Du hast es versprochen«, rief das Mädchen. Es machte einen Schritt auf seinen Vater zu, indem es die Krücken nach vorne schob. Das linke, kräftige Bein stabilisierte die Bewegung, während das rechte regungslos blieb.

»Schon gut, Anna«, sagte Dr. Chateaux und dann, an seine Tochter gerichtet, in einem viel schärferen Ton: »Habe ich dir nicht gesagt, dass ihr dieses Zimmer nie betreten dürft, wenn ich Besuch habe? Dass es mein Sprechzimmer ist? Dass ihr anklopfen müsst und warten, bis ich komme?«

Das Mädchen senkte den Kopf, antwortete aber nicht. Es verschob das linke Bein seitwärts und setzte die Krücken neu auf.

Chateaux stöhnte auf und wischte sich mit der Hand über die Stirn. »Verzeih, Liebes. Verzeih mir bitte. Ich bin nur in einer wichtigen Unterredung. Ich bin in zwei Minuten bei euch. Die Herren werden sich gleich verabschieden. Geht schon einmal zum Auto.«

Anna fasste das Mädchen an der Schulter. Aber es wollte sich nicht helfen lassen, und dieser stumme Trotz imponierte Gerald. Es dauerte eine gewisse Zeit, bis die beiden Kinder und Anna den Raum verlassen hatten.

Dirk Chateaux schaute zu Boden. Er wirkte plötzlich sehr müde. Als er hörte, wie die Haustür geöffnet wurde und die drei auf dem Weg zur Garage waren, sagte er leise: »Ein Verkehrsunfall, vor anderthalb Jahren. Acht Operationen am Bein, bisher. Meine Frau hat das alles nicht verkraftet. Sie hat nach dem Unfall nicht mehr schlafen können, bis sie unter der Belastung zusammengebrochen ist. Sie ist seit mehreren Monaten in einer Klinik.« Nach einem kurzen Moment fügte er hinzu: »Im Wasser findet meine Tochter ihren Körper schön, verstehen Sie? Sie schwimmt sogar schneller als gesunde Kinder ihres Alters. Im Wasser kann sie vergessen. Und in der Luft. Ein Kollege von mir ist Segelflieger. Manchmal nimmt er sie mit zu einem Rundflug.«

Gerald schaute auf die Bilder hinter dem Schreibtisch. Er hatte keine Zweifel, dass sie von der Tochter gemalt worden waren. In ihrer Phantasie wurde das Mädchen schwerelos, schwebte in der Luft.

»Ich denke nicht, dass unser Gespräch in zwei Minuten beendet sein wird«, sagte Batzko ungerührt.

Dr. Chateaux holte kurz Luft und legte die Fingerspitzen aneinander. »Es wird nicht in zwei Minuten zu Ende sein, sondern in genau diesem Moment. Sie haben gar nicht die Befugnis, mich hier festzuhalten. Ich hätte Ihnen nicht einmal die Tür öffnen müssen. Nur ein Staatsanwalt darf mich vorladen. Ich muss Sie und Ihren Kollegen nicht einmal zur Kenntnis nehmen, wenn ich nicht will. Halten Sie mich nicht zum Narren. In unserem Rechtsstaat gilt nicht länger das Faustrecht, obwohl Sie das mit Sicherheit äußerst bedauerlich finden werden.« Er sprach betont langsam, zelebrierte jedes Wort und schoss sein blitzschnelles Lächeln hinterher.

Batzko verharrte regungslos, ohne den Therapeuten aus dem Blick zu entlassen. »Sie haben wohl auch in Rechtskunde einen Doktortitel erworben, Sie Neunmalkluger.«

Gerald stand auf und stellte sich zwischen Chateaux und Batzko. »Ich denke doch nicht …«, begann er, als Batzko ihn vehement unterbrach: »Ich rate Ihnen dringend, uns nicht zu provozieren, Herr Dr. Chateaux. Welchen Termin schlagen Sie denn vor?«

»Ich habe heute und morgen Vormittag berufliche Verpflichtungen in Regensburg und werde deshalb dort übernachten. Kommen Sie morgen Nachmittag, gegen sechzehn Uhr dreißig in mein Büro.«

»Staatsanwälte haben viel zu tun. Sie verplempern ihre Zeit äußerst ungern mit dem Schreiben von Vorladungen. Das kommt gar nicht gut«, sagte Batzko, bevor ihn Gerald aus dem Sprechzimmer schob.

12

Gerald hetzte die Treppe hoch. Die Tür war nur angelehnt. Er klopfte laut, trat in den Flur, zog sich das Jackett und die Schuhe aus.

Nele kam aus dem Schlafzimmer, Severin auf dem Arm. Sie hatte sich ganz gegen ihre Gewohnheit geschminkt, der Lippenstift leuchtete wie eine rote Ampel in stockfinsterer Nacht. Nele empfand ihre Lippen eigentlich als zu schmal und unsinnlich und war deshalb auch immer zurückhaltend mit Lippenstift gewesen. Die Jeans saß hauteng, ebenso das schwarze Top, das er, soweit er sich erinnern konnte, noch nie an ihr gesehen hatte.

»Entschuldige bitte«, sagte er und spürte die Irritation über ihr Outfit in seiner Stimme. »Ich bin zu spät, ich weiß, aber es ging einfach nicht früher. Der Mordfall …«

Sie schaute ihn frontal an. Ihr Parfüm legte sich wie eine Wolke um seinen Kopf. »Wenn die Zeit sowieso schon abgelaufen ist, kommt es auf die paar Minuten auch nicht mehr an.«

Sie übergab ihm Severin, als wäre er ein Paket, nahm

eine Handtasche von der Garderobe und packte ihr Portemonnaie, das Handy und ein Päckchen Taschentücher hinein.

»Dann bin ich jetzt mal weg«, sagte sie, eine Hand am Türgriff. »Es ist vorbereitete Milch im Kühlschrank. Er wird heute nur noch eine Flasche trinken, in circa einer Stunde. Aber eine zweite für die Nacht oder am Morgen ist auch schon fertig. Stell sie ins Wasserbad, sobald er unruhig wird. Pass auf die Temperatur auf, ganz langsam erwärmen.«

»Ich mache es nicht zum ersten Mal«, sagte er gereizt.

»Ich aber«, sagte sie und warf einen letzten kontrollierenden Blick in den Spiegel. Dann war sie verschwunden. Gerald ging in die Küche, setzte sich an den Tisch und streichelte das Gesicht seines Sohnes. Severin fixierte ihn; es war, als ob seine blauen Augen einen Gang hochschalteten, so sehr intensivierte sich der Blick. Er gurrte etwas, dann lächelte er. Aber nicht die Lippen lächelten, sondern das ganze Gesicht schien sich zu einem Lächeln zu formen. Alles ist eins bei ihm, dachte Gerald, der Kopf, der Körper, das Gefühl. Doch mit der Zeit verlieren wir diese Fähigkeit, uns voll und ganz einem Gefühl hinzugeben. Wieder gurrte Severin. Er bewegte die Beine, strampelte leicht.

»Wenn wir deine Mutter treffen wollten«, sagte Gerald und reichte Severin seinen Zeigefinger, den er sofort mit einer Hand fest umschloss, »müssten wir nur ihrem Parfüm folgen. Es legt eine lange, lange Spur, es würde uns zu ihr führen, wenn sie beispielsweise in die Schwabinger Altstadt gefahren wäre, wo bekanntlich tausend attraktive Männer pro Quadratkilometer in den Kneipen anzutreffen sind.«

Attraktiv? Wer war eigentlich für Franziska attraktiv? Ein sportlicher, unbeschwerter Student oder doch ein arrivierter Erfolgstyp wie Harald Steinhaus? Steinhaus. Der Name schob sich wie ein Schutzwall in Geralds Bewusstsein. Batzko hatte nach der Unterredung bei Chateaux mit der Bank telefoniert: Genauere Auskünfte würde er erst am Montag bekommen, aber was er inoffiziell schon erfahren hatte, ließ die Goldlegierung an der Vita des Börsen-Yuppies abblättern. Ja, er hatte tatsächlich viel Kohle verdient an der Börse, aber er hatte sie in den letzten Jahren wieder in den Sand gesetzt. Sieh an, hatte Batzko gefeixt. Dann hat er doch nicht rechtzeitig den Absprung geschafft und vielleicht die Kontrolle verloren, ist ausgerastet, als Reuther bei ihrem letzten Treffen von der Operation erzählte, die ihn für Wochen, wenn nicht für Monate außer Gefecht gesetzt hätte.

Severin murrte, wand sich in Geralds Arm. Er hungerte nach Beschäftigung, Bewegung, darauf, bespaßt zu werden. Gerald schloss abwechselnd das linke und rechte Auge, nahm die Babyfaust zwischen seine Lippen und ging mit seinem Sohn auf dem Arm ins Wohnzimmer. Er setzte sich in den Fernsehsessel, nahm einen Untersetzer aus Kork vom Bücherregal – dort hatte er immer sein Glas platziert, wenn er, es musste Jahrhunderte her sein, Musik gehört oder sogar Klarinette geübt hatte – und gab ihn Severin, der ihn umfasste, an ihm kaute, ihn auf seinen Bauch fallen ließ und wieder aufnahm.

Gerald schaute sich um in diesem Zimmer, das in einen merkwürdigen Dornröschenschlaf gefallen schien. Staub auf der Musikanlage, auf der Klarinette, den Böden des Bücherregals. Hier hatte sich nichts bewegt, aber um Gerald und Nele war die Welt aus den Fugen geraten. Die Nacht mit Franziska hatte Gerald nicht nur bewusst gemacht, wie sehr er die Zärtlichkeiten und den Sex vermisst hatte. Sie hatte auch seine Wahrnehmung Nele gegenüber verändert. Nein, das war längst keine nachgeburtliche, mit sexueller Apathie einhergehende Depression mehr. Die Wahrheit war vermutlich einfacher und viel brutaler. Sie hatte keine Lust mehr auf ihn, sie war seiner überdrüssig, und nun sah sie den Zeitpunkt gekommen, ihm das in aller Deutlichkeit vor Augen zu führen. In ihrem Look hatte sie binnen Minuten zehn Batzkos um sich, wenn sie nur an einem Tresen lehnte.

Er spürte plötzlich eine große Angst vor diesem Abend und dem Alleinsein mit Severin. Wann würde sein Sohn einschlafen? Würde er selbst nicht zu erschöpft sein, um ihn mitten in der Nacht zu versorgen, wenn er aufwachte und Nele noch nicht zurückgekehrt war? Er spielte mit dem Gedanken, seine Mutter anzurufen, um sie zu sich zu bitten, aber dazu war seine Verzweiflung dann doch nicht groß genug. Seine Mutter schlich seit Monaten auf Zehenspitzen um die Kleinfamilie herum, schien nur auf den Moment zu warten, in dem die Krise ausbrechen würde. Insgeheim spekulierte sie vielleicht sogar darauf, sie würde ihn, Gerald, wieder zurückbekommen und Gerald als

Single-Vater würde sie viel mehr brauchen als jetzt. Gerald atmete tief ein. Vielleicht würde es ja so kommen, aber diesen Abend würde er ohne seine Mutter durchstehen. Und auch ohne Batzko, der vermutlich gerade seinen ersten Drink an der Bar des Fitnesscenters nahm, nachdem er in einer halben Stunde fünfzigtausend Kilo gestemmt hatte. Sie würden ihn hoffentlich etwas abkühlen; wenn Batzko seinen Jähzorn nicht besser in den Griff bekam, würde Gerald ihm vor jeder Zeugenbefragung Handschellen und einen Maulkorb anlegen müssen.

Severin wurde unruhig. Er schien mittlerweile genau zu merken, wann man auf ihn konzentriert war und wann nicht. Gerald hob ihn über die Schulter, stellte sich ans Fenster, erzählte etwas über die Autos, die Straßenbahn, die Bewohner, die mit Einkaufstaschen in ihre Häuser zurückkehrten. Aber die Unruhe steigerte sich zu einer Quengelei, und Gerald begriff, dass es Zeit für die Flasche war.

Eine halbe Stunde später lag Severin auf dem Wickeltisch. Gerald hatte während des Flaschegebens für sich selbst ein paar Wurstscheiben aus dem Kühlschrank genommen, auf trockenes Brot gelegt und mit zwei Flaschen Bier hinuntergespült. Nun fühlte er sich leicht beschwipst. Aber Severin war gesättigt und wirkte müde. Seine Augen verfolgten seinen Vater, versuchten mit größter Anstrengung offen zu bleiben.

Der perfekte Moment, um ihm eine frische Windel für die Nacht anzuziehen. Gerald trug ihn ins Bad und zog ihn auf dem Wickeltisch aus. Er konnte der Versuchung nicht widerstehen, an ihm zu riechen. Wenn Engel einen Geruch hätten, wäre es der von Babys. Unvermittelt musste er an Franziskas Körper denken. Sie war ein wenig größer und schlanker als Nele. Sie hatten sehr behutsam miteinander geschlafen. Anders als Nele, die ihn immer direkt aufgefordert hatte, etwas Bestimmtes zu tun oder zu lassen, und regelrecht schnalzte, wenn ihre Erregung stieg, war Franziska zurückhaltend und leise geblieben. Aber sie hatte sich sehr viel Zeit gelassen, seinen Körper zu erkunden, von den Ohrläppchen bis zu den Zehen, in einer Intensität und Ausdauer, in der vielleicht Blinde einen Gegenstand erkunden. Gerald hatte ihr vollkommen vertraut, er hatte sich angenommen gefühlt und nicht als sexueller Dienstleister. Dieses Gefühl hatte ihm Nele manchmal vermittelt, wie er sich nun eingestehen musste.

Wenig später trug er Sevi, dessen Augen glasig wurden, nach nebenan und legte ihn neben sich ins Bett. Dann schloss er selbst die Augen, ein kleiner Akt der Manipulation, der manchmal erstaunlich gut funktionierte. Sevi blieb still, und als Gerald nach wenigen Minuten die Augen öffnete, war sein Sohn eingeschlafen. Die kleine Brust hob und senkte sich regelmäßig. Gerald hoffte inständig, dass er bis mindestens vier Uhr durchschlafen würde.

Er ging ins Wohnzimmer und füllte ein Wasserglas mit Whiskey. Vor dem ersten Schluck zögerte er noch: Was, wenn Severin wach würde, gewickelt werden musste, wenn er plötzlich hohes Fieber bekäme und Gerald einen Arzt kommen lassen müsste – sollte er den mit einer Whiskeyfahne begrüßen? Doch dann verlor selbst diese Vorstellung ihren Schrecken, und er nahm zwei kräftige Schlucke.

Nach einer halben Stunde, in der er nichts weiter tat, als noch mehr zu trinken und dem abnehmenden Verkehr auf der Lindenschmitstraße zuzuhören (da war kein Taxi, das vor dem Haus hielt, keine Nele, die ausstieg, die Treppen hochrannte, ins Wohnzimmer kam und ihn um Entschuldigung bat), griff er zum Telefon.

Er musste es viermal klingeln lassen, bis er ihre Stimme hörte.

»Ja? Hallo?«

Er schluckte, wischte sich über den Mund, als könne er dadurch den Alkoholkonsum verdecken.

»Ich bin es. Entschuldige, wenn ich dich störe.«

Sie zögerte einen Moment und seufzte dann leicht.

»Du störst nicht. Was gibt's?«

»Mein Gott. Ich fühle mich derzeit so weit weg von dem Punkt, überhaupt zu erkennen, was gut für mich ist. Ich weiß überhaupt nicht, ob ich das jemals gewusst habe. Nur bei dir habe ich gewusst, dass es gut für mich ist, was wir tun.«

Sie schwieg, und mit jeder Sekunde vergrößerte sich seine Angst vor ihrer Antwort. »In diesem Moment bist du alles für mich. Alles, was ich habe und was ich will. Leg bitte nicht auf.«

»Ich lege nicht auf. Wie kommst du darauf?«

»Nichts. Ich hatte nur gerade den Eindruck. Willst du denn auflegen?«

Sie holte tief Luft. Dann war ein Geräusch zu hören,

als würde sie sich setzen oder zumindest ihre Position ändern, in der sie mit ihm sprach.

»Bist du betrunken, Gerald? Ich will unseren Kontakt nicht beenden. Aber ich habe den Eindruck, dass du durch mich deine Probleme nicht wirklich lösen kannst. Ich glaube, wir beide können nicht aus unserem Leben springen, nur weil wir eine problematische Phase durchmachen.«

»Ja. Ich weiß. Aber das alleine hat uns doch nicht zusammengebracht. Wir sind doch viel mehr als die Summe unserer jeweiligen Schwierigkeiten. Da ist viel mehr, was dahinterliegt. Ich spüre es. Nur bei dir finde ich die Ruhe, nach der ich mich immer gesehnt habe. Bei dir habe ich nicht das Gefühl, für Liebe kämpfen zu müssen. Oder etwas beweisen zu müssen. Bei dir spüre ich, dass es gut ist, so wie es ist. Ich liebe dich, Franziska.« Als er diesen Satz aussprach, vielmehr ihn hörte, als ob ein anderer ihn gesprochen hätte, fühlte er, dass es die Wahrheit war, aber er war nicht betrunken genug, um zu leugnen, dass die Wahrheit aus weit mehr bestand als aus diesem einen Satz.

»Gerald, wir wollten allein schon wegen der Ermittlungen nicht miteinander sprechen. Das war eine feste Abmachung. Davon unabhängig, wissen wir im Grunde doch beide, dass wir eine Pause machen sollten. Es war nicht gut, dass wir uns so nahe gekommen sind. Nach Alexanders Tod … Ich war schrecklich deprimiert und allein. Du warst mir von Anfang an sehr sympathisch. In gewissem Sinne glaube ich, dass mich dein Unglück, deine Zerquältheit angezogen hat. So fühlte ich mich selbst weniger isoliert. Ich konnte mit niemandem reden, das war das Schlimmste. Arno hatte viel zu viel mit sich selbst und seinen Problemen zu tun. Alexander war nicht mehr da, der einzige Mensch, mit dem ich rückhaltlos über alles reden konnte, war aus meinem Leben gerissen worden. Er hätte sich niemals umgebracht, allein schon aus Verantwortung und Liebe mir gegenüber. Aber wem hätte ich das sagen können? Chateaux hat sich so seltsam verhalten, er hat Alexander aus unserem Kreis verbannt, als wäre er niemals bei uns gewesen.« Sie machte eine kurze Pause, bevor sie fortfuhr. »Wie weit seid ihr eigentlich? Gibt es Neuigkeiten? Auch über Arnos Tod?« Sie sprach die letzten Sätze sehr schnell, als wäre sie froh, nicht über sich selbst und ihn sprechen zu müssen. Und er hatte nicht mehr die Kraft, sich dagegenzustemmen.

»Wir ermitteln und ermitteln. Es gibt Verdächtige, ja, aber es wird noch etwas dauern, bis wir ein vollständiges Bild haben. Gehst du eigentlich noch zu Chateaux?«

»Er hat die Gruppentherapie für einen Monat ausgesetzt. Er hat Arnos Tod zum Anlass genommen, die Sommerpause für die Gruppe, die er eigentlich für August geplant hatte, vorzuziehen. »

»Verstehe. Siehst du ihn dennoch, ich meine, redest du mit ihm über deine Operation?«

»Ich glaube schon, dass ich mit ihm reden werde. So in ein, zwei Wochen, wenn sich die Aufregungen etwas gelegt haben werden. Aber weißt du was? Lutz hat bei mir angerufen und gefragt, ob wir, also die Therapiegruppe, uns in dem Monat nicht auf privater Ebene treffen können. Ausgerechnet Lutz! Das hat mich völlig überrascht. Vielleicht ist das ein Zeichen dafür, dass er seine aggressive Panzerung so langsam aufgeben will. Ich habe zugestimmt. Es wird traurig ohne Arno, aber das Alleinsein wäre für mich noch viel trauriger, denke ich. Lutz will die anderen anrufen. Morgen treffen wir uns bei mir. Wir haben überlegt, ob wir Chateaux überhaupt davon in Kenntnis setzen sollen. Lutz war dagegen, aber ich habe Chateaux angerufen, damit er das nicht als Vertrauensbruch auffasst. Er war nicht gerade begeistert und hat nur unter der Bedingung zugestimmt, dass alle mit dieser Regelung einverstanden sind und an den Treffen teilnehmen. Er will verhindern, dass sich etwas verändert, bis sich die Gruppe wieder in seiner Praxis versammelt. Chateaux kann eben auch ein ziemlicher Kontrollfreak sein.«

Gerald schwieg. Er spürte, dass die Gruppe ihm zu fehlen begann. Er war ihr als verdeckter Ermittler beigetreten und hatte hier in der Gruppe paradoxerweise offener über sich selbst gesprochen als zu irgendeinem anderen Menschen in den letzten Jahren. Seine Identität dort war ein Fake, und gleichwohl hatte er viel über seine wahren Gefühle und Ängste erfahren. Wie ein Schauspieler, der seinen Text spricht und plötzlich feststellt, dass er ihn selbst und nicht die dargestellte Figur betrifft.

Dann hörte er, wie Severin zuerst schluchzte und schließlich zu schreien begann. Vermutlich musste er noch einmal gewickelt werden. Gerald stand auf und spürte zu seiner großen Erleichterung, dass er sicher auf den Beinen stand. Severins Schreien wurde lauter. Überstürzt verabschiedete sich Gerald von Franziska und konnte sich des Gefühls nicht erwehren, dass sie über das vorzeitige Ende des Telefonats erleichtert war.

13

»Wo waren wir stehen geblieben?«

Dr. Chateaux stand mit dem Rücken gegen seinen Schreibtisch gelehnt. Er war angezogen wie am Vortag, nur sah er erschöpfter aus als sonst. Die Augen hatten sich tief in die Höhlen verkrochen, er war blass. Die ironische Überlegenheit, die Batzko immer wieder provoziert hatte, war einer Abwehrhaltung gewichen, die Geralds Mitgefühl erregte. Chateaux wirkte so ausgezehrt, dass dessen kräftigte Schulterpartie aus seiner schmalgliedrigen Konstitution hervorstach wie eine Verwachsung

»Dabei, dass Sie die Hoffnung vermutlich aufgeben können, in absehbarer Zeit Wasser in Ihren Pool zu lassen. Sollte er jemals fertig werden, versteht sich.«

Nach der Begegnung mit Chateaux's Tochter hätte Gerald gern eine andere Eröffnung gewählt, aber Batzko tickte eben anders.

»Hatte ich Ihnen gestern nicht darauf geantwortet?«, fragte Chateaux mit gepresster Stimme.

»Muss ich vergessen haben«, gab Batzko zurück.

Der Arzt zuckte die Achseln und schaute demonstrativ auf seine Armbanduhr. »Aus Gedächtnislücken lässt sich schwer eine Befragung durchführen, finden Sie nicht? Aber ich kooperiere gerne. Sie haben ausführlich von Ihrem Gespräch mit meiner Bank erzählt.«

»Ja, und jetzt fällt mir auch wieder ein, was ich erfahren habe. Dass Ihnen das Wasser bis zum Hals steht. Da kann man schon gut verstehen, warum Sie in das Import-Export-Geschäft mit psychisch Kranken eingestiegen sind, die den Fehler gemacht haben, bei Ihnen auf Hilfe zu hoffen.«

»Ich verbitte mir …«, rief Chateaux und ballte die Fäuste, als wollte er sich auf Batzko stürzen. Doch ein paar Sekunden später nur fiel er zurück in seine schlaffe Haltung. »Psychisch Kranke, sagten Sie. Ja, so nennen die meisten sie eben in ihrem Abgrenzungswahn von krank und gesund, von schön und hässlich, reich und arm. Unser Definitionswahn macht leider vor nichts Halt. Aber wenn etwas krank ist, dann ist es unser Denken. In meiner Psychotherapie heile ich keine Krankheiten und keine Symptome. Ich heile *Sichtweisen*. Meine Patienten sollen verstehen, dass weniger ihre vermeintliche Krankheit das Problem ist, sondern die Kategorisierung eines bestimmten Phänomens als Erkrankung, wobei ich, um Ihrem vorhersagbaren Protest zuvorzukommen, nicht von Krankheitsbildern wie Schizophrenie, Halluzinationen, Pädophilie rede. Ich spreche von unserer wohlvertrauten Hölle aus Komplexen, Ängsten und unterdrückten Bedürfnissen. Wir müssen den Blick weiten, uns ganz annehmen, bis wir sehen, dass das Leben nicht krank und gesund unterscheidet, alt und jung, nicht homosexuell, bisexuell und heterosexuell. Das Leben ist weder leicht noch schwer noch hart noch grausam. Es *ist*. Das ist eigentlich alles. Ein unermesslicher Fluss aus Bedürfnissen, Interessen, Beziehungen. Jedes Leben ist ein Fluss, dessen einzige Bestimmung es ist, von der Quelle zur Mündung zu fließen. Diesen Prozess nenne ich ›leben‹, und ich bin als Arzt daran interessiert, dass meine Patienten wieder, um im Bild zu bleiben, in ihren Fluss kommen, in ihr Leben zurückfinden.«

»Amen«, sagte Batzko.

Gerald übernahm das Wort: »Alexander Faden und Arno Reuther …«

»… habe ich zunächst die Scham genommen, ihren Körper als Monster zu empfinden. Alle wollen heute schöner, stärker, schneller, jünger werden; aber meine Patienten sehnen sich nach einer Amputation oder einer Querschnittslähmung. Sie haben mit niemandem gesprochen, der nicht selbst Patient ist. In meiner Gruppe haben sie sich öffnen und die Vereinsamung durchbrechen können. Sie haben eine Sprache für ihre Erkrankung finden können. BIID gehörte damit endlich zu ihrer Persönlichkeit und ihrer Biografie. Dann haben sie sich selbst erst einmal genau prüfen müssen, ob ihre BIID-Erkrankung sie tatsächlich so weit vom Leben trennt, mit anderen Worten: größer ist als sie selbst, dass es keine Alternative zu einer Operation gibt.«

»Gab es denn in Wahrheit eine Alternative, Ihr Bankkonto zu sanieren, Herr Chateaux?«, fuhr Batzko dazwischen. »Ihr esoterischer Therapeutenquark interessiert uns absolut nicht. Damit können Sie andere einwickeln, uns nicht. Sie haben von Alexander Faden zwanzigtausend Euro bekommen und hätten von Arno Reuther wohl das Doppelte kassiert, an der Steuer vorbei, schätze ich mal. War auch dringend notwendig, um nur die größten Löcher in Ihrem Geldbeutel zu stopfen. Das Problem war nur, dass Arno Reuther nicht mehr mitspielen wollte, als er erfuhr, dass seine Frau auf der Patientencouch noch ganz andere Dinge gemacht hat, als sich Ihre verblasenen Theorien anzuhören. Deshalb sind Sie, nachdem Sie Katja Reuther in der Stadt zum Kaffee getroffen haben und sie Ihnen bestätigt hat, dass Arno Reuther bei seinem vorläufigen Nein bleiben wird, zu ihm gegangen, um ihn doch noch zu überreden. Reuther blieb jedoch hart, er wollte die Ausgangsposition wiederherstellen. Das, genau das ist der Punkt, an dem wir gestern stehen geblieben sind und an dem wir jetzt und hier immer noch stehen.«

Dirk Chateaux hatte mit gesenktem Blick, ohne äußere Regung zugehört. Er reagierte nicht einmal, als Batzko geendet hatte. Er wirkte erschreckend kraftlos, als läge eine Last auf seinen Schultern, die ihm die Kraft zu atmen nahm.

»Warum haben Sie in Ihrem ersten Telefonat mit meinem Kollegen behauptet, Alexander Faden litte an Depressionen und wäre suizidgefährdet?«, fragte Gerald. »Das steht nicht nur in Widerspruch zu Ihren Darlegungen. Es war eine glatte Lüge, nach allem, was wir wissen. Ich habe nicht nur die Meinung von Franziska Grittmann und Arno Reuther eingeholt. Auch seine

Nachbarn haben mir bestätigt, dass er nach der Operation wie verwandelt war. Aus einem bedrückten Einsiedler war ein offener, positiver Mensch geworden.«

Chateaux antwortete erst nach einer Weile.

»Ja, ich kann nicht leugnen, das gesagt zu haben. Ein Reflex vermutlich. Instinktives Schutzverhalten für meine Therapiegruppe«, sagte er leise und wandte den Kopf zum Fenster.

»Mir kommen die Tränen bei so viel Fürsorge«, spottete Batzko. »War es nicht vielleicht so, dass Alexander Faden erfahren haben könnte, wie viel Sie für sich selbst als Vermittler abgezweigt hatten? Dass er sich betrogen gefühlt hat? Dass Sie ihn zu einem Gespräch aufgesucht haben und er gedroht hat, Sie anzuzeigen, nachdem Sie sich geweigert hatten, ihm einen Teil der Summe zurückzuzahlen? Es könnte für Sie unbequem werden, denn ein Staatsanwalt könnte die Meinung vertreten, Sie hätten sich mit diesem Schritt der Beihilfe zur vorsätzlichen Körperverletzung schuldig gemacht. Lauter Schwierigkeiten, wohin man auch sieht. Dagegen ist doch ein Sturz vom Balkon nur eine Kleinigkeit, oder?«

Chateaux versuchte sich an einem Lächeln. »Jetzt auch noch Alexander Faden. Ich als Doppelmörder! Das ist bizarr, absurd, grotesk. Das sind doch reine Spekulationen, offenbar von purem Vernichtungswillen gesteuert. Ich weiß nicht, was ich in Ihnen auslöse, aber ich bin nicht bereit, mir noch länger …«

Es klingelte an der Haustür. Die Klingel schellte sehr laut, weil der Therapeut die Tür zu seinem Behandlungszimmer offen gelassen hatte. Es klingelte ein zweites Mal.

»Entschuldigen Sie mich bitte einen Moment. Es dauert nur eine Sekunde«, sagte Chateaux. Er verließ das Behandlungszimmer. Die Tür blieb halb geöffnet. Gerald konnte einen kurzen Dialog verfolgen, ohne die einzelnen Worte zu verstehen. Batzko stellte sich ans Fenster, als fürchtete er, der Arzt könnte den Moment zur Flucht nutzen.

Dann stand der Therapeut schon wieder im Zimmer, ein größeres Paket in der Hand, das er auf den Schreibtisch legte.

»Die ungewollten Gefälligkeiten der Pharmaindustrie«, sagte er. »Man kann ihnen hundertmal sagen, dass man nichts will. Sie schicken einem trotzdem was.« Er schaute Gerald an und lächelte, als wäre er froh über etwas, das seine Aufmerksamkeit von dieser Situation abzog. »Vor einigen Wochen hat übrigens Ihr besonderer Freund Lutz aus der Gruppentherapie an der Tür gestanden. Damit verdient er seinen Lebensunterhalt.«

Gerald spürte augenblicklich eine Leere in seinem Magen. Dann schmeckte er den Whiskey in seinem Mund, den er in der vergangenen Nacht getrunken hatte. Einen Moment glaubte er, sich erbrechen zu müssen.

»Lutz ist Paketauslieferer, sagen Sie? Warum ist er eigentlich in der Gruppe? Das habe ich nie kapiert.«

Dr. Chateaux schoss sein blitzschnelles Lächeln. Endlich befand er sich wieder auf dem Terrain, auf dem er sich souverän fühlte. Und er kostete diesen Moment weidlich aus.

»Haben Sie wirklich noch nicht geahnt, was hinter seinem penetranten Macho-Gehabe steckt, diesem permanenten Aufpumpen der Muskeln, das Mahlen mit den Kiefern, wenn er spricht?« Er machte eine Kunstpause, um den Blick zu Batzko schweifen lassen. »Mit purem Willen kann man vielleicht Eisen stemmen, aber nicht mit einer Frau schlafen. Er leidet unter schwersten Erektionsstörungen, freilich ohne jeden organischen Befund. Sein aggressives Verhalten in der Gruppe ist nichts weiter als der innere Protest, als das Anrennen gegen die Erkenntnis, dass Gefühle nicht der Feind sexueller Energie sind, sondern ihr unendlich stimulierender Katalysator. Es wird noch eine lange, lange Reise mit ihm geben, er zeigt sich in der Gruppe leider immer noch als Schwergewichtsboxer im Ring.«

Gerald hatte längst nicht mehr zugehört. »Wir müssen los. Sofort«, sagte er zu Batzko.

Während der Fahrt nach Haidhausen berichtete Gerald von seinem Anruf am Vorabend. Übelkeit lag wie Schleim in seinem Mund, er öffnete das Fenster, um frische Luft atmen zu können.

»Mach dir keine Sorgen«, sagte Batzko, »was kann passieren, wenn die ganze Gruppe da ist?«

»Du bist und bleibst ein Trottel, Batzko. *Er* hat Franziska gesagt, dass *er* die anderen anrufen würde. Das heißt, er hat es nicht getan, und sie hat keine Ahnung«, sagte Gerald erregt und wunderte sich selbst darüber, wie klar er denken konnte. Die Szene vor der Deutschen Bank stürzte in sein Bewusstsein. Natürlich, die abschließende Geste der Frau, der Fingerzeig auf den Kopf, hatte genau diese Bedeutung. Es war nicht die Frau, die auf dem Motorrad vor Chateaux's Haus auf ihn gewartet hatte. Das bedeutete, Lutz machte kontinuierlich Frauen an, scheiterte sexuell und versuchte es sofort bei der nächsten, weil er nicht akzeptieren konnte, dass das Problem nicht bei der Frau, sondern in ihm selbst lag. Lutz hatte jene Frau vor der Bank nicht physisch attackiert, wie konnte er auch in der Öffentlichkeit, aber Franziska würde allein sein in ihrer Wohnung. Wenn Lutz dort ausrastete …

Batzko antwortete nicht. Er kurbelte das Seitenfenster herunter, setzte das Blaulicht aufs Dach und beschleunigte gleichzeitig.

»Ich kann dir gar nicht sagen, wie sie mir auf die Nerven gehen, diese Freiwilligkeitskrüppel und dieser Psychoklempner. Tut mir jetzt schon leid, dass ich ihn nicht gleich mit einbuchten kann.«

Nach wenigen Minuten hatten sie ihr Ziel erreicht. Batzko hatte den Alarmton ausgeschaltet, um Lutz nicht zu warnen, und parkte in der Einfahrt des Nebenhauses.

Gerald lief voraus und drückte nur kurz auf die Klingel.

Im Stillen zählte er die Sekunden, bis endlich die Tür aufsprang. Die beiden Kommissare eilten die Treppe hoch. Im dritten Stock hielt Gerald seinen Kollegen zurück: »Warte besser hier. Mich kennt er. Er wird sich nichts dabei denken. Ich lasse die Tür nur angelehnt. Warte ein halbe Minute.«

Batzko nickte und zog sich so weit zurück, dass er vom vierten Stock aus nicht zu sehen war.

Franziska erschien im Türrahmen. Sie wirkte überrascht, Gerald zu sehen, aber noch bevor sie etwas sagen konnte, legte er den Zeigefinger senkrecht auf seine Lippen und machte mit dem linken Arm eine beruhigende Geste. Franziska nickte und gab zögernd den Weg frei. Gerald berührte sie kurz an der Schulter und warf einen Blick in den Wohn-/Schlafraum.

Lutz saß in seinem schwarzen »Hard Rock Café«-T-Shirt, die Beine auseinandergestellt, auf dem Sofa. Darüber trug er eine schwarze Bomberjacke, die Ärmel hochgekrempelt. Seine Augen wirkten glasig, als hätte er Alkohol getrunken oder sich mit Amphetaminen vollgestopft.

»Ach du!«, sagte er, überrascht und enttäuscht zugleich. »Franziska hat dich wohl angerufen. Ich wusste gar nicht, ob du mitmachen wolltest. Außerdem hatte ich deine Telefonnummer nicht.«

»Doch, doch«, antwortete Gerald, »ich freue mich auf euch. Kommen die anderen beiden auch noch? Du wolltest sie doch anrufen, hat Franziska gemeint.«

Lutz schaute irritiert zwischen Gerald und Franziska hin und her. Franziska entzog sich seinem Blick, indem sie in die Küche ging.

Lutz starrte Gerald an. Er schien zu ahnen, dass etwas nicht stimmte mit dieser Situation. Aber er konnte es nicht greifen. Plötzlich blickte er an Gerald vorbei in den Flur.

»Ach, sieh mal einer an. Wir kennen uns doch, oder?«

Batzko, die Arme vor der Brust verschränkt, hatte die Wohnungstür lautlos geschlossen. Er betrat den Raum, hinter ihm näherte sich Franziska, die Gerald mit fragendem Blick anschaute. Sie hatte Batzko schließlich noch nie gesehen. »Na, fällt der Groschen? Fitnesscenter. Drücken, heben, stoßen. Dann an die Bar, Frauen anmachen. Das ist doch dein Ding, oder?«

Lutz fixierte Batzko und nickte. Er schien erleichtert, dass er Batzko in irgendeiner Weise zuordnen konnte. Sein Gesicht verzog sich zu seinem gewohnten aggressiv-selbstsicheren Grinsen, als würde er im Geiste die Kilos addieren, die Batzko stemmte, und mit denen vergleichen, die er selbst auflegte. Doch unversehens änderte sich sein Gesichtsausdruck, die Augen verengten sich. Er erhob sich aus dem Sessel. »Moment. Klar kenne ich dich, du bist doch der Bulle.«

Bevor irgendjemand reagieren konnte, hatte Lutz Franziska an sich gerissen und seinen linken Arm um ihren Hals gelegt. Mit der rechten Hand fuhr er in die Innentasche seiner Jacke, holte ein Skalpell heraus und drückte es an ihren Hals. Franziska schrie auf, Gerald hielt instinktiv seinen Arm vor Batzkos Körper, um ihn an einer unkontrollierten Bewegung zu hindern. Diesen Moment nutzte Lutz, um mit Franziska, dicht an sich gepresst, in die Diele vorzurücken.

»Kommt mir nicht zu nahe! Bleibt ja, wo ihr seid!«

»Du hast keine Chance, Lutz«, sagte Batzko und folgte ihm im Abstand von zwei Metern. »Auf der Straße stehen überall Polizisten. Du kommst keine zwei Schritt weit. Mach es nicht noch schlimmer. Gib auf!«

Lutz lachte hämisch. »Mit ihr komme ich überallhin, Bullenschwein.«

»Warum?«, fragte Gerald, um Lutz' Konzentration auf sich zu lenken. »Warum erst Alexander und dann Arno?«

Wieder schloss Lutz kurz die Augen, und Gerald spürte, dass Batzko im Begriff war, diesen Moment auszunutzen. Aber da hatte sich Lutz bereits einen Schritt weiter zurückbewegt. Franziska wimmerte leise. Ihre schmalen Hände umklammerten Lutz' Unterarm, in dem die Muskelstränge zuckten wie Schlangen. Sie alle standen nun in der Diele, Lutz am nächsten an der Wohnungstür.

»Warum? Ja, warum wohl? Weil sie Weiber haben. Alexander macht sich selbst zum Krüppel, und ich sehe bei jeder Sitzung, wie er und Franziska sich anschauen und wie sie mit Blicken vögeln.«

»Du bist also zu ihm in die Wohnung gefahren, um ihn umzubringen?«, wiederholte Gerald und spürte förmlich Batzkos Anspannung in seinem Rücken.

»Scheiße. Ich wollte nur zu ihm, von ihm hören, wie Krüppel ficken. Was er so dabei macht und was sie bei ihm tut, diese Schlampe hier, die mich in jeder Stunde bei diesem vollschwulen Therapeuten behandelt wie einen Asozialen. Die mir da draußen wahrscheinlich nicht einmal die Hand geben würde, weil ich keine fünfundzwanzig Fremdsprechen spreche, und die mich für so gebildet hält wie einen Autoreifen. Ich wollte wissen, ob sie seine Tattoo-Wunde geil findet. Ob sie daran leckt und so weiter. Aber unser sensibler Alexander, unser Künstler, war ganz entsetzt. Erst machte er einen auf Verständnis, und als das nichts gebracht hat, hat er sich fast in die Hosen gemacht, lief vor mir weg auf den Balkon. Ich wollte aber hören, wie die sich geil machen, und habe so ein bisschen mit dem Skalpell gefuchtelt. Da ist er in Panik geraten, der Schlappschwanz.«

Gerald hörte leise Kratzgeräusche aus der Küche. Niemand außer ihm schien sie gehört zu haben. Langsam bewegte er sich auf die Küchentür zu. Es waren nicht einmal zwei Schritte, bis er sie in seinem Rücken hatte. »Und das sollen wir dir glauben? Dass er von selbst von seinem Balkon gefallen ist, wo ihm das Schutzgitter bis über die Hüfte reichte? Nein, das heb dir mal für deinen Anwalt auf. Und bei Arno? Er wird ja kaum in diesen Zettelspieß gefallen sein und sich dann wieder auf den Stuhl gesetzt haben, oder?«, sagte er und öffnete im selben Moment die Küchentür einen Spalt breit.

»Ja, ja, der gute alte Arno. So intelligent wie Einstein. Mindestens. Arno hat eine Frau, und dieser Scheißkerl will sich für den Rest seines Lebens in einen Rollstuhl setzen, und seine Frau bleibt wahrscheinlich immer noch bei ihm. Ich hab die Frauen auch, ich muss nur ins Schwimmbad gehen, und sie laufen hinter mir her, dass ich sie an einer Schnur aufreihen kann. Sie warten nur darauf, dass ich sie anmache. Wir gehen was trinken, ich lade sie zu mir ein, sie kommen mit und dann …«

Er sprach nicht weiter. »Ich wollte ihn nicht umbringen. Zuerst nicht. Ich habe ihn angemacht, klar, ein wenig provoziert. Und er erzählt mir, dass Sex für ihn nicht wichtig ist. Der Idiot erzählt mir, dass ihm die Nähe zu seiner Frau wichtig ist, und die fühlt er eher bei einem Glas Wein abends mit ihr. Dieser Vollidiot. Er hat Sex und sagt mir, dass er nicht wichtig ist für ihn. Für mich ist er alles und …« Sein Gesicht verzerrte sich. Gerald glaubte nicht, dass er weitersprechen würde, aber nach einem Moment hatte Lutz sich wieder im Griff. »Und dann fragt er mich, warum ich den Sex so wichtig nehme und was es mir geben würde, immer mit neuen Frauen in die Kiste zu steigen. Ob ich diese Bestätigung so nötig hätte. Dieser superschlaue Arsch, er hatte alles, was ich gesagt habe, für bare Münze genommen. Er hat wirklich gedacht, ich hätte sie alle gefickt. Und dann ist mir richtig schwarz vor Augen geworden, weil ich das nicht aushalten konnte, was Arno gesagt hat. Ich habe daran denken müssen, wie es wirklich gelaufen ist bei mir, und da ist es wie ein Blitz in mich gefahren.«

»Warum das Geld?«, fragte Gerald und öffnete die Tür noch einen Spalt weiter.

»Was? Ach so, Arnos Geldbörse. Eine andere Spur legen. Außerdem wisst ihr Arschlöcher doch überhaupt nicht, was jemand wie ich verdient für die Schufterei.«

Gerald spürte eine Bewegung an seinen Unterschenkeln. Dann war ein wütendes Fauchen zu hören, und es trat genau das ein, was er erhofft hatte. Lutz war durch sein Geständnis so in sich gefangen, dass das unerwartete Geräusch ihn irritierte. Er löste reflexartig den Griff um Franziskas Hals, und genau diese Sekunde nutzte Batzko aus und wuchtete seine gut neunzig Kilo gegen Lutz' Oberkörper. Lutz prallte gegen die Wand, und das Skalpell glitt aus seiner Hand auf den Fußboden.

Batzko versuchte, Lutz' rechten Unterarm zu greifen, während beide, sich wild umklammernd, auf den Boden sanken. Doch Lutz gelang es, sich aus Batzkos Umklammerung zu befreien; er stieß ihn mit einem Tritt in die Magengegend von sich, ergriff das Skalpell und brachte sich mit breit gespreizten Beinen und gebeugtem Oberkörper in Position.

Dieser Moment reichte Batzko, um seinerseits aufzustehen und die Arme auszubreiten.

»Ich stech dich ab, Bullenschwein«, bellte Lutz. Er schnellte einmal und dann noch einmal mit dem rechten Arm vor, nicht so weit, um Batzko wirklich treffen zu können, aber weit genug, dass er sich rückwärtsbewegen musste und nun mit dem Rücken an der Toilettenwand stand. Die beiden ließen sich nicht aus den Augen. Lutz bewegte sich mit der provozierenden Lässigkeit desjenigen, der sich in der deutlich besseren Position befindet. Batzko hielt die Arme ausgebreitet, um einen Angriff parieren zu können. Die beiden hatten offensichtlich Gerald und Franziska vollkommen vergessen. Sie hatten sich ineinander verbissen wie zwei Kampfhunde. Das nutzte Gerald aus. Er stand nur gut einen Meter hinter Lutz. Er machte einen Schritt nach vorne, verlagerte sein Körpergewicht auf das linke Bein, holte mit dem rechten aus und fuhr mit ihm wie eine Sense gegen Lutz' Beine.

Der stöhnte auf und knickte ein; der rechte Arm sackte hinunter. Dieser Augenblick reichte Batzko, um zuzuschlagen. Seine Faust traf Lutz am Kinn, der, ohne einen Laut zu geben, sich halb um seine Achse drehte und auf dem Dielenboden aufschlug, mit dem Kopf zuerst.

Es dauerte einige Minuten, bis Lutz ein leises Wimmern von sich gab. Batzko hatte ihm in der Zwischenzeit Handschellen angelegt. Franziska hatte zunächst die Katze im Wohnzimmer beruhigt und sie dann zurück in die Küche gebracht. Nun stand sie mit den beiden Kommissaren im Flur.

»Dass ich dir immer helfen muss«, sagte Gerald und grinste Batzko an. Dabei wollte er nur eins: Franziska in den Arm nehmen.

»Du hast Recht, ich sollte mir ein Beispiel an dir nehmen und häufiger Sport machen. Wie wär's, sollen wir nicht ein Jahr lang zusammen ins Fitnessstudio gehen, damit ich nicht mehr so hilflos bin?« Batzko kniff ein Auge zu und streckte die geöffnete Hand aus.

»Wenn du ein einziges Mal ›Logo‹ sagst oder eine Bemerkung zu meinem Privatleben machst, fällt dir eine Hantel auf die Gurgel«, sagte Gerald und schlug ein.

Franziska stand neben der Tür zur Abstellkammer, die einen Spalt breit offen stand.

»Ich muss Ihnen sicher nicht sagen, wie dankbar ich Ihnen bin. Ich will mir gar nicht ausmalen, was hier passiert wäre, wenn ich alleine mit Lutz geblieben wäre.« In diesem Moment, als wäre er beim Hören seines Namens aufgewacht, begann Lutz zu stöhnen. Seine Augen waren noch geschlossen.

»Wir haben nur unseren Job gemacht. Wir sollten das Paket zu meinen Füßen jetzt aber mitnehmen, bevor es sich zu regen beginnt. Wir werden wegen Ihrer Zeugenaussage noch Kontakt mit Ihnen aufnehmen«, sagte Batzko und umfasste mit seiner linken Hand den Kragen von Lutz' Jacke.

»Kommen Sie klar?«, fragte Gerald. »Soll ich noch ein paar Minuten bei Ihnen bleiben?«

Sie schüttelte den Kopf. »Es geht mir gut. Ich weiß genau, was ich zu tun habe. Und ich danke Ihnen für das, was Sie für mich getan haben. Aber jetzt würde ich gerne allein sein.«

»Sind Sie sicher?«, hakte Gerald nach.

»Ich bin vollkommen sicher«, antwortete sie.

Bevor Gerald hinter Batzko und Lutz die Wohnung verließ, wollte er die Hand auf ihre Schulter legen. Aber sie wich vor ihm zurück.

Als Gerald am späten Abend seine Wohnungstür aufschloss, hörte er kein Geräusch in der Wohnung. Vorsichtig betrat er die Diele. Sofort spürte er, dass etwas anders war. Dass die Wohnung verlassen war, dass niemand mehr in ihr atmete. Natürlich, der Kinderwagen hatte nicht im Hausflur gestanden. Neles Jacke und Regenmantel hingen nicht an der Garderobe. Gerald ging in die Küche und sah ein Blatt Papier auf dem Tisch.

Gerald,
es ist nicht nur deine Affäre. (Eigentlich hasse ich diesen Ausdruck; er klingt so, als hätte man den Fußboden schnell abgewischt, nachdem jemand daraufgekotzt hat, und alles ist danach wieder wie

früher.) Aber mir ist jetzt egal, wie man das nennt. Wichtiger ist, was ich dadurch verstanden habe. Dass du nämlich gar kein Kind, keine Familie haben willst, zumindest nicht in dem Sinn, wie ich es verstehe. Du willst deinen regelmäßigen Sex, deinen Job, dein Schwimmbad usw. und dazu eben ein Baby, das gefälligst nicht zu nerven hat. Du willst nicht, dass alles anders wird, aber das wird es eben mit einem Baby.

Das ist keine Basis für mich. Ich gehe erst mal zu meinen Eltern. Ich will nicht, dass du mich anrufst oder mir schreibst. Ich will keine Entschuldigung und kein Ich-werde-mich-bessern. Ich will selbst entscheiden, ob und wann ich mich melde.

N.

Auf dem Tisch stand eine angebrochene Tüte Milchpulver. In der Spüle ein Topf mit den Resten angebrannter Milch. Nele hatte natürlich für die mehrstündige Zugfahrt vorsorgen wollen.

Im Bad und im Schlafzimmer die klassischen Spuren eines plötzlichen Aufbruchs (herausgezogene Schubladen, Kleidung auf dem Boden, in der Badewanne eine benutzte Pampers, im Waschbecken Geralds Zahnbürste). Auf dem Schreibtisch der Block, auf dem sie ihren Abschiedsbrief geschrieben hatte. Zwei Papierknäuel, offensichtlich die Vorfassungen, lagen auf dem Boden, neben dem Papierkorb. Gerald widerstand der Versuchung, sie zu lesen. Er musste plötzlich lächeln: Wie wäre es, wenn ich Spurenermittler Brenner anriefe, damit er den Tatort professionell erfasst? Versuchte Ermordung einer Familie, war das nicht auch strafbar?

Was jetzt? Gerald, der nie eine Freundin verlassen hatte, aber wiederholt verlassen worden war, konnte das alles nicht begreifen. Als wäre es unwirklich, als wäre er zufällig in ein Filmstudio geraten, in dem ein Ehedrama gedreht wurde. Moment mal, er war ja an diesem Tag streng genommen von zwei Frauen verlassen worden. Das musste ihm erst einmal jemand nachmachen.

Er dachte daran, im Wohnzimmer den Whiskey zu holen, aber selbst dazu fühlte er sich zu müde. Stattdessen ließ er sich aufs Bett fallen. Neben seiner rechten Wange, zur Hälfte auf dem Kopfkissen, lag ein Strumpf, Neles Strumpf. Er ließ ihn liegen.

Vermutlich lag Nele mittlerweile längst im Bett, neben Severin. Ihre Eltern, die ihn, so bildete er sich zumindest ein, nie wirklich gemocht hatten, würden im Wohnzimmer nebeneinander auf dem Sofa sitzen, ihr Vater an seiner Pfeife nuckeln, und sie würden beratschlagen, wie sie ihrer Tochter am besten helfen konnten.

An seine eigene Mutter wagte Gerald gar nicht erst zu denken. Es kam ihm so vor, als ob die letzten Monate, so hart sie auch waren, ein Zuckerschlecken waren gegen das, was ihm jetzt bevorstand. Gerald fühlte sich mit einem Schlag hundeelend.